山东省社会科学研究项目文丛·一般项目

# 清末民初小说的学生群体接受研究

黄丽珍◉著

齊魯書社

# 序

接受美学是文学研究一个重要的视角，但从这一角度研究近代（即本书中的“清末民初”）小说者还不多。与古代文学接受者不同，近代小说增添了一个新的接受群体，那就是接受过新式教育的青年学生群体。中国近代，特别是清朝末期壬寅学制（1902）、癸卯学制（1903）颁布之后，随着新式教育的确立，大中小学校快速发展，学生群体迅猛壮大，成为近代小说重要的接受群体。对这个新兴接受群体的形成、接受途径、接受方式、接受内容及其影响，就有认真研究一番的必要。

在近代小说的受众当中，学生群体具有重要的作用和典型意义，他们不仅促进了近代小说的传播与繁荣，而且影响到近代小说的创作与翻译，说近代小说的创作和成就与学生群体的介入有直接关系也不为过。黄丽珍的这部专著以翔实的资料和具体深入的分析，还原了近代小说的历史文化语境，对推动这一课题的研究当有开拓之功。

这部《清末民初小说的学生群体接受研究》是作者多年来认真思考和调查研究后写出的专著。作者运用文献学、历史学、社会学的方法，在爬梳近代学生群体接受近代小说的相关资料基础上，论述了这一时期学生群体接受小说的具体途径、接受方式、接受对象等问题。在此基础上,作者又运用接受美学理论和马克思主义艺术生产与消费双向互动的理论,考察了近代学生作为接受主体接受近代小说的主要特点,可以看出近代学生读者是中国近代小说转型的主要推动力之一。同时,他们在接受小说之后又参与小说创作与翻译,从接受主体一跃而为创作主体和翻译主体。以上这些创新之处,对近代小说研究的深化做出了一定贡献。

我于此课题缺乏研究,说的不到位之处,还请专家们批评。拉杂书之,是为序。

郭延礼

2019年教师节前夕于山东大学

# 目　录

# 绪 论

## 一、研究缘起及选题意义

自文学萌芽之时起,读者对文学作品的接受就是一种客观存在。法国哲学家让-保罗·萨特曾指出,“文学客体是一只奇怪的陀螺,只有在运动中才显出其本色。为了使文学出现,必须具有一种具体的行为,它就叫作阅读,而且,文学只能随着这种阅读的延续而延续。除去这一条,纸上就只留着黑色的污迹”,“正是作者和读者联合一致的努力才使这种具体而又假想出的客体即精神作品得以问世。世上只存在为了他人和由他人创造的艺术”。[①] 萨特的两段话揭示了文学系统中读者接受所发挥的重要作用。萨特之后,文学理论家姚斯则提出了下面这段更广为人知的论断:

> 文学作品从根本上讲注定是为这种接收者而创作的。……在这个作者、作品和大众的三角形之中,大众并



① [法]让-保罗·萨特:《文学是什么》,转引自[法]罗贝尔·埃斯卡皮著,于沛选编:《文学社会学》,浙江人民出版社1987年版,第112页。

> 不是被动的部分,并不仅仅作为一种反应,相反,它自身就是历史的一个能动的构成。一部文学作品的历史生命如果没有接受者的积极参与是不可思议的。因为只有通过读者的传递过程,作品才进入一种连续性变化的经验视野。在阅读过程中,永远不停地发生着从简单接受到批评性的理解,从被动接受到主动接受,从认识的审美标准到超越以往的新的生产的转换。①

中国古代文论中也不乏有关文学接受的论述,例如"诗无达诂"(《春秋繁露·精华》)、"披文入情"(《文心雕龙·知音》)等,明清小说理论对读者接受更是重视有加。然而文学接受理论真正被国内学术界系统地引入并应用到研究当中,还是近几十年的事。从20世纪80年代起,接受美学和阐释学作为新的研究视角与研究方法在中国文学研究领域产生了广泛而深远的影响。接受是文学世界里与作者、作品、传播同等重要的部分,这一点已得到国内学术界普遍认同。以接受美学为研究手段,中国文学研究领域产生了不少令人耳目一新的成果,但是在中国近代文学的大宗——清末民初小说的研究中,针对接受之维的探讨不是枝繁叶茂的一支。虽然从清末开始已有文章涉及对清末民初小说接受现象的描述与探究,近些年也不断有研究者涉足其间,但总体上数量较少且都不是系统研究。

---

① [德]H. R. 姚斯著,周宁、金元浦译:《文学史作为向文学理论的挑战》,[德]H. R. 姚斯、[美]R. C. 霍拉勃著,周宁、金元浦译:《接受美学与接受理论》,辽宁人民出版社1987年版,第23~24页。

与中国古代小说相比，清末民初小说不仅拥有数量庞大、类型繁多、变化惊人的作品和新兴的传播媒介，而且拥有众多的生产者和接受者。尤其是当我们把目光转换到读者接受的角度时就会发现，在这个层面上，清末民初小说足以"傲视群雄"甚至"碾压"前代。从来没有哪一个时代，小说能收获如此众多的接受者，并引发如此广泛的关注、公开的探讨。"在影响小说发展的各因素中，千百万读者的共同要求乃是最强大、最深远的力量。"①数以万计的小说作品、数以百计的刊载小说的报刊在此时纷至沓来，仅靠创作者的辛劳、出版者的谋划，没有接受者的认可，就能在文学殿堂中绽放光彩、在文化市场中大行其道，是完全不可想象的。活跃于这一时期的小说家陆士谔甚至断言，"小说家的生命，独操在大众阅者手里"②。

在这批有史以来规模最为庞大的小说受众当中，学生是尤为引人瞩目的一个群体。学生群体的崛起，是清末民初中国社会十分引人注目的现象。梁启超曾把"学生日多"与"书局日多""报馆日多"并列为影响当时中国社会发展的三大重要因素。③ 当代学者陈平原亦云："讨论中国的近代化进程，学校与报刊，确实是最重要的两大动力。"④学生群体与近代文化的诸

① 陈大康著：《通俗小说的历史轨迹》，湖南出版社 1993 年版，第 16 页。

② 陆士谔：《说小说》，转引自田若虹著：《陆士谔小说考论》，上海三联书店 2005 年版，第 186 页。

③ 中国之新民：《敬告我同业诸君》，《壬寅新民丛报汇编》（1902），转引自张静庐辑注：《中国出版史料补编》，中华书局 1957 年版，第 164 页。

④ 陈平原著：《文学史的形成与建构》，广西教育出版社 1999 年版，第 113 页。

多现象联系在一起，考察近代社会文化，学生群体是十分重要的切入点。社会塑造学生，学生也影响社会，文学领域亦然。在中国古代社会，士子就一直是小说的重要接受群体，但作为小说接受者的清末民初学生无论是所处的时代、作为小说接受主体的特点，还是接受小说的途径与方式、接受的对象，都与传统士子存在诸多差异。在清末民初小说受众当中，学生群体颇具典型意义，他们当中既有普通读者，也有评论家和小说的创作者、翻译者，他们对于小说的接受既有感性投入，又有理性观照，兼有精英群体与一般大众的特点，形成了丰富多彩的接受景观。学生是清末民初最活跃、最重要的小说接受群体之一，他们对小说的接受不仅在当时就引起小说作者、译者、评论者的关注，在很大程度上推动了清末民初小说的传播，而且影响到小说的创作与翻译。清末民初学生群体对小说的接受，是从接受之维研究近代小说的一个极佳的样本，而这方面尚有不少等待填补的空白，值得我们给予特别关注与探究。



研究的深入与突破，既需要理论的引领，更离不开相关文献资料的支撑，缺少了这一重要基础，对问题的探究就成了无米之炊。这些具有学生身份的清末民初的小说接受者们为我们留下的数量可观、种类丰富的历史资料，记录着他们与小说亲密接触的前因后果、所思所感，这让我们的研究有迹可循、有据可考，既存在必要性，也具有了可行性。因此，笔者尝试在前人、时贤研究基础上，就此进行系统研究，以期还原清末民初学生接受小说的历史情境与真实状况，探求小说接受主体、接受对象二者之间的互动关系，以期丰富近代小说的研究视角与研究内容，同时希望为今天的小说创作、翻译、出版提供一些借鉴和参考。读者对小说的接受,既是文学现象,也是文化现象、社会现象。清末民初学生对小说的接受,是近代文学史的组成部分,也是近代中国文化、学生生活史的一部分。关注清末民初学生对小说的接受情况,也是开启了解转型时期民族审美经验乃至文化心理发展演化的一个窗口。

## 二、研究历史与现状

学生群体对小说的接受是文学领域极具典型意义的现象。在现有研究成果中,有一些已开始从这一角度思考小说的传播与接受问题,如俞钢《唐代文言小说与科举制度》(上海古籍出版社 2004 年版)指出中国文言短篇小说在唐代成熟与科举士子这一迥异于前代的知识人群出现有关,其作者、读者多是当时的科举文人。蔡亚平《读者与明清时期通俗小说创作、传播的关系研究》(暨南大学出版社 2013 年版)第二章第三节"学校及书院的学生",通过对明清时期小说的学生读者进行分析发现,阅读小说是当时学生借以休闲、娱乐和放松的一种重要手段,在阅读小说过程中,他们汲取小说的文法以供科考借鉴,而一些类书体小说主要就是为适应学生群体的阅读而创作的。李宗刚《新式教育与五四文学的发生》(齐鲁书社 2006 年版)第五章"新式教育下的学生与五四文学的发生"以对小说的接受为主要例证,论述了新式教育下的学生对五四文学的发生所具有的重要作用:回应五四文学创建主体的文学主张,促成五四文学创建主体实践的深入。

有关清末民初小说读者信息及接受情况的原始材料主要出现于近代的报刊、书籍等载体中,不但极其分散、琐碎,而且有很多因年代久远、疏于保存而散佚严重,仅仅查找、收集、整理这些资料就是一项相当耗时费力的工程。另一方面,清末民初小说的接受主体数量极多且情况复杂多样,很多作为普通读者的受众甚至没有留下关于小说接受的只言片语。要就清末民初小说的接受问题进行有效考察,这些困难无疑成为横亘在眼前的巨大障碍。然而,突破难点恰恰是学术界的希望与目标所在,也是研究者的志向与乐趣所在,不少学者已就此展开了考察。总体上看,这些考察可分为以下几个方面:

一是分析清末民初小说接受群体的构成及演变情况。美国学者佩瑞·林克的《论一二十年代传统样式的都市通俗小说》(收入贾植芳主编《中国现代文学的主潮》,复旦大学出版社 1990 年版),把 20 世纪都市通俗小说的接受者分为农村绅士、女性读者、学生和职员几个群体。袁进在《试论晚清小说读者的变化》(《明清小说研究》2001 年第 1 期)中指出,随着科举制度的废除,大量士大夫进入市民队伍,成为阅读和创作通俗小说的主力,并促成近代小说雅俗界限、语言风格、艺术手法的嬗变。王姗萍的《西学东渐与晚清小说读者的变化》(《西安外事学院学报》2006 年第 1 期)则认为,在西学东渐的大环境下,晚清小说不仅在向近代转型的士大夫中广泛传播,还形成了一个新的读者群体——由近代新式学堂培养出来或通过出国留学而形成的新型知识分子,他们与转型中的士大夫、作为“小说界革命”启蒙对象的下层市民一起构成了晚清小说读者的庞大队伍。包礼祥的《近代文学与传播》(江西人民出版社 2001 年版)提出近代小说读者以有钱的读书人为主,到民国初期,又有新式学堂的学生及妇女、高级地痞流氓、从乡村进入城市避乱的士绅加入。栾梅健的《二十世纪中国文学发生论》(广西师范大学出版社 2006 年版)也注意到科举制度废除后,新式教育的推行培养了新的文学创作队伍和读者群体,但认为到五四运动时期,接受新式教育的人们才真正构成文学的读者群并支持了中国小说向现代形态的转化。

二是考察清末民初小说作者和出版者的读者意识。马以鑫的《中国现代文学接受史》(华东师范大学出版社 1998 年版)梳理了民初不同小说流派读者意识的具体表现及特点。徐振燕的《试析〈绣像小说〉的读者定位》(《明清小说研究》2001 年第 4 期)通过对《绣像小说》进行全面分析发现,面向都市大众的读者定位,决定了该杂志价格低廉、发行广泛、内容充实,因而能够在激烈的市场竞争中立于不败之地。潘桂林在《"文学场"之魂——中国近代新小说读者意识研究》(中国社会科学出版社 2014 年版)中指出,在复杂的文化境遇中,近代小说读者意识呈现出在现代性与传统性之间纠结、在政治功利与物质功利之间摇摆的特征,这对近代长篇小说发展中的重要现象,如雅俗之变、文体革新、叙事调整、骈文中兴、假托译著,以及叙事技巧的粗糙生硬、叙事结构的模式化和叙事声音的浮露单调等艺术缺陷,都产生了不可忽视的影响。蔡之国《晚清谴责小说传播研究》(社会科学文献出版社 2012 年版)第七章第一节"晚清谴责小说传播的读者意识与读者策略",分析晚清谴责小说拟想读者与真实读者之间的错位现象,指出谴责小说的真实读者具有大众化特征,并进一步呈现规模的巨大性、分散性、异质性、无组织性等特点,只有兼顾"醒世化民"与"游戏消遣"的小说才能满足晚清小说读者的阅读期待。晚清谴责小说作家表现出强烈的读者意识，但其读者意识也带着摇摆性、复杂性和矛盾性，这与近代中国民众文化素质总体偏低、作家创作急功近利的文化语境有关。此外，刘颖慧《晚清小说广告研究》（人民出版社 2014 年版）第四章“小说广告与晚清小说的读者”通过分析晚清小说的广告指出，当时读者的阅读、作者的创作、报馆书局的印刷刊行形成了一个无法分割的有机整体，在这个整体的运作中，小说的创作、印刷刊行都以读者需求为核心，遵循市场规律。这可以说是一个比较新颖的研究角度。

三是探讨读者接受对清末民初小说发展产生的影响。陈大康的《晚清小说与白话地位的提升》（《文学评论》2011 年第 4 期）将文言小说与白话小说在晚清文化市场上维持平衡状态归因于对读者需求的迎合。喜好文言小说的读者群代表了高雅层次，购买力强盛。只能阅读白话小说的读者人数众多。两类读者带来的利润同样可观，所以都受到重视。而白话小说受众面远大于文言小说，这些数量众多的一般读者的选择对近代白话小说地位的提升起到了巨大作用。张丽华在《读者群体与〈时报〉中“新体短篇小说”的兴起》（《南京师范大学文学院学报》2008 年第 2 期）中通过分析《时报》刊登的小说作品，论证了在清末唯长篇是尚的阅读氛围中，新体短篇小说的兴起与作为新读者的学生群体崛起之间密不可分的关系。这类短篇小说或以学生为拟设读者，或取材于学生生活，密切配合时事，语言简练浅近富有寓意，在作者陈景韩、包天笑的努力之下，由《时报》发端，逐渐在当时小说杂志中发散开来并受到广泛模仿，在清末小说中颇具特色。李九华《晚清报刊与小说传播研究》(中国社会科学出版社 2014 年版)通过对晚清报刊小说的研究发现,读者群的下移与小说的市民化趋向对晚清报刊小说的创作和传播产生了明显影响。

还有一些学者以个案研究的方式分析了清末民初小说的读者接受情况以及小说接受与创作、翻译之间的互动关系,其中以对林译小说接受的研究数量最多。例如在《林译〈茶花女〉撼动中国的岁月》(《文艺理论研究》1999 年第 1 期)中,卢文芸以民族心理与时代精神等方面为切入点,指出《茶花女》的故事模式里,牺牲僭越了爱情成为主题,以同样模式演绎的各类道德故事都可以依此方式,把爱情置换为亲情、友情、忠君爱国之心等,其中蕴含的无私奉献的崇高道德、完美人格受到历来重视道德的中国读者的欢迎。郝岚《被道德僭越的爱情——林译言情小说〈巴黎茶花女遗事〉和〈迦茵小传〉的接受》[《天津师范大学学报(社会科学版)》2003 年第 6 期]则在卢文芸所论基础上进一步指出,过去认为中国人喜欢这两部作品是因为它们张扬个性自由、赞同婚姻自主,但事实上通过分析可以发现中国人看重的是这两部外国小说中的道德主题,西方的个性自由观念并未被真正接受。正因如此,《巴黎茶花女遗事》中蕴含的反封建因素没有在后来的中国现代言情小说中真正成长,却最终发展成为鸳鸯蝴蝶派作家笔下的大众读物。李宗刚在《对林译小说风靡一时的再解读》(《东岳论丛》2004 年第 6 期)中认为林纾的小说翻译契合了接受主体在特定的文化交汇点上独特的精神要求,因而能风靡一时,接受主体的精神需求又反过来促成了林纾文学翻译活动的继续和深化。在《论林译〈茶花女〉何以成功登陆中国文学》(《山东社会科学》

2013 年第 6 期）中，李宗刚又提出《茶花女》文本本身所蕴含的深刻人生哲理引发了接受主体对自身生命的思考，又因与中国古典文学特别是《红楼梦》有着审美趣味上的相似性，而契合了接受者既有的审美心理、文化结构，进而引发了中国读者的接受热潮。程华平的《林译小说的读者意识与古文策略》（《文艺理论研究》2007 年第 6 期）则把文言形态的林译小说在近代获得巨大成功的重要原因归于习惯于欣赏古文文体的传统文人及青年学生的读者定位。姚艳波在《从“读者期待视野”角度解读林纾〈黑奴吁天录〉的翻译》（《北京第二外国语学院学报》2008 年第 8 期）中提出，林纾《黑奴吁天录》译本淡化了原著中的宗教观念和反对奴隶制度的政治思想，强化了对当时中国读者忧患意识和爱国情怀的呼唤，凸显了孝道、忠义等中国传统道德观念，激发了当时读者的积极响应，成为和读者期待视野近乎完美融合的典范之作。袁进在《近代中国人是怎样接受侦探小说的》（《艺术评论》2011 年第 6 期）中指出，在近代中国，许多读者发现了侦探小说体现的人权思想、科学思想等新意识形态，把侦探小说当作启蒙读物阅读，侦探小说也满足了读者的娱乐需求，因此风行一时。顾迎新的《清末民初北京小报小说作者与读者的互动关系》（《时代文学》2010 年第 1 期》）以小说《元宵案》和《李五奶奶》为例，指出北京小报小说作者通过与读者频繁互动，把读者对小说情节发展、人物设定的建议吸收进创作中，完成了作者和读者的“共谋”合作。

从总体上看，有关近代小说接受的研究还较为薄弱，尤其是对于小说接受者，将其作为专题的系统深入的研究尚未出现。

## 三、对几个基本概念的界定

本书所论及的“清末民初”是指从中国第一所新式学校京师同文馆建立的1862年至1917年“五四”新文化运动兴起前后的时间段，清末民初的学生群体就萌芽、发展于这一时期。

本书所涉及的小说是指清末民初在中国出现的各类小说，既包括创作小说，也包括翻译小说以及部分外文小说，这是当时学生群体主要的接受对象。

本书所论及的学生是指清末民初进入新式学堂进行系统学习的在读学生和毕业生，包括国内学堂学生、海外留学生、教会学校的学生等。他们对清末民初出现的小说的接受情况，是本书考察的主要方面。

所谓“群体”，是指具有特定的共同目标和共同归属感、存在着互动关系的复数个人的集合体。[①] 作为小说接受主体的清末民初学生并没有严密的组织、统一的纲领，对小说的接受也存在个体差异，但由于其知识结构、存在形态、思想特征等具有群体共通性，使得其对小说的接受呈现出某些共同特点或趋向。

本书所论及的小说接受，涵义较为宽泛，既包括对小说文本的阅读感受与反应，也包括对小说的理论阐释、评论以及创作中的模仿与借鉴等方面，分别涉及效果、阐释与影响几个层面。



---

① 郭庆光著：《传播学教程》，中国人民大学出版社1999年版，第89页。

## 四、本书的基本思路和研究方法

毫无疑问，本书所论属于文学史范畴，但是，现象往往远比规律纷繁复杂，所以笔者力图抓取散乱材料中特别突出的问题剖析，在还原历史现场的同时，尽力把握现象之下的内在动因以及对前人的理解、对今人的启示。本书以接受者为研究的视角和重点，并非唯接受是论，而是希望在文学解读当中，引入这样一个视角、一种方法，拓展对于近代小说的认识空间。对于接受理论，本书试图避免生搬硬套，既合理恰当地在研究中加以运用，也正视接受理论自身的缺陷不足，适当加以改造和扬弃。本书的基本思路和研究方法如下：

1. 运用文献学、历史学、社会学的方法，在爬梳清末民初学生小说接受的相关史料基础上，将历史描述与理论分析相结合，还原清末民初小说的学生接受群体崛起的社会历史文化情境，把握清末民初学生对小说接受的真实情况，既通过整体观照揭示清末民初学生群体接受小说的主要特征，又结合个案剖析细化深化相关研究。

2. 运用接受美学理论、马克思主义艺术生产与消费双向互动理论，考察清末民初学生作为小说接受主体及其接受途径、接受方式、接受对象的特点，展开学生的小说接受与小说创作、翻译之间互动关系的研究。

## 五、本书主要内容

本书除绪论、结语、主要参考文献外，共分为六章，每章主要内容如下：

第一章“小说世界的繁兴与学生社会的崛起”，主要分析小说在清末民初出现繁兴局面的表现与原因，学生群体崛起的概况及其成为小说重要接受群体的主客观条件，还原学生成为当时小说接受主体的历史文化情境。

第二章“作为小说接受主体的学生群体的特点”，从知识体系、存在形态、思想特征和小说观念、接受动机与接受行为等方面分析论述作为小说接受主体的清末民初学生的总体特点。

清末民初学生群体拥有丰富多样的接受小说的途径：购阅、借阅、观看小说改编的话剧、通过教科书接受以及租赁、赠阅等，其中购阅、借阅、观剧、租赁、赠阅是在当时各类受众群体中都存在的，而通过学校课程体系接受小说是学生群体独有的，图书馆借阅的途径也主要存在于学生当中。第三章“多样的接受途径”主要考察购阅、图书馆借阅、观看小说改编的话剧、教科书这几种学生群体中较为典型的接受途径，分析其概况与特点。

清末民初学生对小说的接受方式既有评点、序跋等传统方式，也出现了论文、小说话等新方式。此外，凡例、识语、日记、书信、题咏等一些散论，将小说改编为话剧，以及对翻译小说的模仿、借鉴，也记录了其接受小说的具体情况。第四章“古今并存的接受方式”主要就几种学生中常见的接受方式展开论述：围绕小说作品产生的各种副文本、独立于具体作品之外的论文和小说话、改编的话剧，以及对翻译小说的模仿、借鉴。

政治小说、侦探小说、科学小说、言情小说在清末民初学生群体中传播较广、影响颇大。正是在接受各类小说的过程中，学生群体实现了对作品的“重建”。第五章“清末民初学生群体对各类小说的接受”，主要就学生对这几类小说的接受情况进行分析。

在当时的小说接受群体中，学生的思想最活跃，求新求异心理最浓重，改变现实的愿望最迫切。这种接受心理与阅读行为在一定程度上影响到当时小说的题材类型、创作手法乃至语言的发展演变。可以说，学生读者是中国小说在清末民初转型的一股重要推动力。此外，很多学生也参与到小说的创作、翻译中，从接受主体变身为创作主体、翻译主体，扩大了小说的作者、译者队伍。第六章“影响之维”主要围绕这几个方面探讨学生群体的接受活动对清末民初小说的生产、传播的影响。

# 第一章 小说世界的繁兴与学生社会的崛起

清末民初,小说数量迅猛增长,题材主旨丰富多样并发生了重大变化,艺术上的大胆探索层出不穷,新兴媒体助其获得前所未有的传播速度与范围,小说成为文学园地里最为繁兴的种类。与此同时,随着新式教育体系的建立,新式学堂也得到极大发展,规模庞大的学生群体出现。学生接受小说的主客观条件在此时也均已成熟,一个新兴的小说接受群体浮出历史地表。

## 一、小说世界的繁兴

中国小说在明清时期经历了一个大发展阶段,不但数量多、质量高、受众增加,在理论上也得到关注乃至肯定,但是并未达到成为文学主流的程度。时至清末,小说迎来了前所未有的繁兴局面,一时间出现了“经史不如八股盛,八股无如小说何”“方今大地此学盛,欲争六艺为七岑”①的情形。人们惊呼,

① 康有为:《闻菽园居士欲为政变说部,诗以速之》,上海市文物保管委员会文献研究部编:《康有为遗稿·万木草堂诗集》,上海人民出版社 1996 年版,第 124 ~ 125 页。

"十年前之世界为八股世界,近则忽变为小说世界"①。到了民初,依然是"试一流览书肆,其出版物,除教科书外,什九皆小说也"②。

小说世界的繁兴,首先表现为小说数量迅猛增长,超越以往任何一个时期。《中国通俗小说总目提要》(中国文联出版公司1990年版)共收录唐代至清末通俗小说1160部,产生于清末的就超过50%,达到620种。民初,小说数量依然保持迅猛增长的势头,仅1915年,创作小说就有1584种,翻译小说也有347种。③ 两者相加,几乎是此前十年小说的总和。尤其是大量域外小说被译介到国内,为中国小说注入了新鲜血液。"今日小说之势力,视十年前增加倍蓰什百"④,梁启超1915年发出的这句慨叹并非泛泛而论。据郭浩帆统计,清末民初(1840—1919)出现的创作、翻译小说达11505种,由于清末民初小说有不少散佚,实际的小说数量还应更多。⑤

小说不仅在数量上呈现空前的增长之势,在传播方式上也发生了重大变化。清末已经有人发现并指出,"今之时代,文明交通之时代也,抑亦小说交通之时代乎!……新闻纸报告栏

---

① 寅半生:《〈小说闲评〉叙》,《游戏世界》第1期,光绪三十二年(1906)。

② 梁启超:《告小说家》,《中华小说界》第2卷第1期(1915)。

③ 根据[日]樽本照雄编《新编增补清末民初小说目录》(齐鲁书社2002年版)统计。

④ 梁启超:《告小说家》,《中华小说界》第2卷第1期(1915)。

⑤ 郭浩帆:《清末民初小说与报刊业之关系探略》,《文史哲》2004年第3期。

中，异军特起者，小说也"①。不仅《申报》《时报》《新闻报》等报纸刊载小说，一些专业期刊如《教育杂志》《医学世界》等也刊载小说。专业的小说杂志也于此时出现，从《新小说》《绣像小说》《新新小说》《月月小说》《小说林》《小说月报》到《礼拜六》《民权素》《小说丛报》《小说海》等，它们迅速成为文化市场的宠儿，为当时80%的小说提供了发表园地。②

小说在这一时期的繁兴还表现在题材主旨的丰富多样与重大变化上，关注当下社会、反映现实成为小说最主要的内容。当时的小说被分为二百多类，政治小说、科学小说、侦探小说、言情小说、谴责小说等成为最受关注的门类，改变了传统小说以历史、家庭、公案、神魔等题材为主的局面，小说领域呈现新格局、新气象。

在艺术上，层出不穷的大胆探索也使得中国小说呈现出前所未有的活力。突破章回体体制的长篇小说、新型短篇小说异军突起，第一人称等叙事角度的尝试令读者耳目一新，日益增多的悲剧结局、心理描写、景物描写也参与了小说新面貌的塑造。

文学领域内，小说的风头一时无两。

对于小说在清末民初繁兴的原因，学界已多有探究。较早的当推鲁迅在《中国小说史略》中的分析："光绪庚子（一九〇〇）后，谴责小说之出特盛。盖嘉庆以来，虽屡平内乱（白莲

---

① 摩西：《〈小说林〉发刊词》，《小说林》第1期，光绪三十三年(1907)。

② 郭浩帆：《清末民初小说与报刊业之关系探略》，《文史哲》2004年第3期。

教,太平天国,捻,回),亦屡挫于外敌(英,法,日本),细民暗昧,尚啜茗听平逆武功,有识者则已翻然思改革,凭敌忾之心,呼维新与爱国,而于'富强'尤致意焉。戊戌变政既不成,越二年即庚子岁而有义和团之变,群乃知政府不足与图治,顿有掊击之意矣。其在小说,则揭发伏藏,显其弊恶,而于时政,严加纠弹,或更扩充,并及风俗。"①鲁迅的论断虽然是就谴责小说而言,其实也适用于整个清末小说界。

阿英也针对这一问题提出了见解:"第一,当然是由于印刷事业的发达,没有前此那样刻书的困难;由于新闻事业的发达,在应用上需要多量产生。第二,是当时智识阶级受了西洋文化影响,从社会意义上,认识了小说的重要性。第三,就是清室屡挫于外敌,政治又极窳败,大家知道不足与有为,遂写作小说,以事抨击,并提倡维新与革命。"②在吸取鲁迅观点的同时,阿英又将关注点扩展到清末民初小说的传播方式与传播效果方面,指出机器印刷提高了小说的传播效率,降低了成本,扩大了传播范围,从而促成了小说的繁兴。

欧阳健则认为庚子国变促使清政府下决心进行改革,废除科举制度,大批知识分子离开了"学而优则仕"的传统人生规划,步入撰文为生的道路,从而出现了庞大的小说创作翻译队伍。③"十年前之世界为八股世界,近则忽变为小说世界,盖昔之肆力于八股者,今则斗心角智,无不以小说家自命。于是小说之书日见其多,著小说之人日见其夥,略通虚字者无不握管

---

① 鲁迅著:《中国小说史略》,上海古籍出版社1998年版,第205页。
② 阿英著:《晚清小说史》,人民文学出版社1980年版,第1页。
③ 欧阳健著:《晚清小说史》,浙江古籍出版社1997年版,第5页。

而著小说"[1]。近代稿酬制度的发展、成熟与普及,进一步推动了小说家们向着职业化道路迈进的步伐。

小说领域的繁兴也是小说界变革思潮推动的结果。这场变革的前奏可以追溯到1895年英国人傅兰雅在《申报》和《万国公报》发表的《求著时新小说启》:

> 窃以感动人心,变易风俗,莫如小说。推行广速,传之不久,辄能家喻户晓,气习不难为之一变。今中华积弊最重大者,计有三端:一鸦片,一时文,一缠足。……兹欲请中华人士愿本国兴盛者,撰著新趣小说,合显此三事之大害,并祛各弊之妙法,立案演说,结构成编,贯穿为部,使人阅之,心为感动,力为革除。辞句以浅明为要,语意以趣雅为宗。虽妇人幼子,皆能得而明之。述事务取近今易有,切莫抄袭旧套。立意毋尚希(稀)奇古怪,免使骇目惊心。限七月底满期收齐,细心评取。首名酬洋五十元,次名三十元,三名二十元,四名十六元,五名十四元,六名十二元,七名八元。果有佳作,足劝人心,亦当印行问世。并拟请其常撰同类之书,以为恒业。凡撰成者,包好弥封,外填名姓,送至上海三马路格致书室,收入发给收条。出案发洋,亦在斯处。英国儒士傅兰雅谨启。[2]



---

① 寅半生:《〈小说闲评〉叙》,《游戏世界》第1期,光绪三十二年(1906)。

② [英]傅兰雅:《求著时新小说启》,《申报》光绪二十一年五月初二(1895年5月25日),《万国公报》第77册(1895年6月)。

这则广告针对当时中国社会存在的鸦片、时文、缠足几大弊端，呼唤中国人创作能够祛除时弊、有助于本国兴盛的小说作品，从题材主旨到语言风格、故事结构，全方位发出了对适应时代需求的中国小说的呼唤。

几年之后，这一呼唤在梁启超等人发动的“小说界革命”中得到了回应。小说被视为新民救国之利器，一举登上文学殿堂“最上乘”的位置。小说具有改造社会、启迪民众的神奇力量，写小说、读小说变成了堂皇正大之事，“私衷酷好，而阅必背人；下笔误征，则群加嗤鄙”①的时代已经过去。《新世界小说社报》甚至大胆建议：“开小说科举，以考试定其出身”。②

官方与小说有关的文教政策也是小说繁兴于此时的原因之一。清末，官方对文网有所放宽。清末《山东全省官书局书目》“杂学类”收有新小说、翻译小说③，学部将《黑奴吁天录》《冶工轶事》《穑者传》《儿童修身之感情》《美洲童子万里寻亲记》等小说指定为宣讲教材。民国政府甚至鼓励小说创作，对优秀小说予以表彰，要求各地学校图书馆订购推广。④ 学校的教科书、公共图书馆中也出现了小说的身影。

民国初立之时，与政局混乱、知识分子政治热情消退形成

---

① 摩西：《〈小说林〉发刊词》，《小说林》第 1 期，光绪三十三年(1907)。

② 《读新小说法》，《新世界小说社报》第 7 期，光绪三十二年(1906)。

③ 宋莉华著：《明清时期的小说传播》，中国社会科学出版社 2004 年版，第 329 页。

④ 沈鹏年：《鲁迅在“五四”以前对文坛逆流的斗争——关于他和通俗教育研究会关系的一段史实》，《学术月刊》1963 年第 6 期。

对比的是城市经济和文学市场的进一步发展。“在那时候，举办一种刊物，非常容易，一、不须登记。二、纸张印刷价廉。三、邮递利便，全国畅通。四、征稿不难，酬报菲薄。真可以说是出版界之黄金时代。”①依托出版业的发展，文艺报刊空前繁盛起来，小说家拥有的发表园地超过以往任何时期，作者队伍进一步扩大。日益完善的出版发行网络，也能够将文学作品更快捷地送达消费者手中，文化市场由是日益发展壮大，小说的商品化、市场化较之清末更为充分，小说消费的“场域”成熟起来。

小说在此时繁兴还有一个不能忽视的重要因素，就是接受群体的空前壮大。文学作品只有通过接受才能最终实现其价值，否则就只是潜在的文本。没有读者的接受，再好的小说也无法彰显其存在意义。接受者也是推动小说发展的重要力量。而学生，就是崛起于清末民初的新兴的小说接受群体，他们与科举制度废除后的大量士大夫、进入城市的乡村绅士、城市职员等一起，成为接受小说的主力。

## 二、学生社会的崛起

学生群体在清末的崛起首先与清政府自上而下地实施新政有关。传统教育在此时愈发空疏僵化、脱离实际，弊病丛生的科举制度已远远不能适应现实的需求。人才匮乏已久，官员的素质能力日趋低下，致使国家在内政外交等各个方面越来越陷入被动局面。迫在眉睫的危机促使清政府开展新式教育，以

---

① 秋翁:《三十年前之期刊》,《万象》第 4 年第 3 期(1944)。

培养适应现实需要的人才。洋务运动、戊戌变法、清末新政中的一系列教育改革,促使新式学堂成立,学生群体出现。1862年京师同文馆成立,标志着新式学堂正式出现。洋务运动期间,建立了以京师同文馆为代表的近30所新式学堂。① 1898年,作为戊戌变法的"新政"成果之一,京师大学堂成立。1901年,清政府下令将各省城书院改成大学堂,各府、直隶州改设中学堂,各县改设小学堂,并多设蒙养学堂,1905年,废除科举。在此之前,悄然兴起的教会学校已经在客观上为中国新式学校的创办树立了样板。

随着学堂不断兴建,学生数量随之大幅增加。笔者根据王笛《清末近代学堂和学生数量》(《史学月刊》1986年第2期)和陈景磐《中国近代教育史(下编)》(人民教育出版社1978年版)中的统计数据制成1902—1916年历年学堂、学生数量比较表如下:

**1902—1916年历年学堂、学生数量比较表**

| 年份 | 学堂数 | 学生数 |
|---|---|---|
| 1902 | 缺 | 6912 |
| 1903 | 769 | 31428 |
| 1904 | 4476 | 99475 |
| 1905 | 8277 | 258873 |

① 参见朱有瓛主编:《中国近代学制史料》(第一辑上册),华东师范大学出版社1983年版。

（续表）

| 年份 | 学堂数 | 学生数 |
|---|---|---|
| 1906 | 23862 | 545338 |
| 1907 | 37888 | 1024988 |
| 1908 | 47795 | 1300739 |
| 1909 | 59117 | 1639641 |
| 1910 | 42696 | 1284965 |
| 1911 | 52500 | 缺 |
| 1912 | 87272 | 2933387 |
| 1913 | 108448 | 3643206 |
| 1914 | 122286 | 4075338 |
| 1915 | 129739 | 4294251 |
| 1916 | 121119 | 3974454 |

此表尚未包括未经申报立案的公私立学堂、军校、教会学堂等统计数，但已能反映新式教育在清末民初的迅猛发展之势。到1916年，出现了十几万所新式学堂、数以百万计的学生。

负笈海外的留学生数量也于此时快速增长。1900年留日学生不过159人，1903年有1242人，1905年猛增到8000余人。留美学生到清朝灭亡时有650余人，留学欧洲的学生到1910年也有600余人。①

此外，学堂种类也前所未有地丰富起来，除了语言、工艺、军事学堂，还出现了大批师范、法政学堂，实业学堂在农、工、商

① 李华兴、陈祖怀：《留学教育与近代中国》，《史林》1996年第3期。

之下又分出许多专科，专门类学堂也日趋完善，不仅包括文、理、法、医、艺术等门，还有专为一些民族、阶层开设的学堂，女子学堂也发展起来。①

除少数落后地区，一些主要城市中，大量学生聚集于多个学堂，如晚清上海共建有初等学堂（包括普通小学堂、初等实业学堂、女子小学堂和幼稚园）285 所，中等学堂（包括普通中学、中等师范、实业中学、专门中学和女子中学）63 所，高等学堂 5 所，清末十年间这些学堂至少培养了 13 万名学生，形成了一个数量颇为可观的群体。② 中等城市学生往往也有数千人，同样是一股不可忽视的社会力量。

科举废除前后，“一个分布全国，拥有一定数量质量的近代中国学生群初步形成了”③。

与传统官学、书院等各类学校相比，清末民初的新式学校具有更集约化的教育模式，学生群体的数量更多，规模更大。传统官学中的府州县学到 1886 年共 1810 所④，明代共有书院 1962 所，清代新建和修复的书院约 2500 所⑤，明末官学

---

① 桑兵著：《晚清学堂学生与社会变迁》，广西师范大学出版社 2007 年版，第 3 页。

② 施扣柱：《清末上海教育改革之研究》（节选），上海社会科学院历史研究所编：《史苑英华——上海社会科学院历史研究所论文精选》，上海社会科学院出版社 2008 年版，第 450 页。

③ 桑兵著：《晚清学堂学生与社会变迁》，广西师范大学出版社 2007 年版，第 64 页。

④ 桑兵著：《晚清学堂学生与社会变迁》，广西师范大学出版社 2007 年版，第 142 页。

⑤ 白新良著：《中国古代书院发展史》，天津大学出版社 1995 年版，第 108、172 页。

生员总数“不下五十万人”①，清代国子监学生定额300人，时常不能招满，岁贡生平均每年928人，地方官学生员数额“视人文多寡，分‘大’‘中’‘小’学。大学四十名，中学三十名，小学三十名”，后虽“屡有增广”，但“查其儒学受教育的人数，与户口人数相比，只有千万分之一”，②与清末民初数以万计的学堂、几百万之众的学生比较，相去较远。

## 三、学生成为清末民初小说重要的接受群体

学生这一日益庞大的群体不仅是推动清末民初社会发展变革的中坚力量，也成为清末民初小说十分重要的受众群体，他们接受小说的主客观条件在此时均已成熟。

首先，学生具备接受小说的能力。新小说是清末民初小说的主要构成部分，而康有为等人曾将下层民众设定为新小说的主要读者，夏曾佑在《小说原理》中也主张：“今值学界展宽（注：西学流入），士夫正日不暇给之时，不必再以小说耗其目力。惟妇女与粗人，无书可读，欲求输入文化，除小说更无他途。”③他们将妇女与下层民众作为新小说的受众主体。但实际情况是，普通民众对新小说的认同极其有限，“里巷间之顽夫稚子妇人，依然但知《三国》《水浒》《西游记》，而能举新小说之名者百不一二，其能称颂新小说之美者，盖罕

① （清）顾炎武撰，华忱之点校：《顾亭林诗文集》，中华书局1959年版，第21页。

② 毛礼锐、沈灌群主编：《中国教育通史》（第三卷），山东教育出版社1987年版，第66、415～416页。“千万分之一”意为千分之一、万分之一。

③ 别士：《小说原理》，《绣像小说》第3期，光绪二十九年（1903）。

闻也”[①]。他们的小说观念与欣赏习惯还停留在传统的轨道上，无法与新小说达成视野融合。所以，狄葆贤认为“今日欲以佳小说饷士夫以外之社会，实难之又难者也”，而“今日之士夫，其能食学界展宽之利者，究十不得一，即微小说，其目力亦耗于他途而已；能得佳小说以饷彼辈，其功力尚过于译书作报万万也”。[②] 真正应该接受新小说并能从中获益的其实是当时的读书人。因此，黄小配指出，“自文明东渡，而吾国人亦知小说之重要，不可以等闲观也，乃易其浸淫‘四书’‘五经’者，变而为购阅新小说”[③]。受过传统教育的文人才是当时小说最主要的接受群体。不过，随着科举废除、新式教育体系建立，这种情形逐渐发生了改变，学生日益成为新小说的主要理想读者与实际读者。



1906 年，《新世界小说社报》刊载了《读新小说法》一文，对新小说的读者资格提出一番特别限定：

> 无格致学不可以读吾新小说　新小说有夺瓦特之锤，以造新器者：天上可以鼓轮，海底可以放枪，上碧落而下黄泉，幻言也，见诸实事。不解此理，则读《地心旅行》，必以为土行孙复出矣；读《空中飞艇》，必以为孙悟空复出矣；读《游行月球》，必以为叶法善复出矣。惊人工为仙术，指

---

① 樊：《小说界之评论及意见》，《申报》宣统二年（1910）一月二十二日。

② 平子：《小说丛话》，《新小说》第 7 号，光绪二十九年（1903）。

③ 老棣：《文风之变迁与小说将来之位置》，《中外小说林》第 1 年第 6 期，光绪三十三年（1907）。

至理作危言:恍惚迷离,无有是处,辜负吾新小说。

无警察学不可以读吾新小说　新小说有夺滑震之觚,以造新文者:量足印于鸿泥,认齿痕于苹果;境则曲而复曲,事则歧之又歧。不解此理,则睹乎尔唔斯之假面,得非谓杨戬化身乎?诵马丁休脱之奇文,得非谓张角天书乎?挟《洗冤录》,以验《眼中留影》;按《大清律》,以绳《火里罪人》:方凿圆枘,无有是处,辜负我新小说。

无生理学不可以读吾新小说　新小说有夺亚当之炉,以造新人者:发电术之奇,灵魂可盗;则陆判换心,不足奇也。抉人种之秘,怪齿顿生;则女娲抟土,不足异也。移三光,倒九泉,神乎技哉!不解此理,则求金鸡那于《本草》,比库雷唉以仲景:盲探瞎索,无有是处,辜负吾新小说。

无音律学不可以读吾新小说　新小说有夺摆伦之席,以造新曲者:一声菲立般,血海生花;半阕《玛拉顿》,芜城入梦。铜琵铁板,有此慨慷;残月晓风,无其凄楚。以平、上、去、入之音,求徒、来、米、发之谱,难矣。不解此理,则请姜白石以正《渣阿亚》之弦,寄《西江月》以填《端志安》之调(《渣阿亚》《端志安》,摆伦诗篇名):移宫换羽,无有是处,辜负吾新小说。

无政治学不可以读吾新小说　政论有三界,而新小说亦有三界。《独立史》,言既往也;《活地狱》,言现在也;《新中国》,言未来也。以但丁之脑,写卢梭之魂,托实事于空言,心焉伤矣。不解此理,则“寡头体”“多头体”是何名词,“山岳党”“烧灰党”是何徽号,不将以新小说作《革命军》乎?如哑子之说戏文,指天画地,无有是处,辜负吾新小说。

无论理学不可以读吾新小说　论理有“真”“申”(二词名见严译《名学》),而新小说亦有“真”“申”。因是因非,因非因是,其真词也;非马喻马,非指喻指,其申词也。《文明小史》,其真词也;《天方夜谈》,其申词也。不解此理,则妖魔摄人以入洞,姹女遇仙而坠井,不将以新小说作《封神榜》乎?如盲人之谈骨董,惊奇道怪,无有是处,辜负吾新小说。①

放眼当时的小说受众,只有学生群体符合文中的要求,能够在拥有阅读能力的同时具备格致学、警察学、生理学、音律学、政治学、论理学(笔者按,即逻辑学)知识,可以真正理解新小说。学生才是新小说的理想读者。



其次,学生有强烈的接受小说的意愿。当时很多家长、老师禁止子弟阅读小说之类的“闲书”“杂书”,但这丝毫不能降低学生们对小说的热情。郭沫若在学生时代阅读小说的经历颇具典型性,据他回忆,“(辛亥革命)推翻了清朝二百六十八年的统治。……在那鼎革的时期,学校多是奉行故事,有好些稍谐人意的教员也都转入了政界,剩给学生的便是焦躁、无聊、空虚”,“学堂里没有可学的东西,少年的各种能力他总要寻出发泄的机会来消费的……我所发展的新的方面是甚么呢?便是文学。因为我们可以自修的是只有文学,有资格足以供我们

① 《读新小说法》,《新世界小说社报》第7期,光绪三十二年(1906)。

领教的也只有通文学的人”。[1] 精神领袖对小说价值、地位的鼓吹，一些反映社会热点问题的作品的流行，阅读小说的自主性、隐蔽性，精神的愉悦，情感的释放及梦想、欲望的满足，都会使学生对小说趋之若鹜。他们渴望通过小说进行自我审视甚至自我引导、自我实现，乃至获得一定的话语权。没有小说相伴的时光，会使他们倍感“枯寂”[2]。所以，尽管家境贫寒，学生时代的张恨水也会每月省下二角钱购买一期《小说月报》[3]，周瘦鹃则用母亲给的点心费换取旧书摊上的各种廉价小说作品[4]。各种小说单行本和小说杂志在学生群体中广为传播，《小说月报》甚至成了在校学生的奖品。

此外，当时的市场已经为学生们打开了接受小说的方便之门。在各类出版机构、书店、文化市场，他们可以购买、预订各类小说。针对学生的促销小说活动自清末以来便不断出现，很多文学期刊在进行广告宣传时都不忘为学生们留出一席之地，以小说形式出现的软广告也常常以学生、教员为主角。



---

① 郭沫若著：《沫若自传》(上卷)，求真出版社2010年版，第197、63～64页。郭沫若(1892—1978)，原名开贞，字鼎堂，号尚武。四川乐山人。现代著名文学家、历史学家、社会活动家。曾就读于乐山高等小学、嘉定府中学堂、成都高等学堂分设中学、四川官立高等学堂，1913年赴日本留学，毕业于九州帝国大学。

② 止庵著：《周作人传》，山东画报出版社2009年版，第13页。

③ 张恨水著：《写作生涯回忆》，江苏文艺出版社2012年版，第58页。张恨水(1895—1967)，原名心远，笔名恨水。安徽潜山人。现代著名作家。民初肄业于南昌甲种农业学校、苏州蒙藏垦殖学校。

④ 王智毅编：《周瘦鹃研究资料》，天津人民出版社1993年版，第12页。周瘦鹃(1895—1968)，原名祖福，字国贤。江苏苏州人。现代著名作家、文学翻译家。毕业于上海储实两等小学、民立中学。

读者的反应是决定报刊生存的重要因素，报刊在面向市场时，往往已预设了自己的接受群体。对于清末民初的报刊，学生是一个理想且重要的受众群体。从当时报刊所载的小说广告中我们可以强烈地感受到这一点。一般来说，出版商运用广告手段是为了“在现实中找到、接触到那个理论上存在的读者大众，也就是他最初设想或培养起来的那些读者”，而且广告宣传会更多地集中在比较容易受此广告影响的人身上。① 如1907年7月《时报》刊载的宣传政治小说《经国美谈》的广告云：“此虽小说体裁，然实根据希腊正史演出，中含政治、道德、伦理、教育诸科学精义，最合中小学生徒之披览，非他稗官所能比也。”②将适合学生学习各类社会科学知识作为小说最大卖点。《月月小说》第1年第6号广告称：“承各处学界、商界诸君纷纷订购，销数日广……几有印刷不及之势。”③也把学生视为其第一大消费群体。



再看当时文学期刊的办刊宗旨、自我宣传，也能让人感受到学生消费群在出版商心目中的重要地位：

深闺秀女，学界商界，均可人手一编。④

---

① [法]罗贝尔·埃斯卡皮著，于沛选编：《文学社会学》，浙江人民出版社1987年版，第47页。

② 转引自袁进主编：《中国近代文学编年史——以文学广告为中心(1872—1914)》，北京大学出版社2013年版，第135页。

③ 月月小说社：《特别广告》，《月月小说》第1年第6号，光绪三十三年(1907)。

④ 《上海月月小说社广告》，《中外日报》光绪三十二年九月初九(1906年10月26日)。

雅驯而不艰深，浅显而不俚俗，可供公暇遣兴之需，亦资课余补助之用。①

雅俗共赏，凡闺秀、学生、商界、工人，无不咸宜。②

接受小说所需的时间与空间对于学生群体来说也不成问题。清末开始实行的中等、高等学堂星期天休息和寒暑假的制度使学生们的文学消费时间获得制度性保障。在课余，在假期，在学校或家庭中，拥有阅读能力和闲暇时间、生活自由度较高且精力旺盛的年轻学生将小说作为主要的精神消费品成为最自然不过的事。

官方的文教政策也反映出学生群体接受小说的情况。清末官方曾多次查禁政治小说，并针对学生购阅小说下达禁令，军机处曾要求查禁《新民丛报》《新小说》，“但使内地无销售之路，士林无购阅之人”。1904 年，清政府颁发的《奏定各学堂管理通则》明令“各学堂学生，不准私自购阅稗官小说、谬报、逆书”。清廷查禁《新小说》等书刊时特别要求“各学堂诸生及士民人等，务各束身自爱，不得购阅，致干咎戾”。③ 针对学生群体出台有关小说的文化政策，说明学生群体对小说的接受已经引起官方的重视。这从反面证实了学生群体当中阅读小说的风气之盛。

另一方面，官方文化政策对某些小说的“松绑”，也对学生

① 《本社特别广告》，《小说月报》第 3 卷第 7 号(1912)。

② 包天笑：《〈小说画报〉短引》，《小说画报》第 1 期(1917)。

③ 戈公振著：《中国报学史》，生活·读书·新知三联书店 2011 年版，第 158 页。

群体的小说接受起了推波助澜的作用。民国政府曾对优秀小说予以表彰,要求各地学校图书馆订购推广。[①] 学校的教科书中也出现了小说的身影。公共图书馆和各类学校图书馆的建立,为没有经济实力的学生与小说作品亲密接触提供了社会化保障。在文化政策许可的范围内学生们能够公开合法地接受小说了。

作为小说读者的学生群体规模庞大且影响力不断增长。1916 年,恽铁樵指出,“男女学校青年”已与“如来教所谓林下诸公”“世家子女之通文理者”在小说接受群体中呈三足鼎立之势。[②]



① 沈鹏年:《鲁迅在“五四”以前对文坛逆流的斗争——关于他和通俗教育研究会关系的一段史实》,《学术月刊》1963 年第 6 期。

② 铁樵:《答某君书》,《小说月报》第 7 卷第 2 号(1916)。

# 第二章　作为小说接受主体的学生群体的特点

学生群体不是一个自足封闭的体系，而是与整个社会政治、经济、文化紧密相连。“每个读者或一定的读者群，当他们阅读文学作品时，由于他们各自的生活经验、文化素养、艺术敏感、审美能力的不同，自然会有不同的审美经验期待视界，他们接受文学作品的程度和对作品的感受理解也会各不相同。但是，他们共同受制于这个时代的总文化视界与文明水准，他们总是在这个共同视界范围内来接受、认识、理解的，而决不可能超越这个视界。”①同时，群体内部又有特定的共同目标和共同归属感，成员之间存在着互动关系，群体会成为个人的信息来源，群体传播对群体意识的形成起着重要作用。群体中的信息、舆论、凝聚力、心理气氛会对个体产生影响，群体成员的知觉和判断等方面有渐趋一致的倾向，个人的观念、态度、行为甚至知觉由于群体的引导或压力会朝着与多数人相一致的方向变化等，这些情况在学生接受小说的过程中不同程度地存在。

---

①　朱立元著：《接受美学》，上海人民出版社 1989 年版，第 168 页。

在中国传统社会中，士子群体就是小说的主要受众，但是清末民初的学生处于古今中外文化碰撞的转型时代，与传统士子相比，不仅在知识体系方面产生了很大变化，存在形态、思想特征等与传统士子之间存在较大差异，其小说观念、接受动机与接受行为也形成了自身特色。即使从学校毕业，其学生时代受到的全方位形塑也会影响他们对小说的接受。

## 一、一个新兴的知识阶层

### 1. 清末民初学生的知识体系

与传统士子相比，清末民初学生的知识体系发生了前所未有的巨变。陈翊林在《最近三十年中国教育史》中指出："旧教育的宗旨不出人才教育的范围，而所谓人才教育又等于官吏教育，所以旧教育时代读书与作官分不开……但是新教育的宗旨，不只要实施人才教育，还要实施国民教育。国民教育是每个国民都要受的教育。……起码要求养成一个国民，进一步才要求养成一个人才，而所谓人才又不重在官吏，而重在能担任外交政治，农工商业，交通，教育事业的专门人才。"①传统教育培养的是臣民而非国民，注重的是"道"而非"器"，以学习经学为主，兼及小学、史学、算学、天文历法、舆地之学等，总体上看知识结构单一陈旧。清末民初新式教育的办学宗旨、培养目标则是培养国民，培养有专门技能的人才。通过借鉴西方、日本的近代教育体系，清末民初中国的教育制度、课程设置等方面

① 陈翊林著:《最近三十年中国教育史》，上海太平洋书店 1930 年版，第 27～28 页。

都呈现出全新的面貌，清末学生不再以传统的经学学习为主，民初更是将经学清除出大学课程体系，新式教育为清末民初学生群体建构起的是迥异于传统的以西学为主的知识体系。下面这两张清末民初官方公布的中学课程表，可以让我们直观地感受当时中学学生在这一时期的学习内容：

**1902 年《钦定中学堂章程》所列中学堂课程一星期时刻表①**

| 第一年 | | 第二年 | | 第三年 | | 第四年 | |
|---|---|---|---|---|---|---|---|
| 修身 | 2 | 修身 | 2 | 修身 | 2 | 修身 | 2 |
| 读经 | 3 | 读经 | 3 | 读经 | 3 | 读经 | 3 |
| 算学 | 6 | 算学 | 6 | 算学 | 6 | 算学 | 6 |
| 词章 | 3 | 词章 | 3 | 词章 | 3 | 词章 | 3 |
| 中、外史学 | 3 | 中、外史学 | 3 | 中、外史学 | 3 | 中、外史学 | 3 |
| 中、外地理 | 3 | 中、外地理 | 3 | 中、外地理 | 3 | 中、外地理 | 3 |
| 外国文 | 9 | 外国文 | 9 | 外国文 | 9 | 外国文 | 9 |
| 图画 | 2 | 图画 | 2 | 图画 | 2 | 图画 | 2 |
| 博物 | 2 | 博物 | 2 | 博物 | 2 | 博物 | 2 |
| 物理 | 2 | 物理 | 2 | 物理 | | 物理 | |
| 化学 | | 化学 | | 化学 | 3 | 化学 | 3 |
| 体操 | 2 | 体操 | 2 | 体操 | 2 | 体操 | 2 |
| 共计 | 37 | | 37 | | 38 | | 38 |

① 陈元晖主编：《中国近代教育史资料汇编·学制演变》，上海教育出版社 2007 年版，第 274 页。

**1912 年《教育部公布中学校令施行规则》所列中学课程表①**

| 学科 | 学年 | | | |
|---|---|---|---|---|
| | 第一学年 | 第二学年 | 第三学年 | 第四学年 |
| 修身 | 1 | 1 | 1 | 1 |
| 国文 | 7 | 7 | 5 | 5 |
| 外国语 | 7 | 8 | 8 | 8 |
| 历史 | 2 | 2 | 2 | 2 |
| 地理 | 2 | 2 | 2 | 2 |
| 数学 | 5 | 5 | 5 | 4 |
| 博物 | 3 | 3 | 2 | |
| 物理化学 | | | 4 | 4 |
| 法制经济 | | | | 2 |
| 图画 | 1 | 1 | 1 | 2 |
| 手工 | 1 | 1 | 1 | 1 |
| 乐歌 | 1 | 1 | 1 | 1 |
| 体操 | 3 | 3 | 3 | 3 |
| 总计 | 33 | 34 | 35 | 35 |

学生获得了新的知识体系，改变了既有的文化心理结构，也获得了新的审视小说的眼光。学习自然科学有助于他们对科学小说的理解、接受，接受法律教育、逻辑学教育让他们能够体会到侦探小说中的法治精神和逻辑魅力，外国历史、外国地理让他们对异域文明的时空产生了兴趣，修身课培养了他们的

① 陈元晖主编:《中国近代教育史资料汇编·学制演变》，上海教育出版社 2007 年版，第 682 页。

国民意识、民主自由平等意识，这些无不影响着他们对小说的接受。

传统教育体系当中没有小说的位置，而新式教育开始将小说纳入其中，小说的功能和价值受到官方肯定，一些小说直接进入教科书系统，教科书成为学生接受小说的独特途径。入选教科书的小说以翻译小说为主，主要集中在国文、修身、历史等科目。虽然这些小说所占篇幅较少，而且很多经过改编或缩写，但由于教科书体现了国家意志，学生对此类小说的接受带有鲜明的群体性、强制性。一些未经翻译的外文小说还充当了外语教材和学习读本。外文小说虽然种类与题材范围都较为有限，但大多是具有教育意义或认识价值的名家名著，兼具语言典范性和审美价值。经由教师的讲解，学生们感受到域外小说的魅力，也有助于形成世界文学的观念。这种影响不仅广泛而且深远。

2. 清末民初学生的存在形态与思想特征

近代史研究专家桑兵对清末民初学生群体的存在形态和思想特征进行过精辟的剖析，兹引于下：

> 学堂改变了旧式教育的空间位置和受教育者的存在形态，从而导致教育功能与受教育者职能的变更。科举时代，以国学、地方学为主干，社学书院为支派的儒学体系，数量容积十分有限，估计入学总数约为童生士子的1/10。多数人散漫居家，闭门苦读，只在科考时汇聚应试。现在则不同，学生一开始就离家走向府州县，乃至上省晋京出洋，形成班、级、校、地方、区域各个层次大小不等的群

体。……在分散状态下，士人相互砥砺影响缺乏经常性、连续性和稳定性，加上单一向上的心理定势，对现存社会凝聚有余，震动不足。而学堂使学生聚居一处，空间距离缩短，相互联系密切，彼此激励制约，养成团结之心和群体意识，围绕小群体轴心的自转产生和加强了对封建统治的离心力，使其逐渐脱离围绕国家政权的向心运动轨道。学堂扩大了青年的认知空间，一则以综合性科学教育取代家庭式经验传承，知识面与知识结构大为优化，改变了单一纵向比较的传统价值评判准则；二则学生来自四面八方各个社会层面，相互交流信息，拓宽了眼界；三则学生掌握了语言文字工具，处于信息中心带，直接面向大众传播媒介。儒学书院求其僻静清幽，大多让学生两耳不闻窗外事，而新式学堂则趋向便利迅捷。聚集大都市和中小城镇的学生群，其接受外界信息的速度容量与影响社会的能量质量，远非昔日以天下为己任自诩的士人所能企及。他们对政治风云变幻异常敏感，容易接受甚至期望社会的近代化变动。①

在新的时代背景与教育背景下成长起来的学生群体对于自身承担重任、推动变革的能力十分自信，发出了“二十世纪之中国，学生之中国也”②的呐喊。他们积极参与的变革，既包括社会政治层面，也包括文学层面。

另一方面，随着科举废除，由士、农、工、商构成的四民社会

① 桑兵：《清末兴学热潮与社会变迁》，《历史研究》1989年第6期。

② 李书城：《学生之竞争》，《湖北学生界》第2期，光绪二十九年(1903)。

解体,学而优则仕的传统社会晋升之路终结,士阶层逐渐消失,"知识分子与传统的士的一大区别即其已不再是四民之首,而是一个在社会上自由浮动的社群。道统与政统已两分,而浮动即意味着某种程度的疏离"①。在疏离权力中心之时,学生群体也有其难以排解的焦虑与苦闷,这种焦虑和苦闷既来自自身,也来自社会环境。社会对学生群体的认可度并不高,他们在传统的仕途基本无望和西方民主自由思想的双重冲击下无法融入主流社会,在中国近代化进程中不得不面临边缘化的处境。从个人就业到社会前途,学生们陷入诸多困境。②

与此同时,传统伦理道德和审美习惯也依然对他们起着相当大的制约作用。即使他们"事实上已进一步从晚清开始松动的儒家伦常秩序中走出来,但因没有得到强大的正当化理由,这种'动'往往要承受着家族的压力和个人的自责"③。徐枕亚在民初大胆地把自己与守寡的陈佩芬的恋爱经历写成《玉梨魂》,却又一再强调小说中的女主人公"一身干净,未染点污。虽涉非分之讥,要异怀春之女,发乎情,止乎礼义,感以心不以形迹"④,男主人公也在失去爱情后投身轰轰烈烈的革命事

---

① 罗志田著:《权势转移:近代中国的思想、社会与学术》,湖北人民出版社 1999 年版,第 10 页。

② 参见刘训华:《新式读书人的学习生活与社会交往——以清末浙江学生的回忆为中心》,《浙江社会科学》2011 年第 7 期。

③ 瞿骏:《"没有晚清,何来五四"之再思——以"转型时代"(1895—1925)学生生活史为例》,《学术月刊》2009 年第 7 期。

④ 徐枕亚:《玉梨魂》,吴组缃、端木蕻良、时萌主编:《中国近代文学大系·小说集 6》,上海书店 1991 年版,第 579 页。徐枕亚(1889—1937),名觉,字枕亚,别署徐徐、泣珠生、东海三郎等。江苏常熟人。近现代小说家,南社社员。曾就读于常熟虞南师范学校。

业，完成了道德上的自我救赎与升华。无论是在礼教依然森严的现实中，还是在允许虚构想象的文学世界里，有情人最终都未敢冲破礼教终成眷属。这种陷入"情"与"理"的矛盾、犹疑不决的心态在当时的学生群体中颇为常见。清末学生中很多人在进入新式学堂前都有过接受传统教育的经历，他们自幼在私塾中，从《百家姓》《神童诗》读到"四书""五经"，对对子、作策论，不少人还在科举考试中获得过功名，民初的学生也多有过创作传统诗文的经历，文言是他们得心应手的思维与写作工具，也是他们接受起来毫无障碍甚至真正能领悟到美感的语言形式，以文言写成的作品在他们眼中自然也更高雅、更有品位。



## 二、清末民初学生的小说观念

小说观念是对小说总体包括小说的性质、功能、价值、地位等的理解和认识。学生的小说观念既是他们接受小说的产物，又对其接受小说产生影响。"当一个群体的成员都为同一处境所激发，并且都具有相同的倾向性，他们就在其历史环境之内，作为一个群体，为他们自己精心地缔造其功能性的精神结构。这些精神结构，不仅在其历史演变过程之中扮演着积极的角色，并且还不断地表述在其主要的哲学、艺术和文学的创作之中。"①从这种意义上来说，学生的小说观念也是其精神结构的一种外在表现。

---

① ［法］吕西安·戈德曼著，段毅、牛宏宝译：《文学社会学方法论》，工人出版社 1989 年版，第 46 页。

在清末学生中影响最大的是以梁启超为代表的功利主义小说观，这种小说观不但颠覆传统，高度重视小说，而且将原本专属于诗文的载道功能赋予了长期受轻视的小说。梁启超在1897年提出："日本之变法，赖俚歌与小说之力，盖以悦童子，以导愚氓，未有善于是者也。"①戊戌变法失败后，他便把小说作为实现政治目标的工具，发动了"小说界革命"，将向来被视为"小道"的小说推上文坛盟主的位置。"小说为文学之最上乘也"和"今日欲改良群治，必自小说界革命始；欲新民，必自新小说始"②的宏论使世人对小说刮目相看，小说被赋予神圣使命，获得前所未有的崇高地位，迅速从文学结构的边缘移到中心地带。"小说救国""小说新民"成为小说观念的主流。许多学生都接受了这种神化小说的理论，相信新小说能够造就新社会、新国民，把他们改良社会、救国新民的热望寄托到小说当中。如留日学生创办的《浙江潮》发刊词称："小说者，国民之影，而亦其母也。"③定一在《小说丛话》中写道："中国小说，起于宋朝，因太平无事，日进一佳话，其性质原为娱乐计，故致为君子所轻视，良有以也。今日改良小说，必先更其目的，以为社会圭臬，为旨方妙"，主张让小说发挥改造社会的作用，才能

---

① 梁启超：《〈蒙学报〉〈演义报〉合叙》，《时务报》第44册，光绪二十三年(1897)。梁启超(1873—1929)，字卓如，一字任甫，号任公，又号饮冰子、少年中国之少年、曼殊室主人等。广东新会(今属广东江门市)人。近代思想家、政治家、教育家、史学家、文学家，近代维新派代表人物。曾就读于万木草堂，师从康有为。

② 梁启超：《论小说与群治之关系》，《新小说》第1号，光绪二十八年(1902)。

③ 《〈浙江潮〉发刊词》，《浙江潮》第1期，光绪二十九年(1903)。

"去人人轻视小说之心"。[①] 陶祐曾提出:"欲扩张政法,必先扩张小说;欲提倡教育,必先提倡小说;欲振兴实业,必先振兴小说;欲组织军事,必先组织小说;欲改良风俗,必先改良小说。"[②]鲁迅也深信"故苟欲弥今日译界之缺点,导中国人群以进行,必自科学小说始"[③]。

全面推出新小说的同时,梁启超又对传统小说进行了彻底否定,认为旧小说"不出诲盗诲淫两端"[④],是造成中国社会落后腐朽的罪魁祸首:

> 吾中国人状元宰相之思想何自来乎?小说也。吾中国人佳人才子之思想何自来乎?小说也。吾中国人江湖盗贼之思想何自来乎?小说也。吾中国人妖巫狐兔(鬼)之思想何自来乎?小说也。若是者,岂尝有人焉提其耳而诲之,传诸钵而授之也?而下自屠爨贩卒、妪娃童稚,上至

① 定一:《小说丛话》,《新小说》第15号,光绪三十一年(1905)。据姜荣刚考证,定一即许定一(1889—1907),湖南善化(今属湖南长沙市)人,曾留学日本。见姜荣刚著:《留学生与晚清文学转型》,中国社会科学出版社2015年版,第18页。

② 陶祐曾:《论小说之势力及其影响》,《游戏世界》第10期,光绪三十三年(1907)。陶祐曾(1886—1927),字兰荪,号芗林,别署陶报癖、报癖、陶安化、崇冷庐主等。湖南安化人。近代小说批评家。曾留学日本。

③ 周树人:《〈月界旅行〉辨言》,见陈平原、夏晓虹编:《二十世纪中国小说理论资料》(第一卷),北京大学出版社1989年版,第51页。鲁迅(1881—1936),原名周樟寿,后改名周树人,字豫山,后改字豫才,鲁迅是其笔名之一。浙江绍兴人。现代著名文学家、思想家、民主战士,五四新文化运动的重要参与者,中国现代文学的奠基人。毕业于江南水师学堂、南京矿路学堂,1902年赴日本留学,先后进入弘文学院、仙台医学专门学校学习。

④ 任公:《译印政治小说序》,《清议报》第1册,光绪二十四年(1898)。

大人先生、高才硕学，凡此诸思想必居一于是，莫或使之，若或使之，盖百数十种小说之力，直接间接以毒人，如此其甚也。（即有不好读小说者，而此等小说，既已渐渍社会，成为风气。其未出胎也，固已承此遗传焉；其既入世也，又复受此感染焉。虽有贤智，亦不能自拔。故谓之间接。）今我国民惑堪舆，惑相命，惑卜筮，惑祈禳，因风水而阻止铁路、阻止开矿，争坟墓而阖族械斗杀人如草，因迎神赛会而岁耗百万金钱、废时生事、消耗国力者，曰惟小说之故。今我国民慕科第若膻，趋爵禄若鹜，奴颜婢膝，寡廉鲜耻，惟思以十年萤雪、暮夜苞苴，易其归骄妻妾、武断乡曲一日之快，遂至名节大防，扫地以尽者，曰惟小说之故。今我国民轻弃信义，权谋诡诈，云覆（翻）雨覆，苛刻凉薄，驯至尽人皆机心，举国皆荆棘者，曰惟小说之故。今我国民轻薄无行，沈溺声色，绻恋床第，缠绵歌泣于春花秋月，销磨其少壮活泼之气，青年子弟，自十五岁至三十岁，惟以多情多感多愁多病为一大事业，儿女情多，风云气少，甚者为伤风败俗之行，毒遍社会，曰惟小说之故。今我国民绿林豪杰，遍地皆是，日日有桃园之拜，处处为梁山之盟，所谓“大碗酒，大块肉，分秤称金银，论套穿衣服”等思想，充塞于下等社会之脑中，遂成为哥老、大刀等会，卒至有如义和拳者起，沦陷京国，启召外戎，曰惟小说之故。呜呼！小说之陷溺人群，乃至如是！乃至如是！①

① 梁启超：《论小说与群治之关系》，《新小说》第1号，光绪二十八年（1902）。

这种观念在学生当中也得到了迅速响应，如《湖北学生界》1903年刊文指出："小说之盛，未有过于此时者。每年世界出版小说八千部乃至一万部云，其内日本小说四百五十余部，印度小说二百部，西利亚略同之，伊太利及西班牙各五百余部，法国小说凡六百部，俄国小说凡一千部，英国小说一千五百十三部，美国小说几二千部，即此一端可比较其文明之程度矣。我国小说出版者寥寥，即有焉，不过多情多恨、多愁多病、伤风败俗、毒传社会之小说而已。政治小说一无所闻焉。可慨也。"①民初，在南洋公学求学的李定夷对同学顾靖夷谈及自己对中外小说的认识时也说："遍读吾国旧小说，不为诲淫，即为诲盗；不讲狐鬼，即讲神怪。传播数百年间，社会实被其祸。欲求移风易俗之道，惟在默化潜易之文，则编译新小说以救其弊，庸可缓耶？"②表达的仍然是与梁启超类似的看法。

对于小说的本质特性、小说与社会的关系，学生中也出现过较为客观理性的分析，如1902年，留日学生杨度在《〈游学译编〉叙》中一方面承认小说"能唤起国民之精神"，是"有用之文字"，另一方面援引俄国作家托尔斯泰的观点，称艺术有广义与狭义之分，"小说与诗歌美术等，同在狭义之中"，是"使作者之

---

① 佚名：《世界小说出版数》，《湖北学生界》第2期，光绪二十九年(1903)。

② 顾靖夷：《〈红粉劫〉序》，李定夷：《红粉劫》，上海国华书局1914年版。李定夷(1890—1963)，字健卿，一字健青，别署定夷、墨隐庐主等。江苏武进(今属江苏常州市)人。近现代小说家。毕业于上海南洋公学。

感情传染于人之最捷之具”。[①] 徐念慈则明确提出，“所谓小说者，殆合理想美学、感情美学，而居其最上乘者”[②]，希望借助西方美学观念正确认识小说的本质特征。小说是“文学中之以娱乐的，促社会之发展，深性情之刺戟（激）者也”，“昔冬烘头脑，恒以鸩毒莓菌视小说，而不许读书子弟，一尝其鼎，是不免失之过严；近今译籍稗贩，所谓风俗改良，国民进化，咸惟小说是赖，又不免誉之失当。余为平心论之，则小说固不足生社会，而惟有社会始成小说者也”，[③]是社会造就小说，而非小说造就社会。小说作为文学的一种，其影响社会的功能也必须通过其审美特性才能得以实现。梁启勋在《小说丛话》里也提出：“小说者‘今社会’之见本也。无论何种小说，其思想总不能出当时社会之范围，此殆如形之于模，影之于物矣。”[④]陈景韩进一步辩证地剖析了小说影响社会的真正原因：“小说之能开通风气者，有决不可少之原质二：其一曰有味，其一曰有益。有味而无

① 杨度：《〈游学译编〉叙》，《游学译编》第1册，光绪二十八年（1902）。杨度（1875—1931），原名承瓒，字皙子，后改名度，别号虎公、虎禅。湖南湘潭人。近代政治活动家。曾留学日本。

② 觉我：《〈小说林〉缘起》，《小说林》第1期，光绪三十三年（1907）。徐念慈（1875—1908），原名烝乂，字念慈，以字行，别号觉我、东海觉我。江苏常熟人。近代翻译家、小说理论家。据姜荣刚考证，徐念慈曾赴日本留学。见姜荣刚著：《留学生与晚清文学转型》，中国社会科学出版社2015年版，第24页。

③ 觉我：《余之小说观》，《小说林》第9期，光绪三十四年（1908）。

④ 曼殊：《小说丛话》，《新小说》第2年第1号，光绪三十一年（1905）。曼殊即梁启勋。梁启勋（1876—1965），字仲策，号曼殊室主人。广东新会（今属广东江门市）人。梁启超二弟。曾于1893年入万木草堂读书，康有为弟子。1902年入上海震旦大学学习，后赴美留学，入哥伦比亚大学学习。

益,则小说是小说耳,于开通风气之说无与也;有益无味,开通风气之心固可敬矣,而与小说本义未全也。故必有味与益二者兼具之小说,而后始得谓之开通风气之小说,而后始得谓之与社会有关系之小说,此小说与社会关系之第一解也。"①小说的审美趣味是读者接受教育的前提与媒介,教育过程应与审美愉悦过程同步。恽铁樵也主张小说应当以情动人,其教化作用应该通过其本身的审美特性潜移默化地实现,反对在小说里加入生硬枯燥的说教,"小说非讲学,最忌头巾气"。②

学生当中也有人明确反对小说承载功利目的,如受到西方文论启发的周作人就坚持"小说为物,务在托意写诚而足以移人情,文章也,亦艺术也"③,小说的根本使命、真正价值是以情感和形象感染读者,小说"能移人情,文责以(已)尽,他有所益,客而已"④。王国维也持同样观点,反对一味把小说"视为

---

① 冷:《论小说与社会之关系》,《时报》光绪三十一年五月二十七日(1905年6月29日)。陈景韩(1878—1965),笔名冷、冷血等。江苏松江(今属上海市)人。近代著名报人、小说家、文学翻译家。毕业于日本早稻田大学。

② 树珏:《再答某君书》,《小说月报》第7卷第3号(1916)。恽铁樵(1878—1935),名树珏,字铁樵,别署焦木、冷风、黄山民。江苏武进(今属江苏常州市)人。1903年考入南洋公学。1911年入商务印书馆任编译员。1912—1917年,任《小说月报》编辑。

③ 独应:《论文章之意义暨其使命因及中国近时论文之失》,《河南》第5期,光绪三十四年(1908)。周作人(1885—1967),原名櫆寿,字星杓,又名启明、启孟、起孟,笔名遐寿、仲密、岂明,号知堂、独应等。浙江绍兴人。现代散文家、文学理论家、诗人、翻译家。毕业于江南水师学堂,曾留学日本。

④ 周逴:《〈红星佚史〉序》,见陈平原、夏晓虹编:《二十世纪中国小说理论资料》(第一卷),北京大学出版社1989年版,第232页。

政治教育之手段"而忽视了小说的文学本质。①

民初,学生的小说观念发生了很大转变,他们虽然仍然认同"小说是为改良社会之一助焉"②、小说应当"志在劝惩",但接受小说的真实心态已是"心存游戏"。③ 他们提出"一编在手,万虑都忘",强调小说的消遣娱乐功能,将小说视为一种"省俭而安乐""轻便有趣"④的休闲娱乐方式,而不再是新民救国的有力工具。他们有感于辛亥革命失败之后的社会现实与自身社会地位的变化,意识到社会功利目的并不能真正提升小说的价值与地位,审美趣味才是小说必不可少的要素,休闲娱乐才是小说的有用之处。"值此物竞剧烈之世,世人必多愁苦。苟读吾书而额上皱纹为之一舒,则吾之造福亦已不浅"⑤,小说家希望"仗我片言,集来尺幅,博人一噱,化去千愁"⑥。

徐枕亚等人把小说当作遣情寄怀的工具,强调小说能够表



---

① 王国维:《论近年之学术界》,见周锡山编校:《王国维集》第二册,中国社会科学出版社 2008 年版,第 303 页。王国维(1877—1927),字伯隅、静安,初号礼堂,晚号观堂,又号永观。浙江海宁人。近代国学大师。肄业于上海农学社、东文学社,曾留学日本。

② 徐枕亚:《枕亚浪墨(初集)·序》,徐枕亚:《枕亚浪墨(初集)》,清华书局 1915 年版。

③ 李定夷:《〈消闲钟〉发刊词》,《消闲钟》第 1 期(1914)。

④ 钝根:《〈礼拜六〉出版赘言》,《礼拜六》第 1 期(1914)。王钝根(1888—1951),原名王晦,又名王永甲,字耕培、芷净,号钝根,别署根盘,以号为笔名。江苏青浦(今属上海市)人。近代著名编辑家、作家、书法家,南社社员。废科举后曾入广方言馆学习英语。历任《申报·自由谈》《游戏杂志》《礼拜六》等刊物主编。

⑤ 徐枕亚:《〈铁冷碎墨〉序》,铁冷:《铁冷碎墨》,小说丛报社 1914 年版。

⑥ 李定夷:《〈消闲钟〉发刊词》,《消闲钟》第 1 期(1914)。

达自己的内心感受,宣泄苦闷的情感:“我生不辰,入世多艰。幼年困厄于家庭,长复乖张于命运,不得已恣情小说,以一泻此衷肠积闷。”①以小说遣情寄怀,发挥与传统诗文相类似的作用,倒是接近小说作为文学艺术的本质性特点。

周瘦鹃、张恨水等人甘做“文字劳工”②,把小说作为谋生、改变人生境遇、实现个人理想的手段,其实是小说观念中的另一种功利主义,是中国社会近代化、知识阶层职业化浪潮中的产物。

对于小说语言,梁启超断言“文学之进化有一大关键,即由古语之文学,变为俗语之文学是也。各国文学史之开展,靡不循此轨道”,“小说者,决非以古语之文体而能工者也”,③恽铁樵也确信“小说之正格为白话”④,文学语言通俗化势不可挡,小说的发展必须以白话的语言形式为前提。

总之,清末民初学生关于小说的见解丰富多元,既受到域外文学的启迪,也立足于本民族的现实需求,全面而深刻地体现了小说观念在这一时期的发展变化。

## 三、清末民初学生的接受动机与接受行为的特点

清末民初学生具有接受小说的强烈意愿,其对小说的接受呈现出精英性与市民性交织的特点。

---

① 姚民哀:《〈双鬟记〉跋》,徐枕亚:《双鬟记》,枕霞阁 1916 年版。

② 杨守森主编:《二十世纪中国作家心态史》,中央编译出版社 1998 年版,第 109 ~ 110 页。

③ 饮冰:《小说丛话》,《新小说》第 7 号,光绪二十九年(1903)。

④ 铁樵:《〈小说家言〉编辑后记》,《小说月报》第 6 卷第 6 号(1915)。

1. 接受动机

有研究者把文艺作品的读者分为八种类型：文艺审美型、思考反省型、人生经验型、求知问学型、休闲愉悦型、生理满足型、窥秘探幽型、从众跟风型。① 这几种类型的读者在清末民初的学生群体中都有，他们具有不同的接受动机，比较突出的有以下几种：

(1)接受启蒙，求取新知，修身励志

学生通过小说能够认识社会人生，参与社会批评或思想启蒙，进而建立社会联系、获得自我实现，特别是接受政治小说这一类“具有一种新的气象”②的作品，能够把对民族命运、国家未来的思索融入其间，几乎等同于阅读革命书刊，俨然是心系国家民族命运的高尚行为。而侦探小说、科学小说中的科学、民主精神，也符合新民救亡的时代大潮，于是学生主动接受小说蔚然成风。

阅读小说也成为清末民初学生的一种学习方式。徐念慈注意到翻译小说能够开阔读者眼界：“向以塞聪蔽明，不知中国外所有之人种，所有之风俗，所有之饮食男女，所有之仪节交际，曾以犬羊鄙之，或以神圣奉之者，今得于译籍中，若亲见其美貌，若亲居于庄岳也，且得与今社会，成一比例，不觉大快。”③蒋瑞藻从《块肉余生述》中看到“百年以前英国政治之不

---

① 蒋述卓等编著：《文化视野中的文艺存在》，中国社会科学出版社2003年版，第321页。

② 郭沫若著：《沫若自传》(上卷)，求真出版社2010年版，第64页。

③ 觉我：《余之小说观》，《小说林》第9期，光绪三十四年(1908)。

公、风俗之龌龊为欧洲最，帝王之力不能整，宗教之力不能挽”①，小说有助于增长见识、了解异域历史与文化。吴宓读了林纾的笔记小说《技击余闻》，认为“余生世为年无多，社会上之经历甚少，即此等奇人异事毫无闻见，宁非憾事哉！且无以为文章之资料”②。小说可以增长见识、提供写作素材，于是他将阅读小说作为“自修课程”，定时进行自学。恽代英也把接受小说视为启迪心智的手段，将读小说、看小说杂志归入学习活动中的“智育”类。③

在小说中寻找个人行为模式的榜样，也是学生接受小说的一种内在动机。在他们看来，“择小说当如择友”，优秀的小说堪比益友，可以助人涵养品格，提高修养，“果有好小说读之，有时较交友大有益，而离群索居，良小说之价值至少与良友等”。④

学生通过小说接受启蒙，求取新知，修身励志，其深层心理动机是获得社会认同与自我认同。

（2）休闲娱乐

清末民初学生在理论上大多强调小说的教育启蒙功能，但

---

① 蒋瑞藻编：《小说考证》，商务印书馆1935年版，第449页。蒋瑞藻（1891—1929），字孟洁，号孱提居士、花朝生。浙江诸暨人。近代小说评论家。毕业于诸暨民成学堂。

② 吴宓著，吴学昭整理：《吴宓日记（1910—1915）》，生活·读书·新知三联书店1998年版，第122页。

③ 恽代英著：《恽代英日记》，中共中央党校出版社1981年版，第81～84页。恽代英（1895—1931），江苏武进（今属江苏常州市）人。无产阶级革命家，中国共产党早期青年运动领导人之一。毕业于武昌中华大学。

④ 恽代英著：《恽代英日记》，中共中央党校出版社1981年版，第131页。

其实际的小说接受动机中还包括了消遣娱乐的需求。休闲娱乐、放松心情是小说的基本功能，是初级的、层次较低的功能，也是学生接受小说的原始动机，满足的是他们的初级阅读期待。这是一般普通读者都有的接受动机，学生们的欣赏口味里本身就有精英姿态与市民趣味并存的特点，这种接受动机在学生群体中也普遍存在，具体表现为对小说趣味性的关注。即使是革命者宋教仁，在逃亡日本期间也常常在闲暇时购阅小说，"颇解无聊之苦"。① 新文学作家丁玲也曾坦率地承认自己在学生时期"读小说是消遣，我喜欢有故事、有情节、有悲欢离合"，"古典的《红楼梦》、《三国演义》、《西厢记》、甚至唱本《再生缘》、《再造天》，或还读不太懂的骈体文鸳鸯蝴蝶派的《玉梨魂》都比'阿 Q'更能迷住我"。② 出于同样接受动机的学生不在少数。通过阅读小说，他们得到了娱乐放松，这其实也是人性的基本要求在文学接受活动中的体现。

（3）寻求情感的宣泄或满足

孔子云诗可以"兴观群怨"（《论语·阳货》），已经涉及文学的情感宣泄功能。读者通过阅读小说，也能够获得情感情绪的宣泄，补偿或升华在现实中受到压抑的欲望，实现精神的安慰与满足，从而维持心理的平衡。

---

① 刘泱泱整理：《宋教仁日记》，中华书局 2014 年版，第 211 页。宋教仁（1882—1913），号钝初，别号渔父。湖南常德人。近代民主革命家。毕业于武昌普通中学堂，曾入日本东京法政大学、早稻田大学学习。

② 丁玲：《鲁迅先生于我》，《新文学史料》1981 年第 3 期。丁玲（1904—1986），湖南临澧人。现代作家。曾就读于桃源第二女子师范学校预科、长沙周南女子中学、上海大学。

清末民初的学生正处于社会动荡转型时期，他们中的大多数在社会中的实际地位日渐边缘化，在文化心理上则常有新旧交战之时，他们内心有渴望、冲动、不满、忧愁、失落等诸种情愫郁结，心灵的天平极易失去平衡。他们渴望引导，也渴望宣泄。小说恰好能够给他们提供一种宣泄的渠道，从“愤政治之压制”“痛社会之混浊”到“哀婚姻之不自由”①，他们在与小说的契合共鸣中得到抚慰或满足。吴宓曾在阅读小说后发出慨叹：“人于郁伊无聊时，多读小说，藉此中情事批评而谈论之，可以消愁，可以释闷。且常觉其中某人某事，其性质、因果皆与我合，于是，当举世茫茫、无可告语之际，乃可于小说中得一知己，亦可稍释怀抱”②，正是其接受小说的心态的真实写照。

清末的新式教育虽然蓬勃发展，但也存在诸多不如人意之处，如师资力量薄弱，新式教材匮乏，授课内容与授课方法都不能令学生满意。1910 年，郭沫若考入四川高等学堂分设中学堂，“进学校不上两个礼拜”便得了“一个幻灭的结论”，他失望地发现，在这所当时公认的最好的新式学校里，“一样是一些做官的教职员，一样是一些骗文凭的学生。为我们讲经学的一位大名鼎鼎的成都名士，只拿着一本《左传事纬》照本宣科；国文是熬来熬去的一部《唐宋八大家》；历史呢，差不多就只是一个历代帝王的世系表和改元的年号表。这是国学一方面的东

① 天僇生：《中国历代小说史论》，《月月小说》第 1 年第 11 号，光绪三十三年（1907）。

② 吴宓著，吴学昭整理：《吴宓日记（1910—1915）》，生活·读书·新知三联书店 1998 年版，第 114 页。

西”,“关于新学一方面的呢？真是同样的可怜！讲理化、数学的教员们连照本宣科的能力都没有,极浅显的教科书都读不断句”。[①] 张资平清末求学于东山师范学堂,功课有经、史、地理、算术、几何、体操、图画、博物、教育、心理、伦理等,“占最多时间的是经学,读经六小时,讲经六小时……到后来,大家只是放开嗓子,喊一阵罢了。坐在后面的,不是躲着看山歌本,便看小说”,“每天至少有三四个教员请假,上一课便玩一堂……对于学业的前途也是感着幻灭”。[②] 旺盛的求知欲得不到满足,学生们便转而寻找他们感兴趣的方向。大量出现的小说恰好填补了他们精神上的空缺,抚慰了他们焦躁不安的心灵。

(4)为写作寻找示例和素材

阅读小说还成为学生们的一种语文训练,他们感觉看小说对“作文的能力”帮助不少。[③] 周作人甚至称自己在南京求学的五年,“简直除了读新小说以外别无什么可以说是国文的修养”。[④] 胡适也有类似经验,他说,“看小说还有一桩绝大的好处,就是帮助我把文字弄通顺了”,“在不知不觉之中得了不少

---

① 郭沫若著:《沫若自传》(上卷),求真出版社2010年版,第97页。

② 张资平著:《资平自述》,江苏文艺出版社2011年版,第147、161页。张资平(1893—1959),广东梅县(今属广东梅州市)人。现代作家。毕业于广益中西学堂、广东高等巡警学堂,后赴日本留学,入东京帝国大学学习。

③ 曾宝荪、曾纪芬著:《曾宝荪回忆录》,岳麓书社1986年版,第16页。曾宝荪(1893—1978),字平芳,别名浩如。湖南湘乡人。近代教育家。曾入上海晏摩氏女校、务本女学校、浙江公立女子师范学校、冯氏高等女学校学习,后留学英国。

④ 周作人:《我学国文的经验》,钟叔河选编:《周作人文选》(1898~1929),广州出版社1995年版,第459页。

的白话散文的训练”,在十几年后依然“很有用处”。①

阅读小说还能够帮助他们发现创作的范本,这个益处促使他们主动购买或借阅各种小说,以寻求“文章之资料”。② 宋教仁在日本留学时,“欲作一小说,写尽中国现在之状态及将来之希望”,采取的办法就是“先阅中西各种小说,以比较研究作小说之法”。③ 风靡一时的林译小说,情节动人、人物鲜明、文笔精彩,更是为学生们的小说创作与翻译树立了可资借鉴的范式,成为许多人的模仿对象。

2. 接受行为的特点

清末民初学生对小说的接受行为主要呈现出以下特点:

(1)日常化与普遍性

尽管大多数学生经济能力十分有限,却并未妨碍文学与其日常生活结缘。尤其是小说,它有着生动的情节、鲜活的人物,能够私下阅读而不受舆论监视干扰,因而格外受到学生欢迎。假期更是他们品读小说的良机,“购新出小说一册,终日竟读之”④成为学生喜爱的休闲方式。此时的文学生活,日益围绕报刊展开,而阅读报刊已经成为学生日常生活的重要组成部

---

① 胡适著:《四十自述》,安徽教育出版社 2006 年版,第 26 页。胡适(1891—1962),原名嗣穈,学名洪骍,笔名胡适,字适之。安徽绩溪人。现代著名思想家、文学家。肄业于澄衷学堂、中国公学,1910 年赴美留学,先后进入康奈尔大学、哥伦比亚大学学习。

② 吴宓著,吴学昭整理:《吴宓日记(1910—1915)》,生活·读书·新知三联书店 1998 年版,第 122 页。

③ 刘泱泱整理:《宋教仁日记》,中华书局 2014 年版,第 223 页。

④ 汪剑虹:《自由误》,《小说月报》第 7 卷第 10 号(1916)。

分,“如饭食之不可缺者”①。众多小说作品也经由这一现代传媒深入学生的日常生活。甚至在课堂上,学生们也把刊载小说的杂志藏在抽屉里,时不时地瞄上几眼②,走亲访友时也不忘随身携带③。舒新城在县立小学读书时,“发现小说的一种宝藏。在那里三年,除去前一两个月外,无日不看小说”④。周作人回忆自己在南京求学的日子:“我们正苦枯寂,没有小说消遣的时候,翻译界正逐渐兴旺起来,严几道的《天演论》,林琴南的《茶花女》,梁任公的《十五小豪杰》,可以说是三派的代表。我那时的国文时间实际上便都用在看这些东西上面,而三者之中尤其是以林译小说为最喜看,从《茶花女》起,至《黑太子南征录》止,这其间所出的小说几乎没有一册不买来读过。”⑤民初,吴虞在日记里给自己规定的每日计划,除了“上半日看新学书,下半日看旧学书”,还包括“晚间看报章或小说,以娱散情志”。⑥



---

① 杨昌济:《教育上当注意之点》,《湖南教育杂志》1913 年第 16 期。杨昌济(1871—1920),又名怀中,字华生。湖南长沙人。近代伦理学家、教育家。曾留学日本、英国。

② 张资平著:《资平自述》,江苏文艺出版社 2011 年版,第 147 页。

③ 恽代英著:《恽代英日记》,中共中央党校出版社 1981 年版,第 132 页。

④ 舒新城著:《我和教育:三十五年教育生活史(1893—1928)》,知识产权出版社 2016 年版,第 47 ~ 48 页。舒新城(1893—1960),原名玉山,字心怡,号畅吾庐。湖南溆浦人。现代教育家、学者、出版家。毕业于溆浦县立高等小学、湖南高等师范学校。

⑤ 周作人:《我学国文的经验》,钟叔河选编:《周作人文选》(1898 ~ 1929),广州出版社 1995 年版,第 459 页。

⑥ 吴虞著:《吴虞日记》(上),四川人民出版社 1984 年版,第 23 页。吴虞(1872—1949),原名姬传、永宽,字又陵,亦署幼陵,号黎明老人。四川新繁(今属四川成都市)人。近代思想家、学者。曾留学日本,毕业于东京法政大学。

在学生群体中，小说得到了极其广泛的传播。民初著名的小说杂志《礼拜六》的主编曾十分自得地称该刊是“东穷日本西欧美，学子莘莘尽识名”[①]。这话并不全是吹嘘夸饰，从《礼拜六》的版权页可知，它不仅在全国各地有经销处，还向日本和南洋、欧美各国的订阅者寄售，其中颇多学生读者。书籍形态的小说也广受学生青睐，如商务印书馆的小本小说、侦探小说系列、说部丛书等，在全国各地乃至海外的学生中都有不少拥趸。徐枕亚的《玉梨魂》问世后，上海的中学生几乎都是它的热情读者[②]，学生时代的庐隐就曾为《玉梨魂》的缠绵爱情而如痴如醉[③]，它的发行量能达到二三十万部，学生读者的热情追捧也与有功焉。

(2)感性体验与理性剖析

学生对小说的接受有接受启蒙、获取新知的成分，但体悟人生、娱乐休闲也占据重要位置。此时，大多数学生一方面承续着传统士子忧国忧民的精英意识，一方面开始从松动的儒家伦常中走出，前途的迷茫、婚恋的苦闷等一系列矛盾或压抑也时时困扰着他们。在历史的十字路口，他们企盼理性上的引导与升华，也渴望情感上的慰藉或宣泄，而小说则能够在很大程度上满足这些需求。在阅读小说过程中他们既注重感性体验，

---

① 钝根：《自题四绝志谢投稿题咏诸君》，《礼拜六》第100期(1916)。

② [美]佩瑞·林克：《论一二十年代传统样式的都市通俗小说》，贾植芳主编：《中国现代文学的主潮》，复旦大学出版社1990年版，第125页。

③ 肖凤著：《庐隐传》，北京师范大学出版社1982年版，第12页。庐隐(1898—1934)，原名黄淑仪，又名黄英。福建闽侯(今属福建福州市)人。现代作家。毕业于北京女子师范学校。

也不忘理性剖析,对小说的感性元素和理性内涵都倾注了相当多的注意力。作为专业小说评论者的学生一般侧重对小说进行理性分析,而作为普通阅读者的学生则更多关注小说的感性元素。例如对政治小说、科学小说及侦探小说,学生读者十分重视其现实功用,视其为改良群治之利器、医治懦愚之药石,主张大力引进或创作。同时,他们还以新理论、新观念为指导,将中外小说进行比较,开始形成世界文学的眼光。情感真挚、细节动人的言情小说也俘获了大批学生读者的心,引发了他们热烈的回应,严复的"可怜一卷茶花女"①的慨叹已经点出了包括学生在内的读者在小说接受中的情感共鸣与投射现象。学生常常将自己的心灵与小说文本描绘的内容互相融合,幻想自己成为浪漫爱情的主人公,比如郭沫若、吴宓都曾渴盼自己的青春岁月里能出现带给自己美好情感体验的女性,一如令他们痴迷不已的《迦茵小传》和《禽海石》的女主人公。② 面对言情小说中催人泪下的悲情故事,他们甚至会"始而目炯炯注,继而心怦怦动,终而泪潸潸堕;时而废书长叹,时而拍案狂呼"③,强烈的情感压倒了理智,几乎达到难以自制的程度。小说的艺术形

① 严复:《甲辰出都呈同里诸公》,见王栻主编:《严复集》第 2 册,中华书局 1986 年版,第 365 页。严复(1854—1921),原名宗光,字又陵,后改名复,字几道。福建侯官(今属福建福州市)人。近代著名思想家、翻译家、教育家。毕业于福建船政学堂、英国格林尼治皇家海军学院。

② 郭沫若著:《沫若自传》(上卷),求真出版社 2010 年版,第 65 页;吴宓著,吴学昭整理:《吴宓日记(1910—1915)》,生活 · 读书 · 新知三联书店 1998 年版,第 373 页。

③ 报癖:《说小说 · 〈恨海〉》,《月月小说》第 1 年第 6 号,光绪三十三年(1907)。

式之美也激发了学生读者的审美情感，梁启超创作的《意大利建国三杰传》、翻译的《经国美谈》“以轻灵的笔调描写那亡命的志士，建国的英雄”，使他们“心醉”。[①] 林译小说“遣词缀句，胎息史汉，其笔墨古朴顽艳”，令他们叹服。[②]

(3)从众与求新

文学接受属于一种社会文化中的交流现象，特别是在群体当中，成员之间的交流就更是在所难免。学生对小说的接受受到当时整个社会文化思潮的裹挟，也受到所处群体的影响，存在着从众、求新的心理，其接受对象随时代潮流发展而不断变化。“书本的象征功能，仿佛就是一种结盟的符号”[③]。小说在学生群体中也类似于一种结盟的符号，通过小说，他们之间建立起彼此情感上、思想上的连接。据周作人回忆：“当时书报，如《新民丛报》，《新小说》，梁任公的著作，以及严几道林琴南的译书，这些东西那时如不在学堂也难得看到。”[④]学校的“公共空间”为学生们接受小说并进行交流提供了便捷条件，这种交流既包括人际的借阅，通过图书馆、教科书等公共途径的接受，也包括阅读后的共同品评。通过共同的接受对象，他们达成某种精神上的联盟。学生们交换小说作品的实物，也交流阅读的心得感悟，一些叠加的接受效应由此产生。一部小说作品

① 郭沫若著：《沫若自传》(上卷)，求真出版社2010年版，第64页。

② 觉我：《余之小说观》，《小说林》第10期，光绪三十四年(1908)。

③ [加拿大]阿尔维托·曼谷埃尔著，吴昌杰译：《阅读史》，商务印书馆2002年版，第266页。

④ 周作人著：《知堂回想录》(上)，河北教育出版社2002年版，第130页。

不仅通过学生之间的交流得以迅速、广泛传播，而且会因为群体的关注而使个体的接受者深化对作品的印象和理解，有时也会引起个体对群体接受中的某些偏见、错误的警觉、批驳。

学生具有较强的主体意识和对新事物的特别喜好，是最活跃的受众群体。从政治小说、侦探小说、科学小说到言情小说、社会小说、武侠小说、黑幕小说等，文学的流行热点在变，学生们的接受对象也不断变换，总体上是以接受新小说为主。在一般市民读者眼中，小说中的“译编”作品“人名地名，诘屈聱牙，不终篇而辍业”，“近著”作品“则满纸新字，改良特别，欲索解而无由；转不若旧小说之合其心理”。[①] 这些阅读障碍在学生那里就要少得多，他们比一般市民读者更偏爱新小说。新小说在学生中往往会产生更强烈的接受反应。



① 觉我：《余之小说观》，《小说林》第10期，光绪三十四年(1908)。

# 第三章　多样的接受途径

在小说作品和接受者之间,有一个中间环节,即包括出版机构、书店及图书馆等在内的接受途径。在小说商品化普及程度较高的清末民初,这个中间环节更是必不可少。王德威曾指出:“晚清的最后十年里,至少曾有一百七十余家出版机构此起彼落;照顾的阅读人口,在二百万到四百万之间。”[①]学生是这些“阅读人口”的主力,小说又是学生主要的阅读对象。自清末开始,数量众多、种类丰富的小说依托近代印刷业、出版业、传媒业成为批量生产的文学商品进入学生的日常生活,各类图书馆、阅报处的建立为没有经济实力的学生接受小说提供了社会化保障,学校教育体系开始将小说纳入教材资源,由小说改编的各种戏剧的上演也为学生们提供了不少间接接受小说的机会,由此便形成了学生群体丰富多样的接受小说的途径:购阅、借阅、观看小说改编的戏剧、通过教科书接受以及租赁、赠

---

① 王德威:《想像中国的方法:历史 · 小说 · 叙事》,生活 · 读书 · 新知三联书店 1998 年版,第 4 页。

阅等。其中购阅、借阅、观剧、租赁①、赠阅②是在小说各类受众群体中都存在的接受途径,而通过学校课程体系接受小说是学生群体独有的,图书馆借阅的途径也主要存在于学生当中。本章主要探讨购阅、借阅、观剧、教科书这几种较为典型的清末民初学生群体接受小说的途径。

## 一、购阅

清末以来,大规模机器印刷极大地降低了小说的出版成本与售价,也降低了学生购买小说的准入门槛。购阅成为他们接受小说的主要途径之一。

### 1. 清末民初的小说售价与学生的消费能力

通过购阅接受小说的读者除了要具备必需的文化知识、阅读能力及接受意愿等主观条件,还要具备必要的经济能力,尚未获得经济独立、学费衣食倚仗家庭供给的学生又如何承担得起这种消费?通过当时小说价格与学费、教科书价格的对比,或许可以找到问题的答案。

陈大康在《论晚清小说的书价》中列出了晚清500种小说的价格,其中五角的有66种,五角以下的达291种,这些小说

① 晚清上海曾有小说贳阅社,“选备各种小说贱价出租,取租费仅十成之一”,见陈大康:《论晚清小说的书价》,《华东师范大学学报(哲学社会科学版)》2005年第4期。

② 当时一些小说和小说杂志在正式发行之前或发行之后,会采用免费赠送的方式请包括学生在内的读者们“试读”,恽代英在民初就曾得到妇女杂志社赠送的《空谷佳人》、东方杂志社赠送的《鲁滨孙飘流续记》等小说,见恽代英著:《恽代英日记》,中共中央党校出版社1981年版,第245、249页。

有不少都曾经是学生的阅读对象。在学生中销量颇广的商务印书馆的小本小说每本定价为一角，袖珍小说定价为一角、一角五分、二角。再看当时一些主要的小说杂志定价：

**清末民初主要小说杂志定价一览表**

| 刊名 | 创刊时间 | 一册定价 | 半年定价 | 全年定价 |
|---|---|---|---|---|
| 新小说 | 1902 | 四角四分 | 6册二元四角 | 12册四元四角 |
| 绣像小说 | 1903 | 二角 | | 24册四元 |
| 月月小说 | 1906 | 四角五分 | 6册二元四角 | 12册四元五角 |
| 小说林 | 1907 | 四角 | | |
| 小说时报 | 1909 | 六角 | 5册二元八角 | 10册五元五角 |
| 小说月报 | 1910 | 一角五分 | 6册八角 | 12册一元五角 |
| 小说丛报 | 1914 | 四角 | 6册二元二角 | 12册四元 |
| 礼拜六 | 1914 | 一角 | 25册二元二角 | 50册四元 |

当时官方规定的公立大、中、小学收费标准中，大学学费最贵，大学堂达每月四元，小学堂学费最廉，每月最多六角。私立学堂的收费则远高于公立学堂。

**《奏定学堂征收学费章程》(1907)和《学校征收学费规程》(1912)**

**大、中、小学学费标准一览表①**

| 法令名称 | 大学 | 中学 | 小学 | 适用范围 |
|---|---|---|---|---|
| 《奏定学堂征收学费章程》(1907年3月8日) | 高等学堂征收学费每学生每月银圆二圆至三圆,大学预备科、法政学堂、高等实业各学堂准此;大学堂征收学费每学生每月银圆四圆;优级师范学堂自费生征收学费每学生每月银圆二圆,选科减半。 | 中学堂征收学费每学生每月银圆一圆至二圆,中等实业各学堂准此。 | 初等小学堂征收学费每学生每月至多不得过银圆三角,并得体察地方情形暂时酌量免收。<br>高等小学堂征收学费每学生每月银圆三角至六角,初等实业各学堂酌减。 | 官立学堂 |
| 《学校征收学费规程》(1912年9月29日) | 高等专门学校征收学费每月银圆二元至二元五角,大学征收学费每月银圆三元。 | 中学校征收学费每月银圆一元至二元。<br>甲种实业学校征收学费每月银圆八角至一元五角。乙种实业学校征收学费每月至多不得过银圆六角。 | 初等小学校应免征学费,但城镇乡立初等小学校视地方情形,经县行政长官之认可,亦得收取学费,每月得收学费银圆三角以下。<br>高等小学校征收学费每月至多不得过银圆一元,补习科至多不得过银圆六角。 | 官立公立学校 |

① 见李海萍:《清末民初大学学费政策比较研究》,《湖南师范大学教育科学学报》2016年第1期。

与学费相比,当时小说的价格虽然也不算便宜,但已经远比古代抄本、刻本小说低廉。而当时教科书的价格多与小说价格持平或高于小说,如:民初商务印书馆出版的屠寄编中学《中国地理学教科书》一元五角,陈庆年编《中国历史教科书(历代史)》一元,徐光连编《中学算术教科书》八角,蔡振编《中学修身教科书》每册二角五分,蒋维乔、庄俞等编《最新国文教科书》每册二角,高凤谦等编初等小学《最新国文教科书》每册一角半至二角。能够负担起学费和教科书的学生中,有不少人具有购买小说的能力。购买小说的资金,主要来源于家庭供给的生活费,其次是来自学生向报刊投稿所得的稿酬等。

作为新兴的消费力量,学生这个急剧扩大的群体引起了文化市场的高度重视。有"生意眼"的编辑、出版商无不希望借助学生群体赢得更大的市场份额。自清末起,各个出版机构针对学生群体的广告与促销活动便络绎不绝,不但规模大、时间长,而且方式多样、力度颇大。例如 1909 年 7 月起,《申报》曾为商务印书馆刊载"唯一无二之消夏品"的广告,为期两个月:

> 谨启者:时值夏令,各学堂放假之候,学界中人正多暇日。即非学界中人,当此长日如年,清闲无事,求所以怡悦性情,增长闻见,诚莫如披览小说矣。本馆年来新出各种小说最夥,类皆情事离奇,趣味浓郁,阅之大足驱谴(遣)睡魔,排解郁怀。今特分门别类,特别廉价,以为诸君消夏

之助。谨表刻如下。①

| 小说名目 | 总　数 | 定　价 | 减　价 |
|---|---|---|---|
| 侦探小说 | 十三种 | 四元 | 二元 |
| 言情小说 | 二十二种 | 九元九角 | 五元 |
| 社会小说 | 十二种 | 六元七角 | 三元五角 |
| 神怪小说 | 九种 | 六元 | 三元 |
| 冒险小说 | 九种 | 三元四角 | 一元八角 |
| 历史小说 | 十一种 | 十元 | 五元 |
| 绣像小说 | 七十二册 | 七元二角 | 四元 |

所有小说都以五折左右、特别低廉的价格销售，主要就是为了吸引暑期里“清闲无事”的学生，他们虽然购买力受到一定限制，但胜在人数众多，针对他们进行促销，完全能够以量取胜、薄利多销。

类似的暑假期间大规模的减价促销活动，各类出版机构几乎每年都会开展，暑期促销变成了一种常规性的商业活动。除此之外，书局开张、小说杂志创刊或周年纪念等特殊日期，还会特别推出面向学堂、学会的优惠活动。如光绪三十二年六月二十四日（1906 年 8 月 13 日）的《小说林社纪念开业二周年届期、祝贺增设宏文馆成立，特别廉价》广告云：“优待各处学堂、



① 转引自刘颖慧著：《晚清小说广告研究》，人民出版社 2014 年版，第 65 页。

学会由校长、会长盖印函购者,廉卖期内照码七折”。[①]

广告的投放必然是面向潜在的消费者。针对学生群体的小说广告频频出现,说明学生是重要且稳定的小说消费群体,面向学生群体的小说推销活动颇有获益。

经济条件较好的学生可以便捷无碍地购买自己喜爱的小说作品,甚至还可以分期付款。[②] 商务印书馆出版的说部丛书、小本小说多达数百种,包括林译小说和《佳人奇遇》《经国美谈》《回头看》《包探案》等作品,在学生中广受欢迎,鲁迅、周作人、钱锺书、郭沫若、林语堂、冰心等人在学生时代都曾购阅。

订阅文学杂志是学生接受小说的另一种常见途径,全年订阅能够享受打折优惠。而购买过期文学杂志也是学生以较小代价获取小说的方法。学生时代的周瘦鹃经济上不宽裕,就经常在书摊上淘选、购买过期的文学杂志。[③]

康有为在清末考察过上海的书店后,赋诗感慨:“我游上海考书肆,群书何者销流多。经史不如八股盛,八股无如小说何。郑声不倦雅乐睡,人情所好圣不呵。”[④]在这些到书店中选购小说的读者中,学生逐渐成为主力。

---

① 《小说林社纪念开业二周年届期、祝贺增设宏文馆成立,特别廉价》,转引自刘颖慧著:《晚清小说广告研究》,人民出版社 2014 年版,第 67 页。

② 陈大康:《论晚清小说的书价》,《华东师范大学学报(哲学社会科学版)》2005 年第 4 期。

③ 王智毅编:《周瘦鹃研究资料》,天津人民出版社 1993 年版,第 12 页。

④ 康有为:《闻菽园居士欲为政变说部,诗以速之》,上海市文物保管委员会文献研究部编:《康有为遗稿·万木草堂诗集》,上海人民出版社 1996 年版,第 124 ~ 125 页。

2. 清末民初图书报刊销售网络与学生购阅小说情况

清末民初,四通八达的图书销售网络和各类购书场所也为学生们购买小说提供了方便。对于文化市场上的小说作品,他们不但买得起,而且买得到。

随着近代化邮政系统在清末中国出现,当时的许多出版机构都建立起了自己的销售网络,各类小说及小说杂志由此流向全国乃至世界各地。例如,《新小说》的代派处有七十多个,包括一些偏远地区。《绣像小说》仅国内就有一百余处代派处,在东京、横滨和新加坡也有代派处。《小说月报》的分售处最多时达四十多个,海外则销往日本、新加坡等地。《礼拜六》的销售网络也国内外兼有。有些学校也成为受委托出售小说杂志的网点,如上海东文学堂、山西大学堂等都曾是《绣像小说》的代派处。



学生们获取小说出版发行信息,一是依据报刊上的广告、各书局的书目清单,二是通过同学之间的信息交流,还有一种特殊的渠道:官方禁令。清末各类报纸对清政府查禁《新小说》的报道、评论在学生中产生了巨大的广告效应,以致各学堂“人人手秘一册,递相传播”,各地书肆都有寄售,销售范围极广,时人也认为学生们“得此书单,必将不远千里辗转传购而去,斯政府又为内地人开一新书绍介录矣”①。《湖北学生界》也存在类似情形,1903 年 1 月创刊时阅者寥寥,国内只有武昌一处总发行所,不久便随着官方禁令的公布而名声大振,第 4

① 张天星:《清末查禁〈新小说〉的原因与效果探析》,《宁波大学学报(人文科学版)》2013 年第 6 期。

期销售数量就达“七千份以上”。[①]

借助这些销售网络，小说进入各地学生的阅读生活。1903年，少年郭沫若在四川乐山沙湾镇，他的大哥进了成都东文学堂，“新学的书籍就由大哥的采集，像洪水一样，由成都流到我们家塾里来”，“甚么《启蒙画报》《经国美谈》《新小说》《浙江潮》等”，都成了“我们课外的书籍”。[②] 1911年，湖北武昌的中学生朱峙三购买了小说《佳人奇遇》。[③] 民初，张恨水在安徽潜山买到了《二十年目睹之怪现状》《官场现形记》《小说月报》。[④]

学生们可以直接到书店选购，也可以通过邮局订阅小说。陈布雷在清末进入宁波府中学堂后，“喜阅新出译本之小说”，“每过书肆，必购三五册以归，寝馈于斯，若甚有至味者”。[⑤] 吴宓在上海、北京求学期间，多次前往伊文思书馆、琉璃厂书肆订购包括翻译小说《九十三年》在内的各类书籍。[⑥] 张资平在广

---

① 宋徽：《晚清留日学生刊物〈湖北学生界〉的出版发行》，《出版发行研究》2012年第6期。

② 郭沫若著：《沫若自传》（上卷），求真出版社2010年版，第21页。

③ 胡香生辑录，严昌洪编：《朱峙三日记（1893—1919）》，华中师范大学出版社2011年版，第309页。朱峙三（1886—1967），原名鼎元，又名继昌。湖北鄂城（今属湖北鄂州市）人。1906年考入两湖总师范学堂。曾任蒲圻县长、黄冈县长，后长期从事文化教育事业。

④ 张恨水著：《写作生涯回忆》，江苏文艺出版社2012年版，第54页。

⑤ 陈布雷著：《陈布雷回忆录》，东方出版社2009年版，第29页。陈布雷（1890—1948），名训恩，字彦及，笔名布雷、畏垒。浙江慈溪人。现代政治家。曾就读于慈溪县中学堂、宁波府中学堂，1911年毕业于浙江高等学堂。

⑥ 吴宓著，吴学昭整理：《吴宓日记（1910—1915）》，生活·读书·新知三联书店1998年版，第198、403页。

东梅县看到了同学订购的《小说月报》①,苏州的叶圣陶也经常订阅内容"可观"的《小说月报》②。无论是小说单行本还是刊载小说的杂志,都能通过不同途径购买,十分便捷,将小说纳入囊中不再是普通学生难以企及的奢望。

书籍和报刊是清末民初小说最主要的两种出版形态,后者尤其受到学生们的青睐。自清末开始,报刊成为小说发表、传播的重要载体,而阅读报刊已经成为学生日常生活的重要组成部分,他们所关心的各种资讯"大之如国家政治小之如男女爱情,近之如社会风俗远之如海外奇闻轶事"③,都能从报刊中获取。这一新兴传媒也将小说送进学生的日常生活。1903 年 7 月 20 日,《浙江潮》第 7 期所刊《海盐报纸之销数》记载,《新小说》与《绣像小说》在海盐的销量分别为 5 份与 3 份,"皆销于读书社会及学堂中"。1904 年 11 月《警钟日报》所刊《武汉报纸销数调查》记载,《新小说》30 份,《新民丛报》50 份,均在新学界;《新新小说》10 份,在学堂。④ 很多著名小说杂志如《月月小说》《礼拜六》等在学生中一直保有较高的订阅率。针对学生受众的杂志《中华学生界》《学生杂志》等,以及留学生创办的刊物如《留美学生季报》《江苏》《湖北学生界》《浙江潮》等也大都刊载小说,其最主要的购阅群体就是学生。胡适曾回



① 张资平著:《资平自述》,江苏文艺出版社 2011 年版,第 165 页。

② 商金林编著:《叶圣陶年谱》,江苏教育出版社 1986 年版,第 45 页。叶圣陶(1894—1988),原名叶绍钧,字秉臣、圣陶。江苏吴县(今属江苏苏州市)人。毕业于苏州草桥中学。现代作家、教育家、社会活动家。

③ 剑秋:《话别》,《礼拜六》第 100 期(1916)。

④ 付建舟:《小说界革命的晚清成就与民初效应》,《中国文哲研究通讯》2018 年第 1 期。

忆自己清末从家乡安徽到上海求学，在那里购阅刊载小说的《时报》："我在上海住了六年，几乎没有一天不看《时报》的……我当时把《时报》上的许多小说、诗话、笔记、长篇的专著都剪下来分粘成小册子，若有一天的报遗失了，我心里便不快乐，总想设法把它补起来。"[①]1917 年，武昌中华大学学生恽代英购阅的报刊《妇女杂志》《中华教育界》《中华妇女界》《东方杂志》《学生杂志》《青年进步》《小说时报》《小说海》《小说画报》《小说新报》《小说月报》等，几乎都刊载小说。[②]

在某种意义上，小说杂志本身就是一种特殊的文学文本[③]，它借助物质形式，将不同作品组织成一个面对消费者的整体。这些杂志常以拥有"五彩的封面，美丽的图画，奇趣的文字"[④]自诩，不仅以文字内容满足、迎合消费者的想象与期待，各种图像内容也为读者烹制着感官享受的盛宴。尤其是在封面与正文之间，众多题材丰富的铜版插图照片，将文化名流、外国政要、美术作品、时事新闻等直观形象地呈现于读者眼前。这一切对于喜爱新生事物的年轻学生来说都会产生莫大的吸引力。借助杂志之力，小说在学生中一直保持了相当高的传播与接受热度。

---

① 胡适著：《孤独与大胆：胡适自述》，当代中国出版社 2014 年版，第 143～144 页。

② 恽代英著：《恽代英日记》，中共中央党校出版社 1981 年版，第 242～250、26、83、132 页。

③ 周海波著：《传媒时代的文学》，人民文学出版社 2007 年版，第 3 页。

④ 壮悔：《消遣之法》，《娱闲录》第 17 册(1915)。

## 二、借阅

借阅也是清末民初学生接受新小说的主要途径。借阅小说可以发生在学生之间，也可以发生在师生之间或学生与校外人员之间，而且这种借阅以新小说和小说杂志居多。如清末，吴宓在日记中所记自同学处借阅的《双泪砰》《仇情记》《双碑记》《绿荫絮语》等均为新小说①，陈布雷求学期间向老师借阅过《新小说》杂志②。辛亥革命前后，张资平的同学王君订购有商务印书馆出版的《小说月报》，他借回来，“无日无夜地读”。③当时的书摊也可借阅小说，1910 年 3 月，胡适曾于上海新书摊借小说数种。④ 除此之外，学生们还有一个新兴且重要的接受小说的途径——图书馆借阅，以下主要就学生通过图书馆借阅小说的情况进行梳理分析。

1. 清末民初图书馆收藏小说的情况

19 世纪末，随着维新派将图书馆视为开启民智的有力工具、官方把创办图书馆纳入文教政策之中，出现了一股兴建图书馆的热潮，至辛亥革命前夕，中国公立私立图书馆已达二十

---

① 吴宓著，吴学昭整理：《吴宓日记（1910—1915）》，生活·读书·新知三联书店 1998 年版，第 18 页。此处，《双泪砰》疑为《双泪碑》，《仇情记》疑为《忏情记》。

② 陈布雷著：《陈布雷回忆录》，东方出版社 2009 年版，第 20 页。

③ 张资平著：《资平自述》，江苏文艺出版社 2011 年版，第 165 页。

④ 胡适：《藏晖室日记》，见曹伯言整理：《胡适日记全编》（1），安徽教育出版社 2001 年版，第 27 页。

多所,全国大多数省份都设有省立公共图书馆。[1] 民国建立后,在发展社会教育及其设施思想的推动下,政府进一步推动图书馆的改组与发展。1916 年,全国共有图书馆(包括巡回文库)263 所,1918 年增至 725 所。[2] 这当中的普通图书馆、通俗图书馆与学校图书馆是中国近代图书馆的主力军,也是清末民初学生接受小说的重要途径。

在中国古代文学观念中,小说属于"小道",难登大雅之堂。但明清以来,小说日益繁盛,在读者中的影响力渐趋增大,使得官方不得不对其加以重视。明清时期官方对小说已有或禁毁或认同的情形,比如明代司礼监、南京国子监曾刊刻《三国演义》,而清政府则从嘉庆时期开始大规模禁毁小说,至道光同治年间最为严厉。[3] 认同小说或禁毁小说,在关注文学的教化功能、强化意识形态控制这一点上,可谓异曲同工、殊途同归。尽管清廷曾颁行禁毁小说的律例,但是对小说的官方态度至清末已有所松动。1909 年,湖南咨议局议员刘善渥在湖南省咨议会上提交"整顿扩充图书馆案",明确提出图书馆的建设目标之一是"凡旧板(版)之经史子集、新著新译之科学图书、小



---

① 倪波、荀昌荣主编:《理论图书馆学教程》,南开大学出版社 1981 年版,第 113 页。

② 王酉梅著:《中国图书馆发展史》,吉林教育出版社 1991 年版,第 319 页。

③ 参见宋莉华著:《明清时期的小说传播》,中国社会科学出版社 2004 年版,第 35 ~ 36、45 ~ 49、151 页;阿英著:《小说闲谈四种 · 关于清代的查禁小说》,上海古籍出版社 1985 年版;孔另境辑:《中国小说史料 · 清代小说之禁黜》,上海古籍出版社 1982 年版。

说以及碑帖图画，均应随时广为添购”。[①] 清末《山东全省官书局书目》“杂学类”收入新小说、翻译小说，也显示出官方对小说宽容的一面。[②]

与清末以前的藏书楼相比，近代公共图书馆无论是藏书数量还是阅书人数都十分可观，但是所收小说仍以古代文言作品为主，且所占藏书总量比例很小。1912 年之后，图书馆开始收录清末民初问世的各类小说。如浙江公立图书分馆 1915—1916 年观览类图书中子部十二“小说家类”收录了清末民初小说 59 种：

《伊索寓言》《百年一觉》《爱国精神谭》《续译华生包探案》《补译华生包探案》《四名案》《铁世界》《无名之英雄》《冶工轶事》《穑者传》《孟恪孙奇遇记》《黑奴吁天录》《足本迦茵小传》《埃及金塔剖尸记》《斐洲烟水愁城录》《玉雪留痕》《洪罕女郎传》《红礁画桨录》《蛮荒志异》《橡湖仙影》《撒克逊劫后英雄略》《十字军英雄记》《鲁滨孙飘流记》《海外轩渠录》《金风铁雨录》《旅行述异记》《加批李觉出身传》《心狱》《八十万年后之世界》《火星与地球之战争》《瑞士建国志》《瑞西独立警史》《清宫二年记》《慈禧写照记》《澳洲历险记》《千年后之世界》《经国美谈》《露漱格兰小传》《游侠风云录》《巴黎繁华记》《未来战国



① 湖南图书馆编：《湖南图书馆百年志略》，北京图书馆出版社 2004 年版，第 41 页。

② 宋莉华著：《明清时期的小说传播》，中国社会科学出版社 2004 年版，第 329 页。

志》《儿童修身之感情》《洗耻记上卷》《文明小史》《二十年目睹之怪现状》《老残游记》《老残游记下编》《天方夜谭》《火星飞艇梦》《葡萄劫》《秋心说部第一集》《碎琴楼》《朝野新谈》《上下古今谈前编》《南巡秘记》《恨海鹃声谱》《玉梨魂》《雪鸿泪史》《燕蹴筝弦录》①

随着《小说时报》《小说月报》《小说丛报》《中华小说界》等小说杂志的身影出现在图书馆内,杂志上刊登的小说也得以进入入馆读者的视野。② 与此同时,图书馆所收小说数量也有所增加,如河南图书馆 1909 年收小说 122 卷,到 1917 年增加至 564 卷。③



通俗图书馆在图书数量、种类上虽不及普通图书馆,但阅览人数远超普通图书馆,其原因除了不收取阅览费、多设于交通便利及人员密集场所、开放时间灵活、允许借出,还因为所收多浅易书籍、新著书籍尤其是小说,这对于当时眼界渐开的读者来说无疑具有巨大的吸引力。以河南通俗图书馆为例,1917 年该馆有各类书籍 1344 本,"多收中外之新著",其中清末民初

① 《浙江公立图书分馆观览类书目》,北京图书馆出版社古籍影印室辑:《明清以来公藏书目汇刊》第 47 册,北京图书馆出版社 2008 年版,第 923 ~ 928 页。

② 如浙江图书馆就收有不少小说杂志,见《浙江图书馆书目(1915—1916)》,北京图书馆出版社古籍影印室辑:《明清以来公藏书目汇刊》第 47 册,北京图书馆出版社 2008 年版,第 779 ~ 781 页。

③ 根据《河南图书馆书目(1909)》《河南图书馆书目(1917)》统计,见北京图书馆出版社古籍影印室辑:《明清以来公藏书目汇刊》第 23 册,北京图书馆出版社 2008 年版,第 191 ~ 461 页。

小说超过510本,约占图书总量的38%,远超一般普通图书馆中小说所占比例。① 根据内容,这些小说还被归入十几个类别,具体书目如下:

哲学门:《环游月球》《地心旅行》《天上大审判》《梦游二十一世纪》

伦理门:《双孝子噀血酬恩记》《美洲童子万里寻亲记》《孝女耐儿传》《史山报仇录》《苦海余生录》《一柬缘》

神怪门:《希腊神话》《天方夜谭》《红星佚史》《剖尸记》《海屋筹》《鬼山狼侠传》《三千年艳尸记》《黑衣教士》《化身奇谈》《澥外奇谈》《吟边燕语》《拊掌录》《新法螺》《燃犀录》《扫迷帚》

社会门:《荡寇志》《壶中志初集》《侠黑奴》《撒克逊劫后英雄略》《儿女英雄传》《大明奇侠全传》《黑奴吁天录》《文明小史》《黑行星》《续侠隐记》《美人烟草》《博徒别传》《孤星泪》《块肉余生述》《剑底鸳鸯》《巴黎繁华记》《闺中剑》《彗星夺婿录》《侠女奴》《电影楼台》《笑里刀》《脂粉议员》《秘密地窟》《冰雪因缘》《贼史》《蛇女士传》《大侠红蘩蕗传》《双鸳侣》《新孽镜上编》《女人岛》《金陵秋》《剑魄花魂》《拒约奇谭》《大除夕》《橡湖仙影》《女娲石甲卷》《八宝匣》《遗嘱》《血蓑衣》《聪明误》《溷中花》《义黑》《市声》《增图七侠五义传》

① 根据《河南通俗图书馆书目(1917)》统计,见北京图书馆出版社古籍影印室辑:《明清以来公藏书目汇刊》第23册,北京图书馆出版社2008年版,第463~540页。

医学门(卫生门附):《医界镜》

文学门:《伊索寓言》

教育门:《馨儿就学记》《小公子》《青年镜》《儿童修身之感情》《学界镜》《鸿巢记》《埋石弃石记》《孤雏感遇记》《苦儿流浪记》

史学门:《苏格兰独立记》《身毒叛乱记》《铁血宰相》《克莱武传》《复国轶闻》《铁假面》《越南亡国史》《洪秀全演义》《中华开国全传》《神州光复志演义》《热血痕》《大食故宫余载》《清宫二年记》《(俄皇义文四世专制文)不测之威》《髯刺客传》《精禽填海记》《玉楼花劫正续编》《双冠玺》《海上大冒险谈》《几道山恩仇记》《误中误》《清慈禧太后画像记》《秦汉演义》《二义同囚录》《鹰梯小豪杰》《蟹连(莲)郡主传》《玑司刺虎记》

地理门:《海外天》《小仙源》《鲁滨孙飘流记》《旧金山》《烟水愁城录》《航海少年》《冰天渔乐记》《金银岛》《环瀛志险》《十五小豪杰》《老残游记》《秘密海岛》《澳洲历险记》《飞行记》《钟乳髑髅》《雾中人》《红柳娃》《蛮荒志异》《秘密使者》《航海述奇》《蛮陬奋迹记》《险中险》《海外轩渠录》《航海复仇记》《洪荒鸟兽记》

政法学门:《模范町村》《爱国二童子传》《回头看》《炼才炉》《无名之英雄》《美人手甲卷》《刺国敌》《经国美谈》《佳人奇遇》《冰山雪海》《遮那德自伐八事》

侦探门:《侦探新语》《寒桃记》《九命奇冤》《剧场大疑狱》《怪獒案》《黑面塔》《神枢鬼藏录》《三人影》《藕孔避兵录》《奇狱》《华生包探案》《法国地利奇案》《橘英男》

《桑伯勒包探案》《多那文包探案》《车中毒针》《马丁休脱探案》《聂格卡脱探案》《侦探谈》《七星宝石》《狸奴角》《女首领》《香囊记》《秘密隧道》《织手秘密》《镜中人》《帘外人》《案中案》《一捻红》《印雪簃译丛(探案录之一)》《大魔窟》《粉阁奇谈》《海卫侦探案》《露漱格兰小传》《一封书》《毒蛇牙》《鬼室余生录》《包探案》《二金台》《拿坡仑忠臣传》《唯一侦探谈》《双指印》《新剑侠传》《宝石城》《怪医案》《奇瓶案》《手足仇》《虚无党》《黄金血》《中国侦探案》《窃电案》《警黄钟》《歇洛克奇案开场》《胠箧术》《弃儿奇冤》《一万九千镑》《降妖记》《二俑案》《指环党》《铁锚手》《最新侦探案汇刻》《毒药罅》《夺嫡奇冤》《金丝发》《白巾人》《女海贼》《银行之贼》《秘密社会》《指中秘录》《三名刺》《斯芬克斯之美人》《指弓沙》《杯中血》《福尔摩斯再生》《黄金骨》《黄钻石》《一声猿》《钱塘狱》《巴黎秘密案》《大彼得遗嘱》《歼仇记》《红泥记》《雾中案》《母夜叉》《土里罪人》《情魔》《死复仇》《血手印》《三玻璃眼》

兵学门:《利俾瑟战血余腥记》《滑铁卢战血余腥记》《十字军英雄记》《秘密电光艇》《旅顺双杰传》《铁血痕》《金风铁雨录》《黑太子南征录》《卖国奴》

言情门:《迦茵小传》(林纾、魏易译)、《尸椟记》、《三字狱》、《波乃茵传》、《女魔力》、《迦茵小传》(蟠溪子译)、《双乔记》、《爱河潮》、《媒孽奇谈》、《露惜传》、《血泊鸳鸯》、《空谷佳人》、《红礁画桨录》、《离恨天》、《塚中人》、《佛罗纱》、《漫郎摄实戈》、《双艳记》、《恨海》、《西利亚郡主别传》、《画灵》、《匈奴奇士录》、《美人妆》、《妒之花》、

《错中错》、《堕泪碑》、《洪罕女郎传》、《忏情记》、《车中美人》、《盗窟奇缘》、《天际落花》、《情侠》、《西奴林娜小传》、《鸳盟离合记》、《青衣记》、《双碑记》、《电术奇谈》、《茶花女遗事》、《玉雪留痕》、《一仇三怨》、《牧羊少年》、《俄国情史》、《雪市孤踪》、《瑶瑟夫人》

农学门:《穑者传》

工学门:《新飞艇》《铁世界》《冶工轶事》《空中飞艇》

杂书门:《玉虫缘》《海底沉珠》《孤儿记》《当头棒》《说部腋》《技击余闻》《泰西说苑》《说部丛书第三集》《夜雨秋灯录》①

京师通俗图书馆1918年收各种小说2623种,占图书总数十分之三以上,入馆读者也是以阅览小说、杂志为最多。②

1898年,光绪皇帝下令取消书院,书院藏书楼便逐步转变为学校图书馆。自京师大学堂藏书楼创建之后,许多大学都设立了图书馆。1904年颁布的《奏定学堂章程》规定高、中、小学堂要设立图书室或藏书室,大学堂要设立图书馆。但限于经费,中小学图书馆在清末数量较少,民国成立后在政府的倡导下有一定发展。不少学校虽无图书馆,但是其阅报室除了报纸

① 《河南通俗图书馆书目(1917)》,见北京图书馆出版社古籍影印室辑:《明清以来公藏书目汇刊》第23册,北京图书馆出版社2008年版,第463~540页。

② 《京师通俗图书馆呈报民国五、六、七年度工作概况》,见李希泌、张椒华编:《中国古代藏书与近代图书馆史料(春秋至五四前后)》,中华书局1982年版,第270、271页。

杂志也有新书陈列其中。下表是1918年中国部分学校图书馆藏书数量和阅书人数。

**1918年部分学校图书馆藏书数量与阅书人数统计表①**

| 图书馆名称 | 藏书数量 | 每季阅书人数 |
|---|---|---|
| (北京)高等师范学校图书馆 | 13232卷 | 约5400 |
| 南开学校图书馆 | 4500本 | 1400 |
| 北洋大学图书馆 | 36460本 | 400 |
| 济南齐鲁大学校图书馆 | 13000卷 | 3000 |
| 江苏高等师范学校图书馆 | 9200本 | 4000 |
| 上海圣约翰学校图书馆 | 11764卷 | 7477 |
| 金陵大学校图书馆 | 5157卷 | 17906 |
| 南通学校图书馆 | 汉文130000卷,日文西文398册 | 约100 |
| 武昌文华大学公书林 | 18475本 | 7238 |
| 武昌高等师范学校图书馆 | 24567本 | 约1600 |
| 武昌博文书院图书馆 | 3935本 | 1300 |
| 九江南伟烈大学图书馆 | 3800本 | 3600 |
| 长沙雅理大学校图书馆 | 1750本 | 200 |
| 岭南学校藏书楼 | 9615余本 | 约15 |

由于学校师生对图书馆的利用频率远高于普通民众,而清末以来学生数量的迅速增长也带动了入馆阅览人数的增加,所

① 统计数据来自李希泌、张椒华编:《中国古代藏书与近代图书馆史料(春秋至五四前后)》,中华书局1982年版,第188~194页。

以学校图书馆在阅书人数上也占有较大优势。

学校图书馆收藏小说也有其特色。入清以来，书院藏书开始出现振兴与发展的局面，书院藏书数量日益可观，其中不乏小说的身影，上海格致书院的藏书书目中甚至出现了“东西学书目·小说”，专门收录通俗小说，但总体上书院是以收录前代特别是唐及唐以前文言小说为主。[①] 清末民初，大中小学的图书馆、图书室、阅报室虽然规模不一、藏书质量参差不齐，但是大都收有新小说和刊载小说的各类报刊。据赵元任回忆，1906年，在常州溪山学校，学生们“组织了一个‘青年励进社’，其重要活动之一是买书成立图书馆”。赵元任曾“到那里借过《黑行星》《秘密岛》《新小说选》《鲁滨逊漂流记》”。这个图书馆还收录有《黑奴吁天录》《福尔摩斯探案》《三千年艳尸记》等小说。[②] 吴宓、恽代英等人在学生时代也都有过从校图书室借阅新小说的经历。[③] 叶圣陶在民国初期任教于上海尚公小学时，将小说列入校内少年书报社扩充门类，受到学生欢迎。[④] 小说在学校图书馆藏书中所占比例虽然有限，但是考虑到学校分布

---

① 宋莉华著:《明清时期的小说传播》，中国社会科学出版社2004年版，第310~316页。

② 赵元任著:《赵元任生活自传》，中国华侨出版公司1989年版，第62~63、71页。赵元任(1892—1982)，字宣仲、宣重。江苏武进(今属江苏常州市)人。现代著名学者、语言学家、音乐家。曾入常州溪山小学、南京江南高等学堂预科学习，后赴美留学，毕业于康奈尔大学、哈佛大学。

③ 见吴宓著，吴学昭整理:《吴宓日记(1910—1915)》，生活·读书·新知三联书店1998年版；恽代英著:《恽代英日记》，中共中央党校出版社1984年版。

④ 《中国现代教育家传》编委会编:《中国现代教育家传》(第二卷)，湖南教育出版社1986年版，第100页。

范围的广泛性以及学生群体的日益壮大，学校图书馆所藏小说在学生中的传播面还是颇为可观的。

民国政府还成立了官方的小说审查指导机构——通俗教育研究会小说股。1916 年 9 月至 1917 年 9 月，小说股从 639 种小说中(其中大约有 240 种为翻译小说)选出《块肉余生述》《黑奴吁天录》《鲁滨孙飘流记》等 26 种小说和 27 种小说杂志予以褒奖，还有“上等小说”71 种受到表扬。另有 385 种列为中等，议禁 11 种，查禁 17 种，杂志中上等 2 种，中等 18 种，下等 5 种，禁止 2 种。① 对于受到褒奖和表扬的 97 种小说，教育部特地发出命令和咨文，要求各省、市、区的学校和图书馆采购并推荐给包括学生群体在内的广大读者。② 这种官方导向旋即对图书馆收藏小说产生了直接影响。京师图书分馆“原有说部书二十余种”，1917 年“将书目中所有之通俗书籍，概行剔去，更添购通俗教育研究会审定之上等小说数十种”。③ 中央公园图书阅览所收藏的“新出小说”，“一经查有疑义，即送请通俗教育研究会审核，除列下等不供阅览外，其列入上中两等者，一律陈列”。④

---

① 瞿光熙著：《中国现代文学史札记》，上海文艺出版社 1984 年版，第 28～29 页。

② 沈鹏年：《鲁迅在“五四”以前对文坛逆流的斗争——关于他和通俗教育研究会关系的一段史实》，《学术月刊》1963 年第 6 期。

③ 《京师图书分馆民国四、五、六、七、八年度年终工作报告》，见李希泌、张椒华编：《中国古代藏书与近代图书馆史料(春秋至五四前后)》，中华书局 1982 年版，第 244 页。

④ 《中央公园图书阅览所民国七、八年度年终工作报告》，见李希泌、张椒华编：《中国古代藏书与近代图书馆史料(春秋至五四前后)》，中华书局 1982 年版，第 278 页。

2. 学生是清末民初图书馆所藏小说最主要的借阅者

古代藏书楼和各类书院所藏小说基本上只在文人范围内传播,一般平民难以问津。清末民初,图书馆逐渐面向全社会开放,不再为精英阶层和贵族阶层所独享。图书馆的合法性、开放性,使其所藏小说能在更多社会阶层、更大范围内传播。不过,就总体而言,知识阶层仍是清末民初图书馆最主要的利用者。梁启超在《清议报》撰文列举图书馆的功能时就认为,"图书馆使现在学校受教育之青年学子得补助其智识之利也"。[①] 清政府设立图书馆的首要目的是"以备硕学专家研究学艺,学生士人检阅考证之用"[②]。民国时期,"京师图书馆之设",主要也是为了"保存典册,馈饷士林"。[③] 学生士人是图书馆最主要的服务对象。民国以来,尽管公共图书馆的阅览者扩大到政学军警各界人士,商人和工人依然较少,进入图书馆阅读小说的读者仍是以学生群体为主。如浙江公立图书馆 1915 年的阅书统计就显示:该馆阅读人以中等学校学生占大多数,其所偏重在科学及小说家言,因而"阅览书籍本数,以新书部、杂志部为最多。前者几占百分之二十三,后者占百分之二十二。盖两部各书多关科学、小说故也。子部各书若农家类、若医家类、若天文算法类,即近世之科学,其说虽旧,尚足以资参

---

① 梁启超:《论图书馆为开进文化一大机关》,《清议报》第 17 册,光绪二十五年(1899)。

② 《奏拟定京师及各省图书馆通行章程折》,1910 年《学部官报》第 113 期。

③ 《教育部咨各区饬属征取最新志书径行送部文》(1916 年 10 月 3 日),《京师图书馆档案》,转引自李希泌、张椒华编:《中国古代藏书与近代图书馆史料(春秋至五四前后)》,中华书局 1982 年版,第 217 页。

考,而小说书籍又隶子部,故阅览者较多于经史集三部,约占百分之十八。集部、史部之书,与科学关系较浅,其趣味又不如小说,故阅者较子部为少”,而每年学校假期,因为学生离校,图书馆阅书人数最少。①

清末民初的普通图书馆大多实行收费制度。如 1912 年《京师图书馆暂定阅览章程》规定:“凡欲观览本馆图书者,除特别赠送优待券者,入馆门时,须购入览券。券分两种:甲,特别入览券;乙,普通入览券。甲,每券得取阅图书五十册,铜币四枚。乙,每券得取阅图书十册,铜币二枚。”②图书馆收取阅览费,人为设置了低收入阶层入馆阅读的障碍。但是学生们没有这方面的困扰,很多图书馆都对学生实行阅书券半价优惠或向学校派送免费阅书券。③ 学校图书馆收费的情况也极为少见。享受着减免图书馆阅书费用的优待,学生可以不受收费问题困扰,“功课之暇”,“伏身于藏书室中,翻阅中西文学杂志”,④饱览各类小说作品。

清末普通图书馆藏书以中国古典文献为主,大多沿袭前代经、史、子、集四部分类方式,在子部下设小说类,在史部下也收录一些小说。不过新的分类方法也开始出现,以适应不断增多

---

① 李希泌、张椒华编:《中国古代藏书与近代图书馆史料(春秋至五四前后)》,中华书局 1982 年版,第 330 页。

② 李希泌、张椒华编:《中国古代藏书与近代图书馆史料(春秋至五四前后)》,中华书局 1982 年版,第199 ~ 200 页。

③ 参见李希泌、张椒华编:《中国古代藏书与近代图书馆史料(春秋至五四前后)》,中华书局 1982 年版,第 189、197、237、255、267 页。

④ 赵苕狂:《张舍我传》,芮和师等编:《鸳鸯蝴蝶派文学资料》(上),福建人民出版社 1984 年版,第 338 页。

的新的图书内容。例如中国第一家具有公共图书馆特征的古越藏书楼在1904年开馆时，其藏书分经、史、子、集、时务5类，编为35卷，后改为学部与政部两大类，编为20卷。文学类属学部，不收小说，小说归入政部下的稗史类。① 在传统的图书著录方式中，小说的位置一般都非常靠后，如在《汉书·艺文志》和《四库全书总目》中都是列于末位，这与其低下的地位正相吻合。随着西方图书分类法输入中国，小说在图书馆中的著录、归类出现了新旧并行的情形，在原有只收录文言小说的子部中，出现了通俗小说，而且将之视为"文学之别派"。② 1909年，孙毓修引介了美国杜威十进分类法，在这种分类法中，小说（fiction）与散文（essays）、诗歌（poetry）一样归入文学。他还特别指出因为"吾国学校，类以习英文者为普通"，介绍这种新式分类法是为了满足接受过新式教育的读者的需求。③ 图书馆读者群中以学生为最多，他们在进入图书馆分类检索借阅小说的过程中，自然会接收到这份无声的提示，有助于其小说观念的破旧立新。



清末民初，通过图书馆的收藏与传播，显示出小说的地位、作用得到国家层面的认可。通过图书馆借阅小说，既属于个人接受，也属于一种社会接受，不仅是个人的自发行为，也成为群体行为的组成部分。学生们可以在图书馆这一公共场所合法

---

① 《古越藏书楼章程》，见北京图书馆出版社古籍影印室辑：《明清以来公藏书目汇刊》第45册，北京图书馆出版社2008年版，第23页。

② 《涵芬楼藏书目录·旧书编目刍言》，据清华大学图书馆藏电子版，第2～3页。

③ 孙毓修：《图书馆》，《教育杂志》第1年第11期，宣统元年（1909）。

阅读小说,可以相对自主地选择借阅自己心仪的小说,图书馆中的小说不仅是休闲娱乐、怡情悦性的工具,也成为读者建立社会联系的津梁。进入图书馆的读者,接受的不仅是小说文本,还有小说的功能观、价值观。图书馆重构了社会文化心理场,在小说的学生接受群体中形成一种文化共识与共鸣。

通过图书馆传播与学生、师生间的传播,一部小说通常会有不止一个人阅读,在学生当中就产生了数量可观的"累积受众"。同龄人之间更易于沟通交流,借阅之后他们常会一起回味、讨论,这又造成一种群体效应,其影响力也会超越个体单独的接受。

## 三、教科书

随着新式教育在清末逐步推广,传统的蒙学教材与儒家经典已无法满足需求,编印适应时代需求的教科书成为普及新式教育的重点。清政府颁行癸卯学制、废除科举及民国成立,促成了几次国人编写教科书的高潮,小说进入教科书的理论倡导与政策认可也于此时出现。教科书的使用范围基本都在学校之内,学生是教科书最直接、最广大的受众群体,因此,教科书便成为清末民初学生接受小说的一种独特途径。教科书有广义、狭义之分,本书取其广义概念,即"为教学而编制或使用的一切材料"①。

### 1. 小说进入教科书的理论倡导与政策认可

小说进入中国教科书体系的理论倡导始自戊戌变法前夜。

① 参见吴驰:《由"文"到"语"——清末民国中小学英语教科书之演变》,《湖南师范大学教育科学学报》2012年第3期。

1896年,康有为精心编纂了《日本书目志》,致力于推广西学,他称:“泰西数百年数万万人士新得之学举在是。吾数百万之吏士识字之人,皆可以讲求之。然后致之学校以教之,或崇之科举以励之,天下向风,文学辐凑,而才不可胜用矣。”①这些在他看来应当在学校中大力推广普及的书籍中,就包括《日本书目志》“小说门”著录的1056种作品。他已经敏锐地意识到小说的社会功用通过学校的教学体系可以得到更大程度的发挥。他还倡导把“说部书”作为幼学教育的工具:“启童蒙之知识,引之以正道,俾其欢欣乐读,莫小说若也。”②梁启超也强调,“西国教科之书最盛,而出以游戏小说者尤夥”③,希望以西方的教育实践为中国教科书采纳小说树立范例。

“小说界革命”期间,黄伯耀、黄世仲兄弟在康有为、梁启超影响之下,也将小说视为培养国民、开发学生智力的利器,主张效仿发达国家,小说进学校、小说进教材。黄伯耀视“小说为益智之母”:

美国之《英雄救世》也,英国之《航海述奇》也,法国之《殖民娠喻》也,日本之《佳人奇遇》也,德国之《宗教趣谭》也,诸如此类,各国学校中,无不珍璧视之,甚而奉为教科

---

① 康有为:《〈日本书目志〉序》,郑振铎编:《晚清文选》,上海书店1987年版,第439页。

② 康有为:《〈日本书目志〉识语(节录)》,转引自陈平原、夏晓虹编:《二十世纪中国小说理论资料》(第一卷),北京大学出版社1989年版,第13页。

③ 梁启超:《〈蒙学报〉〈演义报〉合叙》,《时务报》第44册,光绪二十三年(1897)。

书之圭臬。尤其注意者，对于小学教育，为之导师者，更择小说而曲解善喻之，务使勃发其性真，鉴导其识力，以养成国民之人材，振起灵魂之懦气，此以知学校教育之种因所自来矣。①

在他看来，通过小说这种生动形象的文体来传播新知识、新思想，更易于为学生所接受，学生接受小说不仅是个人自发行为，更是社会政治行为，国人"倘自今而后，学校教育，群知小说之资益，编其有密切关系于人心世道者，列为教科，使人人引进于小说之觉路，而脑海将由此而日富"②，通过进入学校教学体系，小说能够发挥更加积极的社会作用。



黄世仲也持同样观点，在《文风之变迁与小说将来之位置》一文中，他认为小说进入教科书是振民气、开民智的有效手段。他还指出，不同题材的小说能够发挥不同的教育作用，学习这些小说可以使学生在不同方面受益：

读政治小说者，足生其改良政治之感情；读社会小说者，足生其改良社会之雄心；读宗教小说者，足生其改良宗教之观念；读种族小说者，有以生其爱国独立之精神。其余读侦探小说生其机警，读科学小说生其慧力，有以使之然也。……国民不欲求进步则已，国民而欲求进步，势不

① 耀：《学校教育当以小说为钥智之利导》，《中外小说林》第1年第8期，光绪三十三年(1907)。

② 耀：《学校教育当以小说为钥智之利导》，《中外小说林》第1年第8期，光绪三十三年(1907)。

得不研攻小说;学堂而不求进步则已,学堂而欲求进步,又势不能不课习小说。总而言之,则觇人群进化程度之迟速,须视崇尚小说风气进步之迟速。学生少年就傅,使之增其知识,开其心胸,底于速成,则于智慧竞争时代,小说诚大关系于人群者也。故曰:学堂宜推广以小说为教科书。①

徐念慈注意到当时没有适合供高等小学以下学生阅读的小说,便呼吁今后的著译家"宜专出一种小说,足备学生之观摩","其形式,则华而近朴,冠以木刻套印之花面,面积较寻常者稍小。其体裁,则若笔记,或短篇小说;或记一事,或兼数事。其文字,则用浅近之官话,倘有难字,则加音释,偶有艰语,则加意释;全体不逾万字,辅之以木刻之图画。其旨趣,则取积极的,毋取消极的","以足鼓舞儿童之兴趣,启发儿童之智识,培养儿童之德性为主","学校中购之,平时可为讲谈用,大考可为奖赏用","明于教育原理,而执学校之教鞭者,必乐有此小说",从而达到"足辅教育之不及"的功效。②

教科书是塑造理想的未来民众的有效方式,一定程度上体现着主流意识、国家意志,而小说具有感染人、影响人的巨大力量,学生又是教科书和小说的主要接受群体,官方也意识到这三者之间的重要关联。清政府 1904 年颁布《奏定大学堂章程》,要求大学生"研究文学之要义",了解"辞赋文

---

① 老棣:《学堂宜推广以小说为教书》,《中外小说林》第 1 年第 18 期,光绪三十四年(1908)。

② 觉我:《余之小说观》,《小说林》第 10 期,光绪三十四年(1908)。

体、制举文体、公牍文体、语录文体、释道藏文体、小说文体，皆与古文不同之处”，小说文体得到了官方正式认可的学科身份。1912 年，教育部颁布《中学校令施行规则》，其第三条规定“国文要旨在通解普通语言文字，能自由发表思想，并使略解高深文字，涵养文学之兴趣，兼以启发智德。国文首宜授以近世文，渐及于近古文，并文字源流、文法要略，及文学史之大概，使作实用简易之文，兼课习字”。在这一背景之下，小说成为“涵养文学之兴趣，兼以启发智德”的辅助教学手段，不仅不再是传统文学观念里的卑俗文体，而且成为培育人才的合法有效工具，这可谓“小说为文学之最上乘”理论在教育领域里的一种体现。

2. 清末民初教科书中的小说观念与小说资源

在理论倡导与政策认可的双重推动之下，小说进入清末民初教科书、进入教学实践终于成为现实。一些作为教材的文学史，如清末黄摩西撰写的作为东吴大学堂课本的《中国文学史》（国学扶轮社，约 1906 年初版）、民初王梦曾编写的《中国文学史》（商务印书馆 1914 年版）、张之纯编写的《中国文学史》（商务印书馆 1915 年版）、谢无量撰写的《中国大文学史》（中华书局 1918 年版）均出现了涉及小说的内容，虽然只是对中国古代小说的流变、特征进行简要梳理，但将小说与诗、词、歌、赋等相提并论，对小说的文学史地位是一种肯定，对旧的文学观念是一种突破。这样的教科书无疑会带给学生全新的文学认知，既使他们明确了小说的本质特征，又了解了本国小说的发展历程。例如张之纯编写的《中国文学史》论清代小说云：

清代好小说家言者，首推纪文达昀，诙谐善谈。……袁太史枚尝作《子不语》，然不及其雅饬。蒲松龄之《聊斋志异》尤为卓绝。……言情之作则莫如曹雪芹之《红楼梦》，讥世之作则莫如吴敏轩之《儒林外史》。曹以婉转缠绵胜，思理为妙，神与物游，有将军欲以巧胜人盘马弯弓故不发之致。吴以精刻廉悍胜，穷形尽相，惟妙惟肖，有箭在弦上不得不发之势，所谓各造其极也。

作为单篇课文入选教科书的小说以新小说为主，主要集中在国文、修身、历史等科目。虽然所占篇幅较少，而且很多经过改编或缩写，但由于得到国家认同的教科书体现了国家意志，学生对此类小说的阅读带有强制性，具有其他接受方式无法比拟的独特优势。小说进入学校教学系统，既向学生群体昭示了小说的合法性，也培养了一大批小说的接受者。



将新小说列入教科书，是基于小说的社会作用及学生群体对国家未来的巨大意义，所以选取小说时往往首先着眼于小说的教育功能，同时适当考虑小说的审美功能，内容与形式都要符合学生的接受水平、接受心理。包天笑翻译的《馨儿就学记》（笔者按，即意大利亚米契斯《爱的教育》）部分章节曾入选清末小学教材。包天笑回忆说："《馨儿就学记》何以销数独多呢？有几个原因：一、那书的初版是在庚戌年，即辛亥革命的前一年，我全国的小学正大为发展。二、那时的商务印书馆，又正在向各省、各大都市设立分馆，销行他们初版的教科书，最注重的又是国文。三、此书情文并茂，而又是讲的中国事，提倡旧道德，最合十一二岁知识初开一般学生的口味。后来有好多高小学校,均以此书为学生毕业时奖品,那一送每次就是成百本,那时定价每册只售三角五分。所以此书到绝版为止,当可有数十万册。"①这部小说以第一人称日记体形式,记述了小主人公馨儿在校一年的生活点滴,如第一篇日记:

八月初六日:今日为暑假开学之第一日。长夏光阴忽忽又去如逝水矣。晨起八点钟,吾母为我梳洗讫,送我至学堂。盖我尔时肄业于明德小学校高等级,三年于兹矣。今日为受第三年级之新学课,私心窃喜,当努力用功以博父母欢心。顾暑假初过,放心未收为状如初受羁勒之马。时学堂中之学生均已萃集门前。对宇为一文具店,各学生麕集其门,或购铅笔,或买字簿,肆中执事不胜其烦,然观其与儿童周旋,初无忤者,以故学生恒亲近之。

学堂之门既拥挤如山,余思力弱,良不易排众人而独前,偶忆自体操场前有一便门,脱今日未阖者可由此进焉。余遂诣体操场之门。忽有自后叩余肩者,余疾回首,则余前在二年级受业之何先生也。先生于我一年级中教法最良,又能体谅学生之心,虽有顽劣亦帖帖就范。故先生之爱学生与学生之爱先生如磁石之引铁。

先生乃字我小名曰:"馨儿,今日就学乎?"余肃立,向先生一揖,敬答曰:"诺。"先生笑而颔之。呜呼!余之受



① 包天笑著:《钏影楼回忆录》,香港大华出版社 1971 年版,第 387 ~ 388 页。

> 业于先生两年矣。凡先生之所诏,皆足使我辈惬心。今我遽升入第三年级矣,再不能复登此讲堂以接先生慈善之笑貌,以聆先生恳切之训诲,我念至此,我不觉愀然而悲。……又念两年来受业之先生,已驯染有年,今骤与先生判居,倍觉惓惓,盖吾何先生视吾辈弱小若弟,教诲勤恳。以吾辈肉眼观之,殆世界无有第二良教习如我何先生者也。……①

小说以学生的学习、成长为主要内容,表现出对善良博爱、勇敢坚强等优秀品质的赞美与追求,感情纯净真挚,语言平实流畅,无论是内容还是形式都非常适合学生阅读。



《鲁滨孙漂流记》也曾多次入选教科书。如商务印书馆的《共和国教科书新国文》第四册(1913)、高等小学校用《中华女子国文教科书》第二册(1915)中都出现了小说的缩写版,前者突出了鲁滨孙"好奇耐苦""精力坚固""思想缜密"等优秀品质,对其过人的生存技能进行了重点介绍,结尾议论道:"呜呼!鲁滨孙居孤立无助之世界,衣食日用取之不竭,可谓能自立矣。今或居人烟稠密之地,百业并举,物用皆备,乃犹束手嗟贫,谋生无术,能勿耻欤?"后者概述了鲁滨孙海上遇险、流落荒岛的曲折经历,重点介绍其如何求生,最后写道:"天灾人患,毒虫猛兽,俱不足以死之。卒能生还故国,享有令名,虽古贤豪间,殆不易数见云。"很显然是要以此激励学生:只有具备独立顽强的

① 天笑译:《馨儿就学记》,《教育杂志》第1年第1期,宣统元年(1909)。

精神和突出的谋生本领才能自立于世。①

教育小说《冶工轶事》曾被列入民初小学修身教科书(1917),目的是为辅助小学国民教育,通过小说生动的情节、人物的讲述,“演空言为实事”,“使国民知本国行政裁判之制度及国民之权利义务”,培养国民的“应尽之职分”意识,养成“良国民”,因为“良国民愈多则国愈强”。②

这些小说经过教师在课堂上讲解、阐发,给学生留下了深刻印象。1912 年 6 月,吴县县立第五高等小学的修身课上,教员叶圣陶谈到“独立性质”时,给学生们讲述了鲁滨孙绝岛漂流的故事,“诸生聆之笑口咸开,闻所未闻,趣味弥永,固普通之心理,而于儿童尤为加甚”。③ 1914 年 1 月,在苏州第三初等学校的修身课上,叶圣陶又为学生们讲述了“某小说家之著作”里的故事,“小儿女同遇沉舟之难,而儿则救女而没己”,通过小说这种“情趣斐然”的审美形式,使学生的情感、心灵被触动,从而产生舍己为人的“爱意慈心”。④ 这则故事出自包天笑所译《馨儿就学记》中“破难船”一节,内容是写一海船遇险即将沉没,救生艇上尚能容纳一人,少年周源毅然将生还希望让



---

① 参见张心科:《“违慈训少年作远游 遇大风孤舟发虚想”——〈鲁宾逊漂流记〉在清末民国语文教育中的接受与阐释》,《文汇报》2018 年 6 月 8 日。

② 朱树人:《〈冶工轶事〉弁言》,[法]刚奈隆著,朱树人译:《冶工轶事》,上海文明书局 1903 年版。

③ 商金林著:《叶圣陶传论》,安徽教育出版社 1995 年版,第 87 页。

④ 《中国现代教育家传》编委会编:《中国现代教育家传》(第二卷),湖南教育出版社 1986 年版,第 97 页。

给少女陈翠峰，自己随船葬身大海。[①] 老师以小说中人物为表率，运用形象教学法，使学生获得具象的情感体验，“通过感情纽带，在审美的同时接纳了审美意象中的思想道德意蕴”[②]，从而形成正确的道德观念和行为习惯。

一些历史小说则成为历史课的辅助读物。1903 年出版的小说《万国演义》在凡例第一则中就强调：“是编专述泰东西古近事实，以供教科书之用。”[③]《大陆报》为此书做的广告称其“事理宏达，宗旨纯正，洵学界玮丽之钜观，教科切用之佳本”。[④] 民初教育部小说股也曾把《秦汉演义》等小说作为“历史教材之补”向学校推荐。[⑤]

还有一些小说因“能为学校国文之助手”，被当作写作范例收入教科书。如包天笑所译《爱国幼年会》《盗贼俱乐部》在民初被选入注重培养写作能力的土山湾版《高等小学国文新课本》。[⑥] 1915 年 5 月的《妇女杂志》刊载了吴县正本女学校长列出的女学生课余自修参考书单，《小说月报》和“林译小说”厕身其间。推荐者认为，前者的“短篇文字笔力雄健”，可以“当作古文读之”，后者古文译笔出色，比《古文观止》等书更适合

---

① 天笑生译：《馨儿就学记》，《教育杂志》第 1 年第 8 期，宣统元年(1909)。

② 周圣弘编：《接受诗学》，中国传媒大学出版社 2011 年版，第 172 页。

③ 《万国演义 · 凡例》，沈惟贤辑：《万国演义》，作新社 1903 年版。

④ 《万国演义》广告，《大陆报》第 5 期，转引自李赟：《清末民初的世界史演义初探》，《史学史研究》2003 年第 1 期。

⑤ 瞿光熙著：《中国现代文学史札记》，上海文艺出版社 1984 年版，第 30 页。

⑥ 上海徐家汇圣教杂志社编：《高等小学国文新课本》第 6 册，上海徐家汇土山湾印书馆 1918 年版。

学生阅读,乃“有益身心”的“进步之阶梯”,主要也是从辅助作文角度肯定小说的价值。①

出于政治、军事、外交、贸易等需求,清末的中国社会掀起了学习外语的热潮,上自九五之尊的光绪皇帝,下至出身贫苦的店铺学徒,都投身其间。中国最早的官办新式学堂——京师同文馆就是一所外语学校,民间也出现了英语培训班。1902年,清政府颁布《钦定学堂章程》,外语成了学校必修课。中学堂课程中,外国语每周达到 9 节课,高等学堂则要求外语主修一门,兼修一门,西学科目原则上要由西方教师授课。② 由于本土外语教材匮乏,一些外文小说便充当了外语教材和学习读本,例如商务印书馆曾将注释、校订的《撒克逊劫后英雄略》作为学校英语教科书上报学部。民初,茅盾在北京大学预科读书时外语课程读的是司各特的《艾凡赫》和笛福的《鲁滨逊漂流记》。③ 岳麓高等师范学校的学生在学习西洋文学课程时,美国教师也曾以英文小说《鲁滨逊飘流记》和《块肉余生述》为教材。④

这一类作为教材或外语学习读本的外文小说虽然数量与

---

① 朱周国真:《女学生自修用书之研究》,《妇女杂志》第 1 卷第 5 期(1915)。

② 参见舒新城编:《中国近代教育史资料》(第二册),人民教育出版社 1981 年版。

③ 茅盾著:《我走过的道路》,人民文学出版社 1981 年版,第 95 页。茅盾(1896—1981),原名沈德鸿,笔名茅盾、郎损等,字雁冰。浙江桐乡人。现代著名作家、文学评论家、文化活动家、社会活动家。曾入植材小学、湖州府中学堂、嘉兴府中学堂求学,1913 年考入北京大学预科。

④ 舒新城著:《我和教育:三十五年教育生活史(1893—1928)》,知识产权出版社 2016 年版,第 273 页。

题材范围都较为有限，但大多是名家名著，同时富于教育意义、认识价值和审美价值，能令学生们感受域外小说的别样魅力。叶圣陶中学时代曾以华盛顿·欧文的《见闻札记》为英文课本。该书内容丰富，笔调幽默风趣，富于浪漫色彩，经先生讲解，学生"觉无处不耐人寻味，无处不出人意表"，"于课堂上听讲觉津津有味，于是心向往之"，决心"以后当勉自研求，以食其精英也"。① 1915 年，吴宓在清华学校读到英国小说 *Rienzi*，觉"写英雄儿女，纤悉入微。其境界感情，悉与我有直接之类似。今当改革之后，此等小说，如译出饷我国人，必受欢迎。遑论文字上之工夫哉！"②

清末还有学校专门开课讲授小说。1904 年，江苏省吴江县第一所女子学校明华女学堂成立。《明华女学章程》规定，该学堂开设小说课，每周三次，每次半小时。③ 该校创办者金松岑是女学与女权思想的积极推行者，主张以教育新法启迪女界，提高女子自身素质，使女子也和男子一样担负起国民义务。胸怀爱国救世志向、德智体全面发展的女国民，是该校培养学生的方向。虽然囿于资料，我们尚不能窥见其小说课的具体授课情形及学生的接受反应、接受效果，但是这样一所新式学校开设的小说课的宗旨，必定与学生的培养方向是一致的。



① 叶圣陶著，乐齐编：《叶圣陶日记》，山西教育出版社 1998 年版，第 4 页。

② 吴宓著，吴学昭整理：《吴宓日记(1910—1915)》，生活·读书·新知三联书店 1998 年版，第 460 页。

③ 《明华女学章程》，《女子世界》第 2 期，光绪三十年(1904)。

只有符合国家意识形态要求、与主流文化契合、充分体现编选者意图的小说才有可能进入教材系统，这些小说得到了权威认证，具有很强的统一性、规定性和教化性，其教育功能、认识功能、社会价值受到关注与认可，也由此获得学生们的信赖、重视，再加上教师的解读、引导，必然会在学生心中留下深刻持久的印记。虽然清末民初入选教科书的小说大都打着“文以载道”的烙印，文学审美特性不是其被关注的重点，学生们在接受这些小说时也往往首先不是从审美角度切入，而是带有某种现实功利性，但这些小说所承载的非审美的价值毕竟还是借助审美对象才显示出来，其中的“道”也有别于传统之“道”，所以教科书作为学生接受小说的独特途径，其价值、作用值得肯定。

## 四、观剧

通过改编的戏剧接受小说，古已有之，这也是清末民初学生群体接受小说的常见途径。清末民初，不少学生对戏剧有浓厚兴趣，很多人是戏迷，有时甚至“成群结队，到各戏园子听戏”。清末官方多次颁发“整顿学规”、禁止学生“时常观剧”的学务处札也从侧面证实了这一点。① 不过与古代戏剧观众不同的是，学生们除了观看传统戏剧，更多的是通过观看话剧（早期被称为“文明戏”或“新剧”）接受小说尤其是清末以来问世的各类小说。此外，他们还通过阅读剧本接受清末民初小说，当时许

---

① 张天星编著：《晚清报载小说戏曲禁毁史料汇编》，北京大学出版社2015年版，第373、357页。

多报刊如《新民丛报》《新小说》《绣像小说》《月月小说》《小说月报》《小说时报》《小说丛报》等都设有专门发表剧本的栏目,《新剧杂志》则是专门登载新剧的刊物,一些改编自小说的话剧剧本就曾发表于上述报刊。所以,清末民初学生通过观看话剧接受清末民初小说包括观看演出和阅读剧本两个方面。

1. 学生是话剧的主要受众群体

自中国话剧问世之初,学生就是其最主要的受众群体。从小说到剧本,再到舞台演出,学生分别以改编者、表演者、观众的身份展开了一系列接受活动。改编者是小说的直接接受者,表演者在登台演出之前,也通过剧本或其他方式接受了相应的小说内容,在演出过程中也可能将这种接受进一步推向深入,而观众在接受话剧、形成自身的理解与反应的同时,也潜移默化地受到改编者、表演者思想观念、审美倾向的影响。从人数上看,一般是观众最多,其次是表演者,改编者人数最少。将小说改编为话剧作为学生表达对作品理解或受作品影响的方式,将在第四章加以论述,这里主要论述学生群体作为观众通过话剧接受小说的情况。

学生观剧的行为本身就带有群体性。这不仅是因为学校"更集约化的教育模式"使它"更具有面向公众提供普及化的教育的特点,对戏剧而言,这类有更多学生聚焦的教育机构,当然更适宜于在学生中组织开展创作与演出"①,而且还由于学生易于接受新事物,具有观看话剧的主观意愿与条件。中国话

---

① 傅谨:《南开与话剧中国传播路径新得》,见张伯苓教育思想研究会主编:《中国话剧先行者张伯苓、张彭春》,人民出版社 2009 年出版,第 126 ~ 127 页。

剧界先驱田汉曾回忆说:“那时候(话剧)的观众大多数是属于中上层社会的,还有就是学生、小市民。”①春柳社的《黑奴吁天录》1907 年在日本东京公演,受到热烈欢迎,“两天的公演预定有三千观众,但是第二天公演时走廊下也人山人海地挤满了人,实际人数远远超过了预定人数”。这些观众大多为留日中国学生。② 国内学生在课余结伴外出观剧的情形也十分常见。《吴宓日记》里多次记载吴宓观看话剧的经历,如 1911 年 7 月 9 日,他曾与清华学校多位同学在北京广德楼观看新剧,演的是曾朴小说《孽海花》卷二金雯青出使西洋之事。③ 学生们甚至写信给剧团要求将他们特别喜爱的小说搬上话剧舞台,如 1914 年 6 月 6 日《申报》广告云,“五月十三夜准演《恨海》。《恨海》为海上著名新剧之一”,“早蒙学界纷纷投函要求排演是剧,以饱眼福”。④ 一些前来观剧的女学生还怀着好奇心进入后台观看演员化妆的过程。⑤

2. 学生通过话剧接受小说的特点

学生编、学生演、学生看、改编自清末民初小说是中国早期

---

① 田汉:《回忆春柳》,《中国话剧运动五十年史料集》编辑委员会编辑:《中国话剧运动五十年史料集》第 1 辑,中国戏剧出版社 1958 年版,第 36 页。

② [日]中村忠行著,陈凌虹译:《春柳社逸史稿(一)——献给欧阳予倩先生》,《戏剧》2004 年第 3 期。

③ 吴宓著,吴学昭整理:《吴宓日记(1910—1915)》,生活·读书·新知三联书店 1998 年版,第 106 页。

④ 转引自郑正秋原著,赵骥校勘:《新剧考证百出》,学苑出版社 2016 年版,第 55 页。

⑤ 徐半梅著:《话剧创始期回忆录》,中国戏剧出版社 1957 年版,第 30 页。

话剧中普遍存在的情形,这种情形促进了小说在学生群体中的普及。学生们在观看改编自小说或取材于小说的话剧时,也是在间接接受这些小说作品(清末民初学生改编小说为话剧的情况详见本书第四章)。有时他们则是在已经阅读了小说之后又观看由小说改编的话剧,如 1911 年 7 月 9 日晚,吴宓在观看王钟声排演的新剧《电术奇谈》后回味起小说原著,遂在日记里称赞其为“佳书也”。①

通过文本改编、剧院演出的方式,小说文体变为剧本形式,文本符号转化为对话、动作、场景等多种符号,通过视听刺激,可以在短时间内被数量可观的学生观众接受,并给他们留下深刻印象、无穷回味。这一点似乎与古代戏剧并无本质差异,但是,与古代取材于小说的戏剧不同的是,清末民初话剧改编的很多为关注现实、反映时事、具有启蒙特质的新小说,话剧被视为开启民智、救亡图存的工具,这与当时人们对小说的期望相一致。1917 年,吴县县立第五高等小学学生在学校的同乐会上演出莫泊桑的《二渔夫》(笔者按,今译为《两个朋友》),“两个学生饰两个钓徒,一种颓丧的神气、愤懑的语调和苦中求乐的自然心情,居然给他们都描摹出来了。后来两人被德兵捕获,教他们将法兵的暗号换性命,他们不肯,便将他们做枪靶”。多年后观看过演出的叶圣陶回忆起当时情景还心潮难平:“当一排德兵举起枪来的时候,他们俩齐发出颤动而心碎的声音,互相诀别道‘再会了!’这三个字竟使我堕下泪来,许多学生和

① 吴宓著,吴学昭整理:《吴宓日记(1910—1915)》,生活·读书·新知三联书店 1998 年版,第 107 页。

别位先生也有掩面的。他们能够表现书中人的性格，可知他们的心真已深入书中。"[1]相比于阅读文字，观剧的过程更为具象、直观，给学生们造成的视觉冲击、心灵震撼往往也更为直接、强烈。众多个体的观剧反应也会在剧场内形成一种"效应场"，互相影响或互相感染，其接受效果往往优于个人阅读文本的方式。

话剧在形式上也完全异于中国传统戏剧，不是以歌舞演故事，而是以写实化表演、写实化布景、写实化着装创造真实的舞台视觉效果。学生观剧虽然是一个间接、被动接受小说的过程，但是这些新形式使他们更易于受到感染，一定程度上也有助于其理解小说原著。1911 年，吴宓在北京天乐园观看由小说改编的新剧《缘外缘》之后，不禁慨叹："此等剧纯用说话，弗须锣鼓等乐。所演者皆家庭上、社会上之真情状。其刺人之易，感人之深，较寻常戏剧为倍蓰。每到惟妙惟肖之处，台下观客直觉现身局中，亦若果有如此其人，而亲睹其如此之事者"，"是亦改良社会之妙法哉"。[2] 民国初年，春柳社在上海南京路谋得利剧场演出《不如归》，曾经读过林纾译本的周瘦鹃赶去观看，感到演员"都表演得真挚而透彻"，看到伤心处，他又如当年阅读小说一样"落了不少眼泪"。[3] 1914 年王瘦月在为《新剧史》写的序中曾说："凡曾入学校肄业之人，其所受新剧

① 叶圣陶：《文艺谈・七》，转引自《中国现代教育家传》编委会编：《中国现代教育家传》（第二卷），湖南教育出版社 1986 年版，第 105 页。

② 吴宓著，吴学昭整理：《吴宓日记（1910—1915）》，生活・读书・新知三联书店 1998 年版，第 20 页。

③ 周瘦鹃：《〈不如归〉赘言》，《国光特刊》第 2 期（1926）。

之感化尤大,此余所敢断信而无疑者也。”①这是对当时学生通过话剧接受小说的效果的真实概括。

不过也应看到,学生通过观剧接受的是图像信息而不是文字信息,而且是经过改编者、表演者先期处理过的信息,他们基本是处于一种被动接受的状态,无法像面对小说原作那样进行自主阅读。另外,改编的作品与原作相比,要么有一定程度的改动,要么只是截取片段,也会造成接受者对原作理解接受上的偏差或片面性。但从总体上看,这仍不失为学生群体接受小说的一种新颖有效的途径。



① 转引自王凤霞著:《文明戏考论》,广东高等教育出版社 2011 年版,第 166 页。

# 第四章　古今并存的接受方式

读者阅读小说之后会以各种方法、形式表达对作品的理解阐释或受到的启发影响，这些方法、形式就成为接受小说的方式。清末民初学生对小说的接受方式丰富多样，既有评点、序跋等传统方式，也出现了论文、话剧改编这样的新方式。此外，凡例、识语、日记、书信、题咏等一些散论，以及对翻译小说的模仿、借鉴，也记录了学生们接受小说的具体情况。本章将主要就以下几种学生中常见的接受方式展开论述：围绕小说作品产生的各种副文本，独立于具体作品之外的论文和小说话，由小说改编的话剧，对翻译小说的模仿、借鉴。

## 一、副文本

副文本的概念最早由法国文论家杰拉德·热奈特（Gérard Genette）在《广义文本之导论》中提出，并在其专著《副文本：阐述的门槛》中进行了详尽系统的论述。所谓“副文本（Paratext）”，是相对于“正文本（Text）”而言的，是指环绕在正文本周围的一些辅助性要素，根据其与正文本距离的远近，又可以分为内文本（Peritext）和外围文本（Epitext），如评点、序跋、凡例、识语等属于内文本，信件、日记、题咏等则可归入外围文本。围绕正文本形成的这些带有阐释性、倾向性的文本，不仅为读者进入正文本营造了阅读空间和审美氛围，确保文本得到正确的解读，[①]而且传达出其撰写者的接受语境与接受倾向。副文本是清末民初学生接受小说的重要方式，为我们了解其接受活动提供了大量宝贵的一手资料。

1. 内文本

评点、序跋、凡例、识语等属于内文本，接受者通过内文本对文本进行介绍、解释、评论，同时阐发自己的接受倾向与接受反应。

小说评点兴起于明代中叶之后，作为一种具有鲜明民族特色的文学批评形式，是一种"在最大程度上以'读者'为本位的批评形式"。[②] 它紧密结合文本作感兴式、随笔式、鉴赏式的批评，诠释、评论包括人物、情节、结构、主旨、语言等在内的小说内容，其主要目的一是引导读者的阅读与思考，二是诱发读者的购买欲望。[③] 由于评点者自身也是接受者，所以评点首先透露的是评点者对小说的接受情况，他对文本的理解、阐释，他的阅读兴趣、接受习惯等。评点者的阅读往往比普通读者更加认真、细致、深刻，其评点既是主观性的个人阅读心得，有时又是



① 参见彭林祥、金宏宇：《作为副文本的新文学序跋》，《江汉论坛》2009 年第 10 期。

② 谭帆著：《中国小说评点研究》，华东师范大学出版社 2001 年版，第 117 页。

③ 李玉莲著：《中国古代白话小说戏曲传播论》，山西教育出版社 2005 年版，第 186 页。

带有商业传播目的的软广告，也必然会影响读者的接受。

清末民初的许多小说评点都出自学生之手。这些评点的文本外在形式与传统评点无异，有眉批、夹批、回末评、总评等，也使用传统评点术语。但在出版形态上，这些评点主要刊载于新兴的小说杂志，不同于传统小说评点。其评点对象则以翻译小说为主。在具体内容方面，既有注重小说社会功能、提高小说地位的一面，也存在剖析小说文学本质的一面。部分评点还自觉地将翻译小说与中国传统小说比较，提出对域外小说翻译方法的认识等。有些评点虽不具备理论价值，却通过细致、丰富的感性表述传达了接受者的期待视野与接受反应。

以《新小说》杂志的小说评点为例，评点《海底旅行》的罗普，评点《毒蛇圈》和《电术奇谈》的知新主人周桂笙，都曾接受过新式教育。① 罗普常以传统术语评点《海底旅行》，如“燃温犀铸禹鼎”“匣剑帷灯之妙”等。② “燃温犀”出自《晋书·温峤传》：“（峤）至牛渚矶，水深不可测，世云其下多怪物，峤遂毁犀角而照之。须臾，见水族覆火，奇形异状”，后来便以“温犀”比喻洞察一切的才识。“铸禹鼎”出自《左传·宣公三年》：“昔夏之方有德也，远方图物，贡金九牧，铸鼎象物，百物而为之备，使民知神、奸。故民入川泽山林，不逢不若。螭魅罔两，莫能逢



---

① 罗普（1876—1949），原名文梯，字熙明，号孝高，又号披发生。广东顺德（今属广东佛山市）人。康有为嫡传弟子。22岁时赴日本求学，入早稻田大学。周桂笙（1873—1936），又名树奎，字佳经，又字新庵、惺庵，号知新子、知新室主人。江苏南汇（今属上海）人。近代著名翻译家、小说家、小说评论家。毕业于上海广方言馆、上海中法学堂。

② 罗普：《海底旅行》第十六回眉批，《新小说》第10号，光绪三十年（1904）。

之”，“禹鼎”后来用以指分辨善恶的能力。“匣剑帷灯”意为“剑在匣中，灯在帷内，灯光剑气若隐若现”，出自《西京杂记》卷一：“高祖斩白蛇剑，剑上有七采珠、九华玉以为饰，杂厕五色琉璃为剑匣。剑在室中，光景犹照于外，与挺剑不殊”，常用来指诗文传记中写景、叙事、状物有若隐若现之妙者。但罗普将这些传统术语用于评点来自域外的小说，而且是中国从未有过的科学小说，评点的视角涉及新的知识、域外文化。他努力向读者推介这种新的小说类型，并强调这种小说要以科学知识为基础：“此书原是科学小说，一切根据格致学理”，“电学功用今始萌芽，将来还不知发达到怎么地步。此回全是著者自己发表电学上的意见”，①“著者原是科学大家，所言各事都是发表自己新意见，想替制造界开一新纪元”②。更为重要的是，这些评点承载了评点者的现实功利目的。受梁启超影响，罗普十分重视小说的社会作用，希望在西学东渐的文化背景下，翻译科学小说能够成为输入新知、开启民智的有力工具：“中国理想的小说如《西游记》《镜花缘》之类，幻造境界却也不少，只是没有科学的根柢，其言便无益于世。西人杰作所以不可及也。”③

周桂笙评点《电术奇谈》时也强调翻译小说的功能与价值是“输入文明”，挽救世道人心，“使阅者能略被其影响”，进而

① 罗普：《海底旅行》第七回眉批，《新小说》第2号，光绪二十八年(1902)。

② 罗普：《海底旅行》第八回眉批，《新小说》第3号，光绪二十八年(1902)。

③ 罗普：《海底旅行》第九回眉批，《新小说》第3号，光绪二十八年(1902)。

改造中国社会。①

徐念慈曾评点过陈鸿璧翻译的《第一百十三案》，对小说的文学特质予以特别关注，他分析了在侦探小说中十分突出的设置悬念的叙事技巧：

> 侦探小说，为我国向所未有。故书一出，小说界呈异彩，欢迎之者，甲于他种。虽然，近二三年来，屡见不一见矣。夺产、争风、党会、私贩、密探，其原动力也；杀人、失金、窃物，其现象也。侦探小说数十种，无有抉此范围者。然其擅长处，在布局之曲折，探事之离奇。而其缺点，譬之构屋者，若堂、若室、若楼、若阁，非不构思巧绝，布置井然；至于室内之陈设，堂中之藻绘，敷佐之帘幙屏榻金木书画杂器，则一物无有，遑论雕镂之精粗，设色之美恶耶！故观者每一览无余，弃之不顾。质言之，即侦探小说者，于章法上占长，非于句法上占长；于形式上见优，非于精神上见优者也。②

在评点陈鸿璧翻译的《电冠》时，徐念慈又比较了中西小说在叙事模式上的差异："我国小说起笔多平铺，结笔多圆满；西国小说起笔多突兀，结笔多洒脱。"③

---

① 知新主人:《电术奇谈》第二十三回回末评，《新小说》第5号，光绪三十一年(1905)。

② 觉我:《〈第一百十三案〉赘语》，《小说林》第1期，光绪三十三年(1907)。

③ 觉我:《〈电冠〉赘语》，《小说林》第8期，光绪三十四年(1908)。

还有的评点注重章法结构的品评，带有旧式评点的气息，但已不是清末民初小说评点的主流，如恽铁樵在民初对鲁迅小说《怀旧》的评点。恽铁樵本人长于古文，他评点《怀旧》的主要意图是指导青年作文，采用的完全是传统评点的角度和方法，如"用笔之活，可作金针度人"，"转弯处俱见笔力"，"不肯一笔平钝，故借雨作结，解得此法行文直游戏耳"，"状物入细"，"余波照映前文"等，总评是"实处可致力，空处不能致力。然初步不误，灵机人所固有，非难事也。曾见青年才解握管，便讲词章，卒致满纸饾饤，无有是处。亟宜以此等文字药之"。①

与评点类似，序跋、凡例、识语的作者对作品的接受一般也早于普通读者，他们往往具有较高文化素养，善于全面把握作品特点、发掘作品深意或填补"空白"。如梁启超的《译印政治小说序》原是为他翻译的政治小说《佳人奇遇》而作的序言，文中援引康有为的观点，肯定小说因具有感人力量而形成的传播优势："善夫南海先生之言也！曰：'仅识字之人，有不读经，无有不读小说者。故六经不能教，当以小说教之；正史不能入，当以小说入之；语录不能谕，当以小说谕之；律例不能治，当以小说治之。'"并指出："彼美、英、德、法、奥、意、日本各国政界之日进，则政治小说，为功最高焉。"②此论虽颠倒了小说与社会的关系，夸大了小说的社会作用，但是能站在时代制高点与世界文学的大背景中，跳出以往小说接受的范畴，发前人所未发，也奠定了日后"小说界革命"的理论基础。1916 年刘半农所作



① 焦木：《〈怀旧〉附志》，周逴：《怀旧》，《小说月报》第 4 卷第 1 号(1913)。

② 任公：《译印政治小说序》，《清议报》第 1 册，光绪二十四年(1898)。

的《〈福尔摩斯侦探案全集〉跋》①，从侦探小说的科学性、教育功能等各个方面深入分析了侦探小说的特点，不啻为一篇详细又专业的导读文章。他如鲁迅的《〈月界旅行〉辨言》、张肇桐的《〈自由结婚〉弁言》②、恽铁樵的《〈小说家言〉编辑后记》等都可归入这一类内文本。

凡例是说明小说主旨、内容、体例的文字，一般位于小说的卷首，作者往往也在其中表达对于小说的见解。如海天独啸子在《〈女娲石〉凡例》中准确地指出清末新小说艺术上的缺陷："近来改革之初，我国志士，皆以小说为社会之药石。故近日所出小说颇多，皆傅以伟大国民之新思想。但其中稍有缺憾者，则其议论多而事实少也。"同时又主张"小说欲其普及，必不得不用官话演之"。③



识语是为了读者阅读的需要，在小说的卷首或卷末简明扼要地介绍小说的创作缘由、题材来源、版本流传、创作主旨、编辑或刊刻特色等方面的文字，和评点、序跋、凡例一样也是依附于小说文本而存在的原始文献。④ 如周桂笙的《〈毒蛇圈〉译者

① 半依:《〈福尔摩斯侦探案全集〉跋》，[英]柯南道尔著，瘦鹃等译:《福尔摩斯侦探案全集》，中华书局1916年版。

② 《自由结婚》署犹太遗民万古恨著，震旦女士自由花译，实为张肇桐所作。张肇桐(1881—1938，一作1879—1938)，字叶侯，字轶欧、翼侯，号一鸥。江苏无锡人。近代民主革命宣传家，东京青年会发起人之一。早年肄业于上海南洋公学，1901年赴日留学，1904年赴比利时留学。

③ 海天独啸子:《〈女娲石〉凡例》，海天独啸子:《女娲石》，东亚编辑局光绪三十年(1904)版。卧虎浪士在《〈女娲石〉叙》中称:"海天独啸子以学期试验之暇，谓我曰:余将作一小说，名之曰《女娲石》……"由此可以推定海天独啸子的学生身份。

④ 程国赋:《明清通俗小说识语研究》，《文艺研究》2009年第4期。

识语》从引进新的小说叙事方式角度简介了翻译该小说的意图：

我国小说体裁，往往先将书中主人翁之姓氏、来历，叙述一番，然后详其事迹于后；或亦有用楔子、引子、词章、言论之属，以为之冠者，盖非如是则无下手处矣。陈陈相因，几于千篇一律，当为读者所共知。此篇为法国小说巨子鲍福所著。其起笔处即就父母(女)问答之词，凭空落墨，恍如奇峰突兀，从天外飞来，又如燃放花炮，火星乱起。然细察之，皆有条理。自非能手，不敢出此。虽然，此亦欧西小说家之常态耳。爰照译之，以介绍于吾国小说界中，幸弗以不健全讥之。①



周作人的《〈孤儿记〉识语》则阐明作者是受到雨果启发，试图在小说中表现世界上存在的种种不幸：

著者曰：人生异趋，而忧患同趣。世界永存，则罪恶与苦难亦未有尽也。于今所志，以同一方面而言，则孤、奴、乞、病、盗、杀，其现状既如此；以异一方面而言，而嫠孀、婢妾、娼妓，其现状又何如也！昔嚣俄作《哀史》，尝恨三大问题之难解决，曰："一、男子以困穷而落魄；二、女子以饥饿而堕落；三、小儿以蒙昧而颠越。是三者，天下之所同痛

① 知新室主人：《〈毒蛇圈〉译者识语》，《新小说》第8号，光绪二十九年(1903)。

也。我欲记之，而我无方。”虽然，才如嚣氏，可谓至矣；发其全力，著而为书，而其效亦竟何若？呜呼，是则国民心理之所关，而徒致憾于天心之偾偾者为无当也！不才如予，更复何言！予欲无言，遂阁笔。①

2. 外围文本

散见于清末民初学生的日记、书信、题咏、回忆录及自传中有关小说的内容，可以归入与正文本距离较远的外围文本范畴。清末民初学生当中如鲁迅、郭沫若、周作人、胡适、吴宓、宋教仁、张资平、恽代英等很多人都曾留下过这一类文字，对他们接受小说的途径、数量、频率、篇目以及感受、思考等都有非常细致的记述。

外围文本当中，学生们的日记、书信属于较为私人化、个性化的接受方式，其中有关小说的述评，多散乱简短，不成体系，但由于不是出于公开发表的目的，不必顾忌与小说作者的关系或舆论、官方的监督而字斟句酌、遮掩修饰，往往能够帮助我们重返学生接受小说的“第一现场”，进入他们隐秘的内心世界，更真切地感受他们的感受，获取他们的获取，触摸到十分难得的真实、即时的接受反应，我们不妨视之为一种“原生形态”的小说接受方式。如1904年，在日本求学的鲁迅在给蒋抑卮的信中谈及自己阅读《黑奴吁天录》的情形：“乃大欢喜，穷日读之，竟毕。拳拳盛意，感莫可言。树人到仙台后，离中国主人翁



① 平云：《〈孤儿记〉识语》，平云：《孤儿记》，小说林社光绪三十二年(1906)版。

颇遥,所恨尚有怪事奇闻由新闻纸以触我目。曼思故国,来日方长,载悲黑奴前车如是,弥益感喟。"①面对小说描绘的黑奴命运,作为接受者的鲁迅感同身受,并进而引发了对祖国社会现实的慨叹,从中可以体味出晚清学生对于小说的期待视野。吴宓在1914年6月27日的日记里吐露对于言情小说中描绘的自由爱情的向往,甚至把自己梦见小说女主人公的情形也收入笔端,这显然属于十分私密的个人接受反应,但同时带有那个时代学生接受言情小说的普遍特点。②

在公开发表的书信中,学生多阐发对于小说的理性思索,比如恽铁樵在与《小说月报》读者的通信中指出:"所贵乎小说者,为其设事惩劝,可以为教育、法律、宗教之补助也。惟如是必近情著理,所言皆眼前事物,善善恶恶,皆针对社会发挥,然后著者非浪费笔墨,读者不虚掷光阴。我国小说家竟无有能与此数者。《红楼梦》自是佳作,然亦不尽此意。曹雪芹之宗旨,在自己文字之寿世,不在当时社会之改良。故才大如海,若论有益于社会,终让欧美小说名家一筹也。阁下若能敛才入细,描写纤细事物,使之有味,委婉曲折,引人入胜,复能寓褒贬于言外,则可以层出不穷。"③恽铁樵认为小说发挥教育功能要在"近情著理"的前提下,做到"有益于社会""委婉曲折""引人入胜""寓褒贬于言外",教化功能与文学的审美特性相结

① 鲁迅:《致蒋抑卮》,鲁迅著:《鲁迅全集》(第11卷),人民文学出版社1981年版,第321页。

② 吴宓著,吴学昭整理:《吴宓日记(1910—1915)》,生活·读书·新知三联书店1998年版,第373页。

③ 《答某君书》,《小说月报》第8卷第2号(1917)。

合，是比一味强调以小说发表政见的观点更全面理性的见解。

题咏是以传统诗词形式呈现的对于小说的介绍或评论，有概括性、抒情性兼具的特点。这种古代就有的小说接受方式，在清末民初学生中也时常出现。在内容方面，学生的题咏具有三个特点：一是出现了品评翻译小说的题咏，二是多有对小说的情节、人物形象的提示，有助于对小说文本的理解，三是注重表达自身的阅读感受，情感色彩浓郁。

这些题咏中最著名的当推严复的《甲辰出都呈同里诸公》[①]。这首诗描述了林译小说《巴黎茶花女遗事》在当时传播与接受的盛况，也透露出严复对林纾译本动人之处的认可。

胡适在清末作有多篇翻译小说的题咏，可视为当时学生以题咏方式接受翻译小说的典型样本。如他作于1907年的《读小说〈铁锚手〉》，从道德教化立场出发，批判了侦探小说中反映的西方近代社会物欲横流、道德沦丧的丑恶现象：

螳螂捕鸣蝉，雀且伺其后。
世态尽如是，古道于何有？
世人多嗜欲，戕生亦自取。
劝君且归来，一读《铁锚手》。[②]



---

① 严复：《甲辰出都呈同里诸公》，王栻主编：《严复集》第2册，中华书局1986年版，第365页。

② 胡适：《读小说〈铁锚手〉》，耿云志主编：《胡适遗稿及秘藏书信11》，黄山书社1994年版，第134页。

胡适还曾在《越报》发表《读小说绝句一百首》组诗,原计划作一百首,因《越报》仅出一期即告终刊,所以面世的只有第一期刊出的16首,兹录于下:

### 《十字军英雄记》

岂有酖(鸩)人羊叔子?焉知微服武灵王!
炎风大漠苍凉甚,谁更持矛望夕阳?

以中国古代典故陆抗受羊祜赠药、赵武灵王胡服骑射比拟《十字军英雄记》的主要内容,于古今中外时空的巨大转换中,寄寓了对沧桑历史的无限慨叹。



### 《不如归》

炮翻黄海浪花飞,苦战归来百事违。
国耻痴情两凄绝,伤心怕读《不如归》。

“凄绝”是对小说内容风格的概括,“伤心”则抒发了自己的阅读感受。

《著者块肉余生》则表达了对英国小说家狄更斯的赞赏:

果然禹鼎与温犀,泪血凝成绝妙辞。
入世自今无不若,黄金合铸迭更司。

之后的九首是择《块肉余生述》中的人物分而咏之。

### 大 卫

髫年飘泊在天涯，犊鼻当垆卖酒家。
回首艰难真玉汝，一朝通国仰声华。

### 司梯尔芬斯

真欲儿曹抚一世，居然谈笑赚双鬟。
为知人海茫茫里，尚有蛾眉解辨奸。



### 都 拉

有时憨态有时痴，我谓此人自可儿。
仆妾未盐(监)浑不管，安排清福作儿妻。

### 爱密柳

容易杨花逐水流，须知团扇总经秋。
伤心怕说凄凉事，骇浪翻天有碎舟。

### 祖 姨

便是人间奇女子，亦狂亦侠亦多情。

尤怜蹀躞风寒夜，故剑依依念旧盟。

**安尼斯**

玉貌冰肌不染尘，无端心事翠眉颦。
感他逝者殷殷意，奉赠心头一个人。

**忒者特尔斯**

怒发如蓬未肯柔，侠情雄辩自无俦。
憎时别有伤心在，满纸模糊尽髑髅。



**密考伯**

一言欲令天地翻，一击遂褫奸人魂。
从今拜倒卑田院，中有男儿解报恩。

**阅此书竟，见《中外日报》记某节妇事，有所感触，遂成此事（诗）**

可怜古井忽生懒（澜），恻然念念摧肺肝。
等是余生一块肉，为谁掩卷泪阑干。

之后是读《续侠隐记》三首：

**达特安续侠隐记**

白首为郎二十年，穷愁拊髀卧秋天。
神京一旦风云急，雪夜传呼凤诏宣。

**达 特 安**

苦战军前半死生，策勋行赏百无成。
伤心刲股从亡节，不及将军坛上盟。

**密李狄之子**

失败英雄似武庚，皇天后土鉴兹诚。
遥呼阿母英灵在，缚个仇人当荐牲。

最后一首是《查理第一》：

由来桀纣皆材武，未必武汤真圣贤。
太白南巢一回首，恨无仲马为称宽（冤）。①

学生的回忆录、自传中有关小说的部分多是东鳞西爪，但这些只言片语也应得到充分重视，其中的信息汇聚起来也有助于对学生接受小说的情况进行还原、分析。例如郭沫若、茅盾、钱

① 藏晖楼主人：《读小说绝句一百首》，《越报》第1期，宣统元年（1909）。

锺书等人回忆少年时期对林译小说的阅读，时隔多年仍难掩深情，可以想见当初浸润其中时心灵上所受到的巨大震荡，清末民初学生群体接受林译小说的时代性特点就隐含于其间。

## 二、论文、小说话

论文，是用来进行小说研究和描述研究成果的专业文章，它既是探讨小说问题的手段，又是描述探究结果的工具。小说话是受传统的诗话、文话、词话启发形成的针对小说的杂评散论。这两种都是清末才出现的特殊的小说接受方式，带有鲜明的时代特征，承载了人们对小说新的期望与要求。学生是清末民初小说论文、小说话作者队伍的主力，论文、小说话是他们接受小说的重要方式。



### 1. 论文

清末民初，由学生撰写的、专门探讨小说的论文包括严复、夏曾佑的《本馆附印说部缘起》(1897)、梁启超的《论小说与群治之关系》(1902)、陶祐曾的《论小说之势力及其影响》(1907)、徐念慈的《〈小说林〉缘起》(1907)和《余之小说观》(1908)、恽铁樵的《论言情小说撰不如译》(1915)等。这些论文具有以下特点：第一，独立于具体的小说作品之外，借助新兴载体——报刊传播，影响大，受众广。第二，不同于零碎的传统小说批评方式，借鉴西方文学理论和思维方式，篇幅加长，表述方式严谨周密，富有逻辑性、系统性。第三，多从宏观角度阐释小说的性质、功能、价值，进行中西小说对比，具有较强的纲领性、时代性特征。

最早问世的小说专门论文是严复、夏曾佑 1897 年在天津《国闻报》上发表的《本馆附印说部缘起》。与传统小说评论相比,此文视野开阔、规模宏大、条理分明、逻辑严谨。文中首先对中国古代小说进行了总体论述,然后从进化论、人性论角度以及小说的形式特点等方面阐释了小说受到欢迎的原因。文章认为,小说的主要内容是表现人性——“原出于天,流为种智”的人类“公性情”。“何谓公性情?一曰英雄,一曰男女”,“非有英雄之性,不能争存;非有男女之性,不能传种”,所以将这两种公性情“作为可骇可愕可泣可歌之事”的小说作品“震动于一时,而流传于后世,亦至常之理”。① 把进化论、人性论引入小说接受,从全新的角度揭示人们接受小说的根本动机、接受心理,可谓破天荒之举。② 接下来,文章又论述了小说易为读者接受的几个特质,包括语言通俗,即“与口说之语言相近”;细节生动,即“用繁法之语言”;具有虚构性和艺术的真实性,“纪人事而不必果有此事”,其事为“人心所虚构”等。作者认为,正是由于拥有这些优势,所以小说的社会影响力极大,“说部之兴,其入人之深,行世之远,几几出于经史上,而天下之人心风俗,遂不免为说部之所持”。“且闻欧、美、东瀛,其开化之时,往往得小说之助”,希望小说也能在中国社会的思想启蒙中发挥重大作用,“使民开化”,乃此文的根本意图。③ 救亡启

① 几道、别士:《本馆附印说部缘起》,《国闻报》光绪二十三年(1897)十月十六日至十一月十八日,转引自陈平原、夏晓虹编《二十世纪中国小说理论资料》(第一卷),北京大学出版社 1989 年版,第 2、9 页。

② 参见张宜雷:《严复与中国文学的现代化变革》,《理论与现代化》2004 年第 5 期。

③ 几道、别士:《本馆附印说部缘起》,《国闻报》光绪二十三年(1897)十月十六日至十一月十八日,转引自陈平原、夏晓虹编:《二十世纪中国小说理论资料》(第一卷),北京大学出版社 1989 年版,第 2、9、10、11、12 页。

蒙的期待视野决定了小说论文初次登场就染上了浓重的政治功利色彩。而其中关于小说文体的独特优点与社会作用等观点对梁启超有很大启发,称之为“小说界革命”之先声也不为过。

清末影响最大的小说论文当推梁启超的《论小说与群治之关系》。作为“小说界革命”的宣言和纲领,此文一经《新小说》刊出就引起巨大社会反响,应者云集。梁启超也是从读者接受角度,论述了小说由于具有“熏、浸、刺、提”四力,可以满足读者的期待与想象,所以能够深入人心,广泛传播。他进一步提出传统小说是中国群治腐败的总根源,从而导出结论:“今日欲改良群治,必自小说界革命始;欲新民,必自新小说始。”①梁启超的文章依然带有“文以载道”的传统思维模式印记,但在时代召唤下又赋予其新的内涵,把小说的地位提升到空前的高度,并力求将其社会功能发展到一个极致。狄葆贤的《论文学上小说之位置》《小说新语》、陶祐曾的《论小说之势力及其影响》都延续了梁启超的观念,前者认为“小说者,实文学之最上乘也”②,“欲求社会之改良,不能不于小说加意焉”③,后者则提出:“自小说之名词出现,而膨胀东西剧烈之风潮,握揽古今利害之界线(限)者,唯此小说;影响世界普通之好尚,变迁民族运动之方针者,亦唯此小说。”④

---

① 饮冰:《论小说与群治之关系》,《新小说》第1号,光绪二十八年(1902)。

② 楚卿:《论文学上小说之位置》,《新小说》第7号,光绪二十九年(1903)。

③ 楚卿:《小说新语》,《小说时报》第9期(1911)。

④ 陶祐曾:《论小说之势力及其影响》,《游戏世界》第10期,光绪三十三年(1907)。

梁启超等人对小说的接受主要是基于政治功利目的、工具主义立场，而徐念慈则以西方美学为理论依据，从审美维度认识、阐释小说，表现出探求小说文学本质的接受倾向。在反思"小说界革命"的得失之后，徐念慈在《〈小说林〉缘起》中自觉借鉴西方近代美学家的理论，提倡纯文学观，反对功利性的文学观，重视探讨小说的本体性特质："所谓小说者，殆合理想美学、感情美学，而居其最上乘者乎？"并以此为依据审视侦探小说、科学小说、《茶花女》、《迦因小传》，认为它们以感情、形象、理想打动读者，满足了人们的审美追求。① 在《余之小说观》一文中，徐念慈从"小说与人生""著作小说与翻译小说""小说之形式""小说之题名""小说之趋向""文言小说与白话小说""小说之定价""小说今后之改良"八个方面对当时的小说观念、小说概况、未来的发展方向进行了全面剖析。他为小说作的界定是："小说者，文学中之以娱乐的，促社会之发展，深性情之刺戟(激)者也"。在他看来，无论是小说所描摹的现象还是表达的思想情感，都与社会有密切关联，"小说与人生，不能沟而分之"，小说也的确有影响社会之力，但"小说固不足生社会，而惟有社会始成小说"，"昔冬烘头脑，恒以鸩毒莓菌视小说，而不许读书子弟，一尝其鼎，是不免失之过严；近今译籍稗贩，所谓风俗改良，国民进化，咸惟小说是赖，又不免誉之失当"。这种认识可以说达到了当时小说接受的更深层面。②

对中外小说进行比较也是小说专论的重要内容之一。在

① 觉我：《〈小说林〉缘起》，《小说林》第1期，光绪三十三年(1907)。

② 觉我：《余之小说观》，《小说林》第9、10期，光绪三十四年(1908)。

《论言情小说撰不如译》中,恽铁樵比较了中西方言情小说存在的差异,提出"言情小说撰不如译",翻译小说"可以广见闻,新耳目",翻译的言情小说不仅"无诲盗诲淫之弊",有益于世道人心,而且内容丰富多样,"取之社会而有余",而"我国言情小说,搜索枯肠而不足",其原因在于西方社会男女可以自由交际,自由恋爱、结婚,而中国则"形格势禁"①,男女间接触的机遇和方式十分有限,因而导致言情小说面貌单一、内容贫乏。言情小说反映出婚嫁生死相关的社会大事,比如在婚姻不自由、重男轻女、财产世及、没有义务教育等方面中国与西方国家存在很多不同,而宗法制是产生此类问题的总根源,不彻底消除宗法制,就无法根除这些问题。在艺术表现层面,无论是辞句还是结构、意趣,西方言情小说的水准也往往超过中国同类作品。



2. 小说话

小说话也是一种出现于清末的新兴小说接受方式,梁启超等人的《小说丛话》(1903—1905)、狄葆贤的《小说新语》(1909)和周桂笙、陶祐曾的《说小说》(1906—1907)等都属于这一文类。

梁启超是小说话的首创者,在发表于1903年《新小说》上的《小说丛话》开篇中,他这样介绍小说话的缘起:

谈话体之文学尚矣。此体近二三百年来益发达,即最干燥之考据学、金石学,往往用此体出之,趣味转增焉。至如诗话、文话、词话等,更汗牛充栋矣。乃至四六话、制义话、楹联话,亦有作者。人人知其无用,然犹有一过目之价

① 铁樵:《论言情小说撰不如译》,《小说月报》第6卷第7号(1915)。

值，不可诬也。惟小说尚阙如，虽由学士大夫鄙弃不道，抑亦此学幼稚之征证也。余今春航海时，箧中挟《桃花扇》一部，藉以消遣，偶有所触，缀笔记十余条。一昨平子、蜕庵、璱斋、慧广、均历、曼殊集余所，出示之，佥曰："是小说丛话也，亦中国前此未有之作。盍多为数十条，成一帙焉？"谈次，因相与纵论小说，各述其所心得之微言大义，无一不足解颐者。余曰："各笔之，便一帙。"众曰："善。"遂命纸笔，一夕而得百数十条，畀新小说社次第刊之。此后有所发明，赓续当未已也。抑海内有同嗜者，东鳞西爪，时以相贻，亦谈兴之一助欤？编次不有体例，惟著者之名分注焉，无责任之责任，亦各负之也。①



小说话的灵感来源于中国传统的诗话、词话、文话，但突破了传统的批评立场，视野开阔，既论中国小说，也评翻译作品，形式自由活泼，在凸显参与者个性的同时形成一种带有时代烙印的群体意识。如《小说丛话》，由 13 位作者联袂完成，其中接受过新式教育的梁启超、狄葆贤、麦孟华、麦仲华②、梁启勋、许定一、周桂笙共同贡献了许多关于小说的新观点，其接受立场带有新的时代气息和新的理论色彩。定一分析了中国古代小

---

① 饮冰：《小说丛话》，《新小说》第 7 号，光绪二十九年（1903）。

② 麦孟华（1875—1915），字孺博，号蜕庵，笔名曼殊、先忧子、伤心人等。广东顺德（今属广东佛山市）人。1888 年入广州学堂，1891 年入万木草堂，为康有为弟子。麦仲华（1876—1956），字曼宣，号曼殊室主人，笔名璱斋。广东顺德（今属广东佛山市）人。康有为弟子，麦孟华之弟。1894 年入读万木草堂，戊戌政变后流亡日本，入日本陆军士官学校，后游学英国。

说地位低下的原因，认为一是“中国小说，起于宋朝，因太平无事，日进一佳话，其性质原为娱乐计，故致为君子所轻视，良有以也”，二是“喜录陈言，故看一二部，其他可类推，以致终无进步”。他认为，要提高小说地位，必先改良小说：首先“必先更其目的，以为社会圭臬，为旨方妙”。其次是输入中国所没有的“政治小说、侦探小说、科学小说”。第三是“必须以普及一法，始可以去人人轻视小说之心”。[①] 梁启勋则就小说与社会的关系表达了较为理性的思考：“小说者‘今社会’之见本也。无论何种小说，其思想总不能出当时社会之范围，此殆如形之于模，影之于物矣”，“今之痛祖国社会之腐败者，每归罪于吾国无佳小说，其果今之恶社会为劣小说之果乎，抑劣社会为恶小说之因乎？”[②]参与者各抒己见，形成一种群体辩论色彩，“个人的审美感悟上升为时代的集体意识”。[③]

周桂笙、陶祐曾发表于《月月小说》的《说小说》则是以单部小说为评论对象的小说话，周桂笙评论的小说有《恨海》《胡宝玉》《海底漫游记》《奇情小说〈佛罗纱〉》，报癖评论的是《新石头记》和《恨海》。周桂笙评吴趼人的《胡宝玉》不仅介绍人物、情节，而且从小说生动地反映社会历史发展变迁角度给予肯定：“凡数十年来上海一切可惊可怪之事，靡不收采其中，旁征博引，具有本原，故虽谓之为上海之社会史可也”，“正史所载，但及国家大事而已，故说者以为不啻一姓之家谱，非过言

---

① 定一：《小说丛话》，《新小说》第15号，光绪三十一年（1905）。

② 曼殊：《小说丛话》，《新小说》第13号，光绪三十一年（1905）。

③ 贺根民：《小说话：近代小说批评的形式突破与观念更新》，《大连大学学报》2010年第3期。

也。至于社会中一切民情风土,与夫日行纤细之事,惟于稗官小说中,可以略见一斑”。[1] 对剽窃抄袭《海底旅行》的《海底漫游记》,周桂笙则结合当时翻译界的状况指出原因,加以批评:“一般无意识之八股家,失馆之余,无以谋生,乃亦作此无聊之极思,东剿西袭,以作八股之故智,从而施之小说,不伦不类,令人喷饭。其尤黠者,稔知译书之价,倍于著述之稿也,于是闭门杜造,面壁虚构,以欺人而自欺焉”,“译界诸君,亦有漫不加察,而所译之书,往往与人雷同者。书贾不予调查,贸然印行者,亦往往而有”。[2]

## 三、话剧改编

受梁启超等人影响,清末民初学生普遍认可戏剧的巨大作用,认为戏剧可以成为推动社会变革的重要力量。陈独秀认为,“戏园者,实普天下之大学堂也;优伶者,实普天下人之大教师也”[3]。陈去病号召青年“不仕虏廷”“不隐山泽”,“不如牺牲一身,昌言堕落,明目张胆而去为歌伶”,[4]投身戏剧演出,编



① 新庵:《说小说·〈胡宝玉〉》,《月月小说》第1年第5号,光绪三十三年(1907)。

② 新庵:《说小说·〈海底漫游记〉》,《月月小说》第1年第7号,光绪三十三年(1907)。

③ 三爱:《论戏曲》,《新小说》第2卷第2号,光绪三十一年(1905)。陈独秀(1879—1942),原名庆同,字仲甫。安徽怀宁人。新文化运动倡导者之一,中国共产党创始人和早期主要领导人之一。毕业于杭州求是书院,曾两赴日本留学。

④ 佩忍:《论戏剧之有益》,《二十世纪大舞台》第1期,光绪三十年(1904)。陈去病(1874—1933),字巢南,一字佩忍,号垂虹亭长。江苏吴江(今属江苏苏州市)人。中国近代诗人,南社创始人之一。曾赴日留学。

演具有革命思想的新剧，唤醒民众、推动革命。留日学生组建的话剧团体春柳社，明确提出要以“改良戏曲，为转移风气之一助”，“开通智识，鼓舞精神”为宗旨。[①] 同样是受梁启超影响，很多学生将戏曲纳入小说范畴，认为戏曲和小说一样可以利用叙事性特点启迪民智。他们不仅在理论上把戏剧与救国新民联系起来，充分肯定戏剧的社会功能，还积极投身演剧实践，新兴的话剧尤其受到学生群体的热情拥抱，“当是时，学界演剧之风亦由是大煽然，其所演者无非黑奴吁天录、新茶花等等，彼生义无非痛洒丧家之余泪，发挥爱国之热忱，其功亦足以与圣经贤者并建，由是而伶界之名直与学界并传”[②]。话剧演出活动在学生中如雨后春笋般蓬勃发展起来，出现了许多经学生之手由小说改编成的话剧作品，这是学生接受小说的又一重要方式。

1. 早期话剧与学生、小说关系密切

作为艺术领域的舶来品，话剧在中国起步之初就与学生群体、与小说紧密联系在一起。自19世纪六七十年代开始，每逢圣诞节、复活节、校庆纪念日，或者学校联欢会、游艺会和恳亲会（笔者按，即家长会），在北京、上海、天津、广州等城市的一些教会学校里，学生们就会搬演由课本改编而成的剧目或莎士比亚戏剧。[③] 进入20世纪，学生演剧活动日益普及，经学生之

---

① 《春柳社演艺部专章》，阿英著：《晚清文学丛钞·小说戏曲研究卷》，中华书局1960年版，第636页。

② 《申报·清谈：学界与伶界之消长》，见汤逸佩：《新潮演剧与中国早期话剧的演剧观念》，《戏剧艺术》2018年第3期。

③ 徐半梅著：《话剧创始期回忆录》，中国戏剧出版社1957年版，第7页。

手改编为剧本的小说也越来越多，有些剧本甚至被贴上“小说新剧”的标签。①

笔者根据《中国现代戏剧总目提要》（南京大学出版社2003年版）、《新剧考证百出》（学苑出版社2016年版）、《传统剧目汇编·通俗话剧》（上海文艺出版社1959年版）、《文明戏考论》（广东高等教育出版社2011年版）、《晚清小说目录》（上海古籍出版社2008年版）、《新编增补清末民初小说目录》（齐鲁书社2002年版）等文献资料制成下表，大致可以反映清末民初学生将小说改编成话剧的情况：

**清末民初学生改编小说为话剧情况一览表**

| 剧名 | 改编者 | 时间 | 小说原著名 | 作者/译者 | 首次出版时间 |
|---|---|---|---|---|---|
| 《经国美谈》 | 南洋公学学生 | 1901 | 《经国美谈》 | [日]矢野文雄著，周宏业译 | 1900 |
| 《黑奴吁天录》 | 曾孝谷 | 1907 | 《黑奴吁天录》 | [美]斯土活夫人著，林纾、魏易译 | 1901 |
| 《新蝶梦》 | 春柳社 | 1907年左右 | 《新蝶梦》 | [意]波仑著，陈景韩译 | 1905 |
| 《缘外缘》 | 王钟声 | 1908 | 《巴黎茶花女遗事》 | [法]小仲马著，林纾、王寿昌译 | 1899 |
| 《黑籍冤魂》 | 许啸天 | 1908 | 《黑籍冤魂》 | 吴趼人 | 1907 |
| 《黑奴吁天》 | 春阳社 | 1908 | 《黑奴吁天录》 | [美]斯土活夫人著，林纾、魏易译 | 1901 |

① 赵骥：《郑正秋、〈新剧考证百出〉与上海早期新剧》，见郑正秋原著，赵骥校勘：《新剧考证百出》，学苑出版社2016年版，第242页。

（续表）

| 剧名 | 改编者 | 时间 | 小说原著名 | 作者/译者 | 首次出版时间 |
| --- | --- | --- | --- | --- | --- |
| 《血手印》 | 春阳社 | 1908 | 《血手印》 | [日]茂原周辅译，陶懋立重译 | 1904 |
| 《黑籍冤魂》 | 郑正秋 | 1909 | 《黑籍冤魂》 | 吴趼人 | 1907 |
| 《迦茵》 | 冥飞 | 1908 | 《迦茵小传》 | [英]哈葛德著，林纾、魏易译 | 1903 |
| 《迦茵小传》 | 通鉴学校 | 1908 | 《迦茵小传》 | [英]哈葛德著，林纾、魏易译 | 1903 |
| 《官场现形记》 | 王钟声 | 1908 | 《官场现形记》 | 李宝嘉 | 1903 |
| 《血蓑衣》 | 顾无为 | 1911 | 《两美人》 | [日]村井弦斋著，商务印书馆编译所译 | 1906 |
| 《缘外缘》 | 王钟声 | 1911 | 《新茶花》 | 钟心青 | 1907 |
| 《电术奇谈》 | 王钟声 | 1911 | 《电术奇谈》 | [日]菊池幽芳著，方庆周译述，我佛山人衍义，知新主人评点 | 1903 |
| 《孽海花》 | 王钟声 | 1911 | 《孽海花》 | 金松岑、曾朴 | 1903 |
| 《爱之花》 | 泣红（周瘦鹃） | 1911 | 《情葬》 | 依更有情 | 1903 |
| 《劫后姻缘》 | 汪仲贤 | 1912 | 《费娥剑》 | 蒋景缄 | 1909 |
| 《自由结婚》 | 新剧同志会 | 1912 | 《自由结婚》 | 张肇桐 | 1903 |
| 《恨海》 | 予倩、绛士 | 1913 | 《恨海》 | 吴趼人 | 1906 |

（续表）

| 剧名 | 改编者 | 时间 | 小说原著名 | 作者/译者 | 首次出版时间 |
| --- | --- | --- | --- | --- | --- |
| 《不如归》 | 绛士 | 1913 | 《不如归》 | [日]德富芦花著，林纾、魏易译 | 1908 |
| 《苦海花》 | 钱於戏、汪仲贤 | 1913 | 《劫余灰》 | 吴趼人 | 1907 |
| 《茶花女》 | 予倩 | 1914 | 《巴黎茶花女遗事》 | [法]小仲马著，林纾、王寿昌译 | 1899 |
| 《血蓑衣》 | 镜若、冥飞 | 1914 | 《两美人》 | [日]村井弦斋著，商务印书馆编译所译 | 1906 |
| 《夺嫡奇冤》 | 冥飞 | 1914 | 《夺嫡奇冤》 | [日]柴四郎著，商务印书馆编译所译 | 1906 |
| 《田小辫子》 | 松风 | 1914 | 《官场现形记》 | 李宝嘉 | 1903 |
| 《蛇女士》 | 冥飞 | 1914 | 《蛇女士传》 | [英]科南达利著，林纾、魏易译 | 1908 |
| 《爱欲海》 | 镜若 | 1914 | 不详（外国小说） | 不详 | 不详 |
| 《双泪碑》 | 冥飞 | 1914 | 《双泪碑》 | 南梦（陆秋心） | 1907 |
| 《贾大少爷》 | 松风 | 1914 | 《官场现形记》 | 李宝嘉 | 1903 |
| 《陶子尧》 | 松风 | 1914 | 《官场现形记》 | 李宝嘉 | 1903 |
| 《沈剥皮》 | 龙蒲生 | 1914 | 《九尾龟》 | 张春帆 | 1906 |
| 《一缕麻》 | 镜若、予倩 | 1914 | 《一缕麻》 | 包天笑 | 1909 |

（续表）

| 剧名 | 改编者 | 时间 | 小说原著名 | 作者/译者 | 首次出版时间 |
|---|---|---|---|---|---|
| 《火里情人》 | 曼殊、绛士 | 1914 | 不详（外国小说） | 不详 | 不详 |
| 《兰因絮果》 | 镜若 | 1914 | 不详（外国小说） | 不详 | 不详 |
| 《血泪碑》 | 春航 | 1914 | 《血泪碑》 | 童爱楼 | 1914 |
| 《堕溷花》 | 冥飞 | 1914 | 《堕溷花》 | 许指严 | 1911 |
| 《新不如归》 | 镜若 | 1914 | 《新不如归》 | 东京出版，作者不详 | 不详 |
| 《花月香城记》 | 绛士 | 1914 | 《花月香城记》 | [英]哈葛德著，惜花主人译 | 1907 |
| 《晴梅》 | 松风 | 1914 | 《劫花惨史》 | 许指严 | 1912 |
| 《晴雪》 | 松风 | 1914 | 《劫花惨史》 | 许指严 | 1912 |
| 《新红楼》 | 药风 | 1914 | 《白云塔》《银山女王》 | [日]押川春浪著，《白云塔》，冷血译；《银山女王》，摩西译补 | 1905 |
| 《鸳盟离合记》 | 冥飞 | 1914 | 《鸳盟离合记》 | [日]黑岩泪香原译，汤尔和重译 | 1907 |
| 《卖头》 | 冥飞 | 1914 | 《大好头颅》 | 天笑、毅汉 | 1914 |
| 《白牡丹》 | 高剑华述，许啸天编 | 1914 | 《白牡丹》 | 许则华著，白牡丹懊侬女史述意，啸天生笔记 | 1909 |
| 《巴黎茶花女》 | 朱双云、汪优游 | 1915 | 《巴黎茶花女遗事》 | [法]小仲马著，林纾、王寿昌译 | 1899 |
| 《苦儿流浪记》 | 上海城东女学 | 1915 | 《苦儿流浪记》 | [法]爱克麦脱罗著，包天笑译 | 1912 |

（续表）

| 剧名 | 改编者 | 时间 | 小说原著名 | 作者/译者 | 首次出版时间 |
| --- | --- | --- | --- | --- | --- |
| 《梨云梦》 | 宗天风 | 1915 | 《梨云梦》 | 菊 | 1909 |
| 《二渔夫》 | 吴县第三高等小学师生 | 1917 | 《二渔夫》 | ［法］莫泊桑著，胡适译 | 1917 |

这些由小说改编的话剧作品曾一度活跃在清末民初的新剧舞台上，有时一部小说会有多个改编者，形成不同的剧本，如吴趼人的小说《恨海》，药风（郑正秋）、汪优游、欧阳予倩、马绛士都曾改编为话剧。改编活动不仅在校内开展，而且有不少延伸到了校外或学生毕业之后，成为职业演剧的组成部分。

以下是上表中部分改编者生平简介：

曾孝谷（1873—1937），名延年，一字少谷，号存吴。四川成都人。中国近代话剧活动家。毕业于浙江省两级师范学校，1906 年考取官费留日。1906 年与李叔同等人共创春柳社。1912 年归国后与任天知在新新舞台有过短暂合作。

陆镜若（1885—1915），名辅，字扶轩，艺名镜若。江苏武进（今属江苏常州市）人。中国早期话剧活动家、剧作家、翻译家、演员。曾留学日本，入东京帝国大学文科，曾入日本新派剧俳优学校学习。后加入早稻田大学文艺协会，接触了西洋戏剧。1908 年参加中国留学生组织的春柳社，1912 年回国后在上海与欧阳予倩、马绛士、吴我尊等成立新剧同志会。

张冥飞（1894—?），名焘，字季鸿，号冥飞。湖南湘乡（一作长沙)人。早期话剧作家、南派武侠小说家。曾任南方大学教授。

欧阳予倩(1889—1962),湖南浏阳人。著名戏剧艺术家。1902年留学日本,1907年加入春柳社。1912年后组织新剧同志会。

马绛士(1887—1936?),本名马妆郁,字仲秩。四川成都人。近代戏剧家。早年赴京师,入译学馆习日文。1906年入日本东京商科大学留学。春柳社发起人之一。辛亥革命后,回国与陆镜若等创立新剧同志会,并组织职业剧团,在上海、无锡、杭州、长沙等地演出。

郑正秋(1889—1935),原名芳泽,号伯常,别署药风。广东潮阳(今属广东汕头市)人。清末民初戏剧家、电影编剧、导演。肄业于上海育才公学,1912年创办《图画剧报》。



苏曼殊(1884—1918),原名戬,字子谷,后改名元瑛,亦作玄瑛,法号曼殊。广东香山(今属广东珠海市)人。清末民初诗人、小说家、翻译家。曾留学日本。著有《燕影剧谈》一文,对当时部分新剧有品评。

王钟声(1881—1911),原名熙普。原籍浙江上虞。曾在上海教会学校学习德文、法文,1898年留学德国,1906年回国,在广西法政学堂任教,1907年在上海组建话剧团体春阳社。

冯子和(1888—1942),名旭,字旭初,号春航。江苏吴县(今属江苏苏州市)人。京剧花旦演员。曾入商务印书馆学堂、育才公学学习。

顾无为(1892—1961),浙江绍兴人。毕业于上海警务学堂、江南法学院。曾参加任天知创办的进化团,投身职业演剧。1914 年在上海加入张石川、郑正秋等创办的话剧团体民鸣社。

朱双云(1889—1942),原名朱树鹤,字立群,号云甫。上海人。毕业于南洋公学。清末民初新剧倡导人,中国话剧创始人之一。著有《新剧史》《初期职业话剧史料》等。

汪优游(1888—1937),本名效曾,字仲贤。安徽婺源(今属江西)人。近代戏剧活动家、演员。早年在上海民立中学读书,后求学于江南水师学堂。

周瘦鹃(1895—1968),原名祖福,字国贤,笔名泣红、瘦鹃等。江苏苏州人。现代作家、文学翻译家。曾为朱双云《新剧史》作序。毕业于上海民立中学。

2. 学生通过话剧改编接受小说的特点

对于改编者而言,着手改编之前首先会熟悉小说原著,再结合自身的理解与目的、话剧的特点,开展由小说向话剧的转换。如果说观剧者通过改编的话剧接受小说,是小说的间接受众,观剧是其接受小说的途径,那么改编者就是小说的直接受众,改编是其接受小说的方式,从中可以窥见改编者对小说的理解与期待。

(1)改编动机

在学生们看来,小说、戏剧都拥有广泛的群众基础和突出的传播优势,是开启民智、传播新思想的利器,而戏剧与小说相比,更易于被接受,在民众中的传播更为有效。陈独秀就认为:“现今国势危急,内地风气不开,慨时之士,遂创学校,然教人少而功缓。编小说,开报馆,然不能开通不识字人,益亦罕矣。惟戏曲改良,则可感动全社会,虽聋得见,虽盲可闻,诚改良社会之不二法门也。”[①]另外，话剧演出不像传统戏剧那样对基本功有较高要求，相比传统戏剧更接近日常生活形态，台词多采用白话，且包含大量新名词，也易于掌握。汪优游回忆说，他还是民立中学学生时看了圣约翰书院的学生演剧后发现：“这种穿时装的新戏，既无唱功，又无做工，不必下苦功夫练习，就能上台去表演。”[②]因此，把具有新思想、符合宣传意图的小说改编为话剧，可以在短时间内获得更大的传播范围、更好的传播效应。情节曲折动人、人物个性鲜明的小说，改编成话剧后也增加了话剧剧目，丰富了演出内容，能够满足演出的需求。

学生们在改编小说为话剧的过程中，既注重社会改良、道德教化，也有审美娱乐性的追求。陈独秀在清末提出戏剧“宜多新编有益风化之戏”，“不可演神仙鬼怪之戏”，“不可演淫戏”，“除富贵功名之俗套”。[③] 苏曼殊也希望新剧能够有补于世道人心。[④] 春柳剧场在“开通智识，鼓舞精神”的同时表明了研究“新派演艺（以言语动作感人为主，即今欧美所流行者）”的目标。[⑤] 进入民国，随着话剧演出的职业化、商业化程度增加，改编中对审美娱乐的追求也逐渐显豁起来。春柳剧场在1914年11月6日的《申报》广告中推出“新编名著《迦茵》”，便

---

① 三爱：《论戏曲》，《新小说》第2卷第2号，光绪三十一年（1905）。

② 见汤逸佩：《新潮演剧与中国早期话剧的演剧观念》，《戏剧艺术》2018年第3期。

③ 三爱：《论戏曲》，《新小说》第2卷第2号，光绪三十一年（1905）。

④ 苏曼殊：《燕影剧谈》，苏曼殊著，柳亚子编：《曼殊全集》第一册，上海北新书局1928年版，第168页。

⑤ 《春柳社演艺部专章》，阿英著：《晚清文学丛钞·小说戏曲研究卷》，中华书局1960年版，第636页。

声称“于原书不失毫厘，趣味之浓深，言情之妙曼，宜侠宜柔，亦悲亦怨，可谓美人碧血，壮士肝肠，酣畅淋漓，尽情尽致”；在改编小说《官场现形记》时，也是“就中采取最有兴味之处”。①

（2）题材内容

在题材内容方面，学生由小说改编的话剧主要有以下特点：

第一，多取材于清末民初小说。与传统戏剧相比，话剧以反映现实、贴近生活见长，清末民初小说比古代小说提供了更多新内容，能够满足这一需求。《黑籍冤魂》《官场现形记》《恨海》《一缕麻》等作品涉及的时代背景正是清末民初，对于当时的改编者和观众来说，就是“当代文学”，就是发生在自己身边的故事，在接受时自然会产生一种亲近感。

第二，从题材类型上分为言情、社会、政治、侦探等，以婚恋家庭主题的作品为最多，如《茶花女》《恨海》《一缕麻》《梨云梦》《迦茵小传》《不如归》《堕溷花》等。其次是社会政治题材的作品，如《经国美谈》《黑籍冤魂》《黑奴吁天录》《官场现形记》《二渔夫》等。政治改良、婚恋自主都属于清末民初的社会热点问题，学生最为关注，如张冥飞在《申报》广告中就强调《堕溷花》“为一种社会的新剧，沉闷处令人悲痛，快处令人笑。针砭蒲俗，此为隽品”②。这样的剧作也易于引发普通观众的共鸣。

第三，悲剧多。春柳剧场在1914年6月17日《申报》刊登广告：“《一缕麻》为天笑名著小说之一，描写哀情，别辟蹊径。

---

① 见郑正秋原著，赵骥校勘：《新剧考证百出》，学苑出版社2016年版，第122、144页。

② 转引自郑正秋原著，赵骥校勘：《新剧考证百出》，学苑出版社2016年版，第35页。

兹经本剧场编成新剧,择于礼拜三晚登场。凡爱观本剧场之悲剧者,盍联袂而来乎?”①特别强调《一缕麻》的悲剧色彩。其他如《茶花女》《黑籍冤魂》《不如归》《恨海》《血泪碑》《迦茵小传》等剧目,也都保留了小说原著的悲剧结局,不再套用传统戏剧常见的大团圆模式。这不仅表现出改编者对悲剧的重视,也可以反映出当时观众对悲剧的认可。而且这些悲剧多是取材于日常生活,主角多为普通人。

(3)改编方式

将小说改编为话剧时,学生主要是从创作意图出发、遵循话剧特点,同时考虑观众接受效果,呈现出本土化、时事化的倾向。如吴趼人的小说《恨海》描写社会动荡和鸦片、妓院等对普通人尤其是对青年男女的戕害,郑正秋创办的新民剧社剧本选取了小说中描写的一些冲突强烈的场景,主要以对话、动作表现人物,推动情节发展,并对原著许多内容进行了增删改造,使之更符合话剧的表现特色。如第三幕,与张太太、张棣华逃难到客栈的陈伯和,先是不满乡村宿店条件简陋,心生不悦,面对仆人买来的粗糙大饼,又抱怨:“这哪里是人吃的东西!”表现出娇纵任性的少爷脾气,为日后他在销金窟里的堕落埋下伏笔,这是原著中没有的部分。小说中,棣华与伯和历经磨难重逢,伯和沾染了吸食鸦片、浪迹青楼的恶习,并称“我这两口烟,这一辈子也戒不掉的了!”棣华的回应是:“戒不掉也不要紧,不过家父最厌的是这个。贤弟纵不肯长戒,何妨暂戒几个月,好让家父欢喜欢喜。

① 转引自郑正秋原著,赵骥校勘:《新剧考证百出》,学苑出版社 2016 年版,第 121 页。

将来我们成过礼之后，任凭吃多少，我再也不敢拦阻。”①而在话剧中，棣华则一改小说中的柔顺温和，严厉斥责伯和：“鸦片烟一定要戒掉它！”②小说里，伯和临终前只是以“姊姊！我负你！”对棣华表达了愧疚之情③，剧本却给他安排了两段肺腑之言，既有深深的忏悔，又饱含对社会丑恶现象的鞭挞：

> 妹妹，我还记得我们小时候，你也曾和我剪过一次手指甲，那时候我是个纯洁天真的孩子，除了指甲里的一些肮脏以外，我的心灵上是清洁的，身世是清白的；可是今天你替我剪指甲的情形就不同了，我指甲里的肮脏，妹妹，你是可以替我除掉的，可是我道德上行为上的污点，死了也洗刷不掉了！
>
> 妹……妹，我，我……辜负你一片好心，我的病……不会好了……我没福享受你的爱，只怪我自己不上进，我的一生就是毁灭在……这个……这个万恶的社会里，妹妹，你有这样的好心肠，你一定会有……会有好的报……报应。我希望你有一个美满的姻缘。④



---

① 吴趼人著，王俊年校点：《恨海》，中州古籍出版社 1985 年版，第 80 页。

② 李悲世口述：《恨海》，王卫民编：《中国早期话剧选》，中国戏剧出版社 1989 年版，第 164 页。

③ 吴趼人著，王俊年校点：《恨海》，中州古籍出版社 1985 年版，第 89 页。

④ 李悲世口述：《恨海》，王卫民编：《中国早期话剧选》，中国戏剧出版社 1989 年版，第 178 页。

改编者结合自身的意图对文本进行了空白填充，这样的处理更能突出创作动机，同时强化了戏剧冲突，更符合话剧表演特点，也更易于吸引观众的注意力并引发其心灵震荡。

语言方面的转换也普遍存在于从小说到话剧的改编当中。以文言写成的小说《黑奴吁天录》《茶花女》《迦茵小传》《一缕麻》被改编成话剧之后，都使用了适合话剧舞台演出的白话。

对于长篇小说，改编时往往是截取原作片段，如春柳剧场将李宝嘉小说《官场现形记》中的部分情节分别改编成五幕新剧《田小辫子》、七幕喜剧《贾大少爷》和七幕喜剧《陶子尧》。对于短篇小说则在原作基础上演绎铺排，丰富人物和情节，使之篇幅增加，更为细腻动人，如周瘦鹃的“法兰西情剧”《爱之花》根据《浙江潮》上依更有情的笔记小说《恋爱奇谈 · 情葬》改编而成，小说只有短短六百余字，而剧本则长达八幕。



本土化、时事化是学生把翻译小说改编为话剧的另一个特点，这不仅表现在人物、背景、情节的设置上，也表现在作品主旨、思想倾向方面。《清末民初学生改编小说为话剧情况一览表》所列 48 种话剧的小说底本中，创作小说 23 种，翻译小说 25 种，二者几乎平分秋色，但翻译小说被改编成话剧之后，其原有的异域特色也被改造了。如春柳社根据侦探小说改编的《夺嫡奇冤》，把外国人名一律改为中国人名，目的是减少观众的隔阂感，使其能毫无障碍地进入故事情境，与剧中人“同呼吸、共命运”。《不如归》《血蓑衣》改编为话剧时也都进行了同样处理。在将林纾、魏易翻译的小说《黑奴吁天录》改编为五幕话剧时，春柳社也没有完全照搬小说，而是进行了创造性的改编，删掉了善良的奴隶主如圣 · 克莱尔及小伊娃，直接呈现给观众的是奴隶制的罪恶和被压迫民族的惨状,把汤姆惨死改成汤姆和乔治·哈里斯等一起杀死黑奴贩子后成功逃脱。不甘受奴役、勇于反抗的乔治成为核心人物,而不再是原著中逆来顺受的汤姆。这样一来,原著的宗教思想和人道主义精神不见了,"只剩下可以借用于抒发忧国忧民和民族觉醒的政治宣传的骨架,悲剧的情怀也成为中国式大团圆模式"①。这样的处理方式既呼应了当时国人的民族情绪,又与改编者和观众的审美习惯达成一致。

## 四、模仿、借鉴

清末民初学生以模仿、借鉴方式接受小说,主要集中在对翻译小说的接受上。自清末开始,随着西学东渐和小说救国论的兴起,"异域文术新宗,自此始入华土"②,来自异域的小说作品成为中国人怀着好奇或歆羡的目光追随的对象,效仿、借鉴翻译小说蔚然成风。在这股潮流中,学生们积极参与,表现出很强的"别求新声于异邦"的自觉意识。这种自觉意识的形成,与他们对域外小说价值的认可密切相关。李定夷曾说:"小说与文学,实有固结不解之缘。若《莎士比③集》《鲁滨逊飘流记》等名作,彼邦人士,奉为文范,庸非小说耶?"④可以成为文



① 参见徐锡祥:《文学的文化政治适应性:〈汤姆叔叔的小屋〉在中国的接受》,《解放军外国语学院学报》2008 年第 1 期。

② 周树人:《〈域外小说集〉序言》,见陈平原、夏晓虹编:《二十世纪中国小说理论资料》(第一卷),北京大学出版社 1989 年版,第 352 页。

③ 笔者按,"莎士比"即"莎士比亚"。

④ 顾靖夷:《〈红粉劫〉序》,[英]司达渥著,李定夷译述:《红粉劫》,国华书局 1914 年版。

学典范的外国小说,其艺术水准自然不会低。恽铁樵也认为,“就结构意趣言之,则译本出于彼邦文士之手,未必吾国撰者能驾而上之”①,承认外国小说中也存在优秀之作,甚至有可能超越中国小说。这种理性认识激发了学生们向域外小说学习的主动性。

学生以模仿、借鉴方式接受翻译小说主要集中在题材主旨、思想意蕴、人物形象、艺术形式、小说语言等方面,思想意蕴方面将在第五章学生的接受对象中探讨,这里主要就题材主旨、人物形象、艺术形式、小说语言等方面进行论述。

1. 题材主旨

清末,定一提出:“中国小说之不发达,犹有一因,即喜录陈言,故看一二部,其他可类推,以致终无进步,可慨可慨!然补救之方,必自输入政治小说、侦探小说、科学小说始。盖中国小说中,全无此三者性质,而此三者,尤为小说全体之关键也。”②他希望输入新的小说品种,改变本土小说英雄、历史、言情、神魔、讽刺几大类型长期并立固化的格局,开创小说领域的新局面。学生们对域外小说的效仿也首先表现在政治小说、科学小说、侦探小说的创作上,此外还包括教育小说、军事小说、冒险小说等的创作。以政治小说为例,出于学生之手的作品主要有:梁启超《新中国未来记》(1902,未完),卓呆(徐傅霖)《分割后之吾人》(1903—1904),林獬《玫瑰花》(1903—1904),侠民(龚杰)《中国兴亡梦》(1904—1905),三爱(陈独秀)《黑天国》



① 铁樵:《论言情小说撰不如译》,《小说月报》第6卷第7号(1915)。
② 定一:《小说丛话》,《新小说》第15号,光绪三十一年(1905)。

(1905)，陈天华《狮子吼》(1905，未完)，张肇桐《自由结婚》(1903)，德争(叶德争)《客是谁》(1908)，凤俦(范韵鸾)《蒲阳公梦》(1909)，泣红(周瘦鹃)《百合魔》(一名《麦玛韩辞职记》)(1911)，毋我、觉奴(刘鹏年)《弭兵阴谋记》(1914)，梁令娴《巴黎警察署之贵客》(1915)，老虬(俞锷)《解甲录》(1915)，云舫(许肇铭)《猎狐惨剧》(1915)，冻华、枕亚(徐枕亚)《娜拉威罗倍》(1915)等。①

清末民初学生对域外小说的接受还表现在主旨的模仿、借鉴上。如林纾曾特别指出狄更斯作品具有可贵的平民意识，善于表现底层的平凡人生，“专为下等社会写照”②，“特叙家常至琐至屑无奇之事迹”，“乃能化腐为奇，撮散作整，收五虫万怪，



① 徐傅霖(1880—1958)，又名半梅，号筑岩，笔名卓呆。江苏吴县(今属江苏苏州市)人。近代小说家。毕业于京师法政学堂，1902—1905 年留学于日本早稻田大学。林獬(1874—1926)，号宣樊、退室学者，笔名白水。福建闽县(今属福建福州市)人。1903 年后曾三次赴日本留学。其间回上海创办过《中国白话报》，参加过华兴会、同盟会、爱国学社。龚杰(1875—1922)，字子英。江苏吴县(今属江苏苏州市)人。曾入上海广方言馆学习，毕业后长期从事教育工作，并担任上海《时报》记者，创办《新新小说》并任主编。陈天华(1875—1905)，原名显宿，字星台，亦字过庭，别号思黄。湖南新化人。中国近代民主革命家。留学日本。叶德争(生卒年不详)，曾入中国公学学习，与胡适同学。参与《竞业旬报》编辑工作。范韵鸾(1883—1952)，湖北利川人。毕业于日本早稻田大学。曾任《大汉报》编辑。刘鹏年(1896—1963)，字雪耘，自号鞭影楼主。四川富顺人。曾入四川川南经纬学堂、北京湘学堂、四川高等学堂学习。梁思顺(1893—1966)，字令娴。广东新会(今属广东江门市)人。梁启超长女。毕业于日本女子师范学校。俞锷(1886—1936)，笔名老虬。江苏太仓人。曾留学日本。许肇铭(? —1958)，笔名云舫。河北安国人。毕业于河北保定师范、北京中国大学。

② 林纾:《〈孝女耐儿传〉序》，[英]却而司迭更司著，林纾、魏易译:《孝女耐儿传》，商务印书馆光绪三十三年(1907)版。

融汇之以精神，真特笔也”。[①] 这种认识引起了学生的关注，周瘦鹃也认为狄更斯“最善描写贫家苦况及社会生活之状态”[②]，而高尔基的作品也是“多为无告小民请命者”[③]。在创作中表现中国下层社会成为一些学生的自觉意识。周作人的《孤儿记》(1906)、卓呆的《卖药童》(1911)、恽铁樵的《工人小史》(1913)、周瘦鹃的《檐下》(1917)[④]等一批表现社会底层小人物人生与情感的作品问世，正是他们主动学习域外小说的结果。周作人在《孤儿记·凡例》中特别点明：《孤儿记》“为感于嚣俄(笔者按，即雨果)《哀史》而作”[⑤]，小说的第十及第十一章中有关监狱和法庭的描写便是以雨果的小品 *Claude Geaux* 为蓝本。[⑥]《卖药童》的主人公贫民少年阿祥，因私自贩卖自制刀疮药和万应膏被警察抓获，被逼吃下所有刀疮药，备受凌辱，病重的母亲也在惊惧中惨死，阿祥悲愤绝望之下纵火烧毁警察与和尚鬼混的寺庙，自己也药力发作，吐血而亡。《工人小史》



---

① 林纾：《〈块肉余生述〉前编序》，[英]却而司迭更司著，林纾、魏易译：《块肉余生述》，商务印书馆光绪三十四年(1908)版。

② [英]却尔司狄根司著，瘦鹃译：《野心》，《游戏杂志》第3期(1913)。

③ 瘦鹃：《大义·高甘小传》(1917)，周瘦鹃译：《欧美名家短篇小说》，岳麓书社1987年版，第444页。

④ 平云：《孤儿记》，小说林社光绪三十二年(1906)版；卓呆：《卖药童》，《小说月报》第2年第1期，宣统三年(1911)；焦木：《工人小史》，《小说月报》第4卷第7号(1913)；瘦鹃：《檐下》，《小说画报》第1号(1917)。

⑤ 平云：《孤儿记·凡例》，平云：《孤儿记》，小说林社光绪三十二年(1906)版。

⑥ 参见郭延礼著：《近代西学与中国文学》，百花洲文艺出版社2000年版，第243页。

里，上海工厂做工的韩蘖人和工友们过着一贫如洗的生活，在工厂受到洋人、工头种种欺压、盘剥，真实而典型地描写了近代中国产业工人的生活。《檐下》巧妙地选取了发生在富人屋檐下的一个片段，铁路工人和前来送饭的妻子在屋檐下互相体贴，屋内却传出富人夫妇的吵闹声。

在小说的具体内容上，学生的作品也对域外小说多有效法，如张肇桐创作的《自由结婚》，模仿梁启超所译日本政治小说《佳人奇遇》"政治 + 爱情"的模式，"用寻常儿女的情，做那英雄的事"①。徐念慈在阅读了包天笑翻译的《法螺先生谭》和《法螺先生续谭》之后，写成仿作《新法螺》②，主角也叫法螺先生，他离开地球飞往月球的过程、进行地底探险的情节均与译作极为相似。杨心一创作的科学小说《黑暗世界》③，也是以翻译小说《世界末日记》为范本。胡适在《竞业旬报》发表的《东洋车夫》《苦学生》《新侦探谈》等短篇小说，在题材与立意上，与《时报》上曾经刊载过的短篇小说《人力车夫》《爱国幼年会》《侦探之侦探》系列，也有着或隐或显的关联。④

2. 人物形象

在人物塑造方面，学生创作的小说突破了传统的"才子

---

① 犹太遗民万古恨著，震旦女士自由花译：《自由结婚》，自由社光绪二十九年(1903)版，第 57 页。

② 东海觉我：《新法螺》，小说林社光绪三十一年(1905)版。

③ 心一：《黑暗世界》，《小说时报》第 10 号，宣统三年(1911)。杨心一(1889—1916)，江苏吴县(今属江苏苏州市)人。清末民初翻译家、小说家。曾就读于邮传部高等实业学堂商务专科，后赴美国宾夕法尼亚大学留学。

④ 参见张丽华：《读者群体与〈时报〉中"新体短篇小说"的兴起》，《南京师范大学文学院学报》2008 年第 2 期。

佳人”模式,出现了恋爱的和尚、寡妇等新形象,这些人物被赋予个人本位的价值观以及牺牲精神、忏悔意识。这种变化,也是源于翻译小说的启迪。在林纾翻译的《巴黎茶花女遗事》中,男主人公亚猛真诚地爱上了一个人尽可夫的妓女马克,马克则为了亚猛的前途毅然牺牲了自己。林纾翻译的全本《迦茵小传》的主人公所具有的反叛性比茶花女更强烈。男主人公亨利在父亲临终时,公然违背父亲的意愿,不肯答应父亲为自己选择的婚事,而女主人公迦茵也公开指责父亲当初不该抛弃她。这样一对“不孝”的情人还私自结合有了私生子。后来迦茵也像茶花女一样为了爱人的前途牺牲了自己的感情和生命。这样的人物形象使学生们意识到:只要出于纯真的爱情,即使有违时俗伦理,也仍然值得赞颂,为了所爱的人而牺牲自己更是纯洁崇高的。这种观念激发了他们大胆表现真实情感的欲望。没有这种观念的激发,徐枕亚不可能有勇气突破爱情小说的禁区,把带有自传性质的《玉梨魂》公之于世。这部小说中恋爱的寡妇和爱上寡妇的青年都是作为值得赞颂的正面形象出现,两人真诚相爱,女主角甘愿为对方的幸福作出自我牺牲,表现了崇高纯洁的美德,男主角为了忠于爱情,不惜违背“不孝有三,无后为大”的伦理规范。① 也同样是在翻译小说启迪下,苏曼殊小说里的年轻和尚为不同的女子动心、感伤,对佛门戒律与传统道德形成极大挑战。通过刻画这样的人物形象,作者大胆披露、正视自我

① 参见袁进:《试论近代翻译小说对言情小说的影响》,《上海社会科学院学术季刊》1996 年第 3 期。

的感情，试图在不同流俗的感情中寻觅、确立自我，也由此表现出对翻译小说的深层接受。

3. 艺术形式

学生通过艺术形式上的模仿、借鉴接受翻译小说表现在多个方面，主要有：

第一，叙事技巧。比如未来幻想式的叙事结构，梁启超《新中国未来记》开头写举行维新 60 周年庆典大会，"全用梦幻倒影之法"①，显然是模仿美国政治小说《百年一觉》和日本政治小说《雪中梅》，以倒叙方式展开对未来中国社会发展、国家强盛的幻想。

又比如第一人称的叙事角度。清末翻译了不少第一人称叙事的小说，影响较大的有《百年一觉》(1894)、《歇洛克呵尔唔斯笔记》(1896)、《巴黎茶花女遗事》(1899)等。周桂笙注意到福尔摩斯探案故事"托为滑震(笔者按，即华生)笔记，盛传于世。盖非尔，则不能有亲历其境之妙也"②，第一人称叙事方式营造的真实感更强。学生中许多人都在创作中运用过这种叙事方式，显示出突破传统叙事方式的自觉意识。比如苏曼殊的《断鸿零雁记》(1912)，周瘦鹃的《此恨绵绵无绝期》(1914)、《阿郎安在》(1914)、《酒徒之妻》(1915)、《午夜鹃声》(1915)、《私愿》(1916)，徐枕亚的《一小时之悲欢离合》(1917)，等等。

第一人称叙事方式还进一步发展成日记体小说和书信体

① 《中国唯一之文学报〈新小说〉》，《新民丛报》第 14 号，光绪二十八年(1902)。

② 周桂笙：《〈歇洛克复生侦探案〉弁言》，《新民丛报》第 55 号，光绪三十年(1904)。

小说。徐枕亚在创作《玉梨魂》时有意模仿《巴黎茶花女遗事》,插入了小说人物崔筠倩的日记。之后他假托找到男主角何梦霞的日记,以日记体形式重写《玉梨魂》的故事,“就其事而易其文”①,形成中国第一部长篇日记体小说《雪鸿泪史》(1914),又名《何梦霞日记》。周瘦鹃也创作了一批日记体小说,如《花开花落》(1914)、《阿郎安在》(1914)、《断肠日记》(1915)、《珠珠日记》(1915)等②。《玉梨魂》《雪鸿泪史》里以大量的书信来推动情节进展、表现人物的心理活动,也是接受域外小说的结果。

第二,新型短篇小说和突破章回体的长篇小说。在翻译小说的启发和影响下,学生创作的作品中还出现了新型的短篇小说,如陈景韩的《路毙》(1904)、恽铁樵的《工人小史》(1913)等,这类作品不追求情节完整,而是“截取一段人生来描写,而人生的全体因之以见”③,与中国传统短篇小说存在明显差异。通过自觉仿效西方长篇小说的基本形态,学生们的创作还实现了对传统长篇小说章回体的突破。例如何诹的《碎琴楼》(1910),共 34 章,不设对仗工整的回目,第一章题目为“败叶丛中之《鬼火烹鸾曲》”,第二章为“夜访琼花姥姥于荒落,得记其悲言”,第三章为“进化先生创办学堂及琼花春病”,

① 徐枕亚:《〈雪鸿泪史〉例言》,徐枕亚:《雪鸿泪史》,清华书局 1916 年版。

② 分别刊于《礼拜六》第 8、19、52、73 期。

③ 沈雁冰:《自然主义与中国现代小说》,《小说月报》第 13 卷第 7 号(1922)。

等等。[1] 李定夷的《伉俪福》(1915)只标章不分回,每章也没有题目。[2]

第三,心理描写与景物描写。翻译小说对人物心理的展现也受到学生关注,恽铁樵为翻译小说《悲欢人影》加按语时特别指出该作品"直是一篇心理学讲义小说"[3]。在很多由学生创作的小说中,人物心理的静态描写明显增多,笔触趋于深入细腻,而且出现了人物自我的心理冲突,情节的统治地位由此受到了冲击。如《玉梨魂》第十章,对女主人公白梨影的一段心理描写,将她在爱情与礼教之间的痛苦挣扎展现得淋漓尽致:

> 梨娘阅此书,诵此诗,悲伤之情,真不可言喻矣。泪似珠联,心如锥刺,初不料梦霞之痴,竟至于此也。其言如此,其心可知。脱异日果践其言,则彼将终身鳏居,无复生人乐趣。虽孽由自作,而情实可哀,我虽不杀伯仁,伯仁由我而死。只缘两字"怜才",竟演一场惨剧,我将何以对人?且何以自解耶?天乎,天乎!沉沉浩劫,已陷我于孤苦凄凉之境,而冤孽牵连,复有此自投情网之梦霞,抵死相缠,丝毫不容退让,迷迷惘惘,终日颠倒于情爱之旋涡中不



---

① 何诹:《碎琴楼》,商务印书馆宣统二年(1910)版。何诹(1884—1927),学名谦章,字子康,别号惠云,又号乙老。广西兴业人。清末民初作家。1910年考入两广速成师范,后又考入广西法政学堂。

② 李定夷:《伉俪福》,《小说新报》第1~12期(1915—1916)。

③ 铁樵:《〈悲欢人影〉按语》,[法]莫巴桑著,王述勤、廖旭人译:《悲欢人影》,《小说月报》第5卷第1号(1914)。

能解决。此事果从何说起？薄命孤花，竟是不祥之物，自误不足而误人，一误不足而再误。苦念及此，转不若早归泉下，一瞑不视。黄土青山，红颜白骨，同归于尽，亦免在人世间怨苦颠连。有情难遂，有恨难平，苦挨此奈何天中之岁月，时而攒眉，时而酸眼，时而刺心，时而剜肠，剑树刀山，生受地狱之苦，夫又何苦来耶？痴哉梦霞，尔何不自爱乃尔，尔何不相谅乃尔！挖心呕血，掬诚相示，惓惓深情，我非不尔感也。事已无可奈何，虽痴何益？不若大家撒手，各了今生之事。喃喃设誓，又奚为者？今尔言若此，我岂能安？痴哉梦霞，何逼人太甚耶！我不知我前生孽债，究欠下几许，将于何日清偿也。①



这种对心理活动的冲突性与深刻性的表现大大超过了以前的小说，明显地带有翻译小说影响的痕迹。

接触翻译小说也使学生们感到景物描写的重要性，他们体会到景物可以烘托气氛、表现情感，增强艺术感染力，景物描写还可以与人物的心理状态联系在一起，传达主观感受。如李定夷的《霓禽泪》（1915）将爱情悲剧的主要场景设置于风雨之夜，凄苦、阴晦的氛围贯穿始终：

冷雨敲窗，朔风吹树，檐漏点滴，时断时续。凄凉夜色之中，有斗室一，孤檠荧荧，摇晃作淡绿色，病榻药炉点缀

---

① 徐枕亚：《玉梨魂》，吴组缃、端木蕻良、时萌主编：《中国近代文学大系·小说集6》，上海书店1991年版，第488～489页。

其间。炉内炭火正炽,水壶吐气勃勃如云雾,幻壁上成巨影,仿佛汽船之烟突也。时有赤脚婢一人坐矮凳上,颠头晃脑瞌睡正浓。耳中闻壶水沸腾,咯咯有声,疑是春间偕其女主人坐汽船往金陵时。……

雨声淅沥之中,陡闻汽笛呜呜,轮船经郭外而过,二人默然良久,老妇曰:"彼胡竟不来耶?轮船过去两艘矣。"……

雨声益急,汽笛之振响益厉。船人来言,去梅坞垂近矣。远望市集都无灯火,但有轮船公司码头灯光昏暗,倒映水中,荡漾成纹。梅坞站小,上下之客殊不多。生既登陆,腹又饥馁,中寒欲僵,觅一苦力者代肩行李,篝烛而行。特久雨地湿,灯作反光,碍目而不良于行。地又高低不平,荒犬唁唁(狺狺)而鸣,远近互应。雨虽稍止,狂风间作,几欲吹衣而去。经多时,足下泥泞不堪,无一人相遇。过古庙门次,有乞丐一团,煨芋而食。……①

风雨之声与轮船汽笛声交汇,反复出现,与小说人物焦灼、哀伤的心绪互相映衬。这种描写带有很明显的西化倾向,显然是接受了域外小说的启发。

第四,悲剧结局。"自林琴南译法人小仲马所著哀情小说《茶花女遗事》以后,辟小说未有之蹊径,打破才子佳人团圆式

---

① 李定夷:《冤禽泪》,李定夷:《定夷丛刊二集》卷一,国华书局1915年版,第1~5页。

之结局”①,悲剧也逐渐成为学生创作的自觉意识和审美追求。徐枕亚声称要做“东方仲马”②,在《玉梨魂》里他不仅模仿《茶花女》的叙事技巧,并且借鉴了其悲剧结局。小说最后,女主人公因病亡故,男主人公则远赴日本,武昌起义爆发时回国投入战斗,英勇捐躯,与人物原型的实际情况并不相符。之所以这样处理,一方面是为了强烈地表达个人的痛苦,另一方面也是基于对悲剧之美的偏爱。作者已意识到,悲剧更具有震撼人心的力量,能使读者获得独特的审美愉悦感。周瘦鹃笔下的爱情悲剧也比比皆是,有情人总是难成眷属,他因此被时人称为“哀情巨子”③。他们都以创作实践解构了传统的团圆意识。



4. 小说语言

翻译小说对学生创作的影响还体现在语言方面,主要包括文言的林译小说和白话翻译小说两类。林译小说在当时的学生群体中传播广泛,其语言尤其受到学生青睐,自然成为他们创作小说时的范本。包天笑回忆说:“这时候写小说,以文言为尚,尤其是译文,那个风气,可算是林琴翁开的。林翁深于史汉,出笔高古而又风华,大家以为很好,靡然从风的学他的笔调。后来到五四时代,极力提倡用语体文的如鲁迅、胡适之辈,

① 张静庐:《中国小说史大纲》,转引自邹振环著:《影响中国近代社会的一百种译作》,中国对外翻译出版公司 1996 年版,第 124 页。

② 徐枕亚:《玉梨魂》,吴组缃、端木蕻良、时萌主编:《中国近代文学大系·小说集 6》,上海书店 1991 年版,第 584 页。

③ 王智毅编:《周瘦鹃研究资料》,天津人民出版社 1993 年版,第 330 页。

所译写的短篇小说,也是用文言的,其余的更不必说了。”①正因为受林纾所译哈葛德小说的影响,鲁迅、周作人合译了哈葛德与安特路朗合著的《红星佚史》,其用词和文风均带有林译小说的痕迹。他如姚鹓雏、周瘦鹃,也是“文宗畏庐,而写情处婉约风华”。②

在白话小说创作当中,学生有意无意地运用了一些外来语中的词汇、语法和修辞方式,这一点在从事小说翻译且水平较高的学生身上表现得尤为明显。在翻译域外小说的过程中,他们不仅接触了外国小说的价值观念、艺术手法,也在不知不觉中接受了外来语言的影响,并在创作中表现出来。这使他们的白话小说产生了异于古代白话小说的特征,尤其是在深层的语法层面。比如这样的句子:



> 明天寺里树林中,发现一个仿佛夏天田中翻转的田鸡一般的死孩子,旁边吐着许多血,这就是吃十七包刀疮药的没人可怜的密卖药童。③

以助词“的”来联结所有的修饰语和中心词,这是日语的用法。

而周瘦鹃的《酒徒之妻》则出现了欧化语法,如:

---

① 包天笑著:《钏影楼回忆录》,香港大华出版社1971年版,第325页。

② 郑逸梅:《民国旧派小说名家小史·姚鹓雏》,见魏绍昌编:《鸳鸯蝴蝶派研究资料》(上卷),上海文艺出版社1984年版,第558页。姚鹓雏(1892—1954),原名锡钧,字雄伯,笔名龙公。江苏松江(今属上海市)人。近代文学家。毕业于松江府中学堂、京师大学堂。

③ 卓呆:《卖药童》,《小说月报》第2年第1号,宣统三年(1911)。

> 吾说一般秘密喝酒的人,像那篇小说中所说的,要是他一成习惯,到头来免不得死在酒中,谁也不能挽回。[①]

“像那篇小说中所说的”,是后置定语,显然是受了英语语法的影响。



① 瘦鹃:《酒徒之妻》,《礼拜六》第76期(1915)。

# 第五章　清末民初学生群体对各类小说的接受

每件艺术作品“它的所有决定因素、成分或质素并不都已实现，其中有些只是潜在的。所以，一部艺术作品就需要一个外在于它的动因，这就是一位观赏者。为了使作品具体化，观赏者通过他在鉴赏时合作的创造活动，促使自己去‘解释’作品……在这样做时，如果作品处在来自它本身的暗示的影响之下，那么观赏者就要充实作品的图式结构，至少部分地丰富不确定的领域，实现仅仅处于潜在状态的种种要素。这样，就产生了艺术作品的‘具体化’形态。艺术作品是艺术家有目的活动的产品；作品的‘具体化’不仅是观赏者进行的‘重建活动’，也是作品本身的完成及潜在要素的实现。所以，从某种角度来看，作品是艺术家和观赏者的共同产品”①。清末民初学生的小说接受对象是多样化的，不同的接受对象通过文本召唤结构、空白填充过程引起学生不同的接受反应，那些既满足学生

① 金元浦著：《接受反应文论》，山东教育出版社 1998 年版，第 100 ~ 101 页。

生活期待视野又满足学生文学期待视野的作品尤其能引发其巨大的接受热情。正是在接受小说的过程中,学生群体实现了对作品的"重建"。政治小说、侦探小说、科学小说、言情小说在清末民初学生群体中传播较广、影响颇大,本章主要就学生对这几类小说的接受情况进行分析。

## 一、对政治小说的接受

在清末民初涌现的数以万计的小说中,政治小说所占份额极少,但它经由学生群体接受产生的影响是广泛而深远的。

### 1. 清末民初政治小说的译介与创作

何谓政治小说?梁启超在《中国唯一之文学报〈新小说〉》中给出的定义为:"政治小说者,著者欲借以吐露其所怀抱之政治思想也。其立论皆以中国为主,事实全由于幻想。"[①]在他看来,政治小说就是以阐发政见为宗旨、立足中国国情、以幻想为主要叙事方式的小说,这一定义的提出其实是建立在他接受日本政治小说的基础之上。1898 年 12 月,梁启超在日本横滨创办《清议报》,其中专设"政治小说"一栏,发表了他翻译的日本政治小说《佳人奇遇》和《译印政治小说序》(此文原为《佳人奇遇》序),这是中国人首次提出政治小说的概念。梁启超认为:

> 在昔欧洲各国变革之始,其魁儒硕学,仁人志士,往往以其身之所经历,及胸中所怀,政治之议论,一寄之于小说。



① 梁启超:《中国唯一之文学报〈新小说〉》,《新民丛报》第 14 号,光绪二十八年(1902)。

> 于是彼中缀学之子，黉塾之暇，手之口之，下而兵丁、而市侩、而农氓、而工匠、而车夫马卒、而妇女、而童孺，靡不手之口之。往往每一书出，而全国之议论为之一变。彼美、英、德、法、奥、意、日本各国政界之日进，则政治小说，为功最高焉。英名士某君曰："小说为国民之魂。"岂不然哉！岂不然哉！①

梁启超把政治小说誉为西方各国和日本政治变革、社会进步的最大推动力，这个评价不可谓不高，他日后"小说为文学之最上乘"②的论断也是从对政治小说的这种接受中萌发的。大力倡导政治小说还被梁启超视为消除旧小说不良影响的最佳方法。

"政治小说"的概念源自日本，但其原产地是英国，代表作家是政治家本杰明·迪斯累里（Benjamin Disraeli，1804—1881）和布韦尔·李顿（Edward George Bulwer－Lytton，1803—1873）。明治维新（1868 年至 20 世纪初）的第二个十年，在自由民权运动的浪潮中，迪斯累里和李顿的政治小说成为日本翻译文学中最受欢迎的作品。一些日本政治家、新闻界人士也开始创作政治小说，出现了末广铁肠的《二十三年未来记》和《雪中梅》、柴四郎的《佳人奇遇》、矢野文雄的《经国美谈》等作品。不过，中国最早出现的翻译政治小说既不是来自日本，也不是来自英国，而是美国空想社会主义作家毕拉宓（Edward Bellamy，1850—1898，今译贝拉米）发表于 1888 年的《百年一觉》

① 任公：《译印政治小说序》，《清议报》第 1 册，光绪二十四年（1898）。

② 饮冰：《论小说与群治之关系》，《新小说》第 1 号，光绪二十八年（1902）。

(*Looking Backward*,2000—1887)。这部小说最早的中译本刊于《万国公报》(1891年12月至1892年4月),1894年,英国传教士李提摩太(Timothy Richard,1845—1919)又将其译为《百年一觉》。《中国官音白话报》(1898年第7、8期)、《绣像小说》(1904)、商务印书馆编译所也译过此书。

戊戌变法前,维新人士已经注意到政治小说。康有为的《日本书目志·小说门》(1897)收录了包括《佳人奇遇》《经国美谈》在内的一批日本政治小说,梁启超在《读西学书法》(1896)中也曾提到《百年一觉》,"亦西人说部书,言世界百年以后事","广学会近译有《百年一觉》,初印于《万国公报》中,名《回头看纪略》,亦小说家言",[①]但只是就题材与叙事的特色点到为止,并未赋予其特别的价值与功能。政治小说真正让梁启超刮目相看是戊戌变法失败后他流亡日本之时,无意间得到的日本政治小说《佳人奇遇》开启了他新民救国的新思路,得到了他的高度评价与大力提倡。尽管这时政治小说的热潮在日本已经消歇,梁启超仍然把它作为意义非凡的新事物、改造中国社会的利器热切而隆重地推介给国人,"以稗官之体,写爱国之思","皆为日本文界中独步之作,吾中国向所未有也,令人一读,不忍释手,而希贤爱国之念自油然而生"。[②]《清议报》第100册的政治小说《佳人奇遇》《经国美谈》合刻广告也称:"本馆前印政治小说《佳人奇遇》《经国美谈》两书,奇极壮极,艳极快极,久已脍炙人口。不徒小道可观,实国民政治思想发

---

① 梁启超编撰:《西学书目表》,朝华出版社2018年版,第114页。

② 梁启超:《本编之十大特色》,《清议报全编》,光绪二十九年(1903)。

达之一助也。”①

这两部政治小说译为中文后颇受中国读者欢迎，在清末民初曾多次再版并引发了译介、创作政治小说的热潮。② 笔者根据樽本照雄《新编增补清末民初小说目录》、刘永文《晚清小说目录》和《民国小说目录（1912—1920）》、“晚清、民国期刊全文数据库”制成清末民初政治小说译著情况一览表如下（表格中作品出版时均标为“政治小说”或“政事小说”或“政党小说”）：

**清末民初政治小说译著情况一览表**

| 小说名称 | 初版时间 | 发表刊物或出版机构 | 译著者 | 译著者教育背景 |
|---|---|---|---|---|
| 《佳人奇遇》 | 1898—1900 | 《清议报》 | 梁启超译 | 万木草堂 |
| 《经国美谈》 | 1900 | 《清议报》 | 周宏业译 | 长沙时务学堂、东京高等大同学校、早稻田大学 |

① 《政治小说〈佳人奇遇〉〈经国美谈〉合刻广告》，《清议报》第100册，光绪二十七年（1901）。

② 《佳人奇遇》在清末民初的单行本版本有四种：东海散士著，梁启超译，商务印书馆光绪二十七年（1901）版；《佳人奇遇经国美谈合刻》，柴四郎、矢野文雄著，无名氏译，上海广智书局（年份不详）版；柴四郎著，商务印书馆编译所译，商务印书馆光绪三十二年（1906）说部丛书第一集第1编版；柴四郎著，商务印书馆译，商务印书馆光绪三十三年（1907）版。《经国美谈》的单行本版本有：光绪二十八年（1902）广智书局《佳人奇遇经国美谈合刻》本（年份不详），光绪二十八年（1902）商务印书馆说部丛书第一集第2编，还有署名雨尘子（周逵）的译本（1883—1884）。光绪三十三年（1907），广智书局又出版单行本，署[日]矢野文雄著，周逵译述，扪虱谈虎客批评。

（续表）

| 小说名称 | 初版时间 | 发表刊物或出版机构 | 译著者 | 译著者教育背景 |
| --- | --- | --- | --- | --- |
| 《瑞士建国志》 | 1902 | 中国华洋书局 | 郑贯公译 | 东京高等大同学校 |
| 《回天绮谈》 | 1903 | 《新小说》 | [日]加藤政之助纂译，玉瑟斋主人（麦仲华）重译 | 万木草堂、日本陆军士官学校 |
| 《自由结婚》 | 1903 | 自由社 | 犹太遗民万古恨著，震旦女士自由花（张肇桐）译 | 日本早稻田大学 |
| 《瓜分惨祸预言记》 | 1903 | 独社 | 日本女士江笃济藏本，中国男儿轩辕正裔（郑权）译述 | 南京江南水师学堂 |
| 《回头看》 | 1904 | 《绣像小说》 | [美]威士著 | |
| 《珊瑚美人》 | 1904 | 《绣像小说》 | [日]青轩居士（三宅彦弥）著 | |
| 《新年梦》 | 1904 | 《俄事警闻》 | 蔡元培著 | |
| 《好梦醒来》 | 1904 | 《白话》 | 铁肝生（沈翀）述 | 留学日本 |
| 《中国兴亡梦》 | 1904—1905 | 《新新小说》 | 侠民（龚杰）著 | 上海广方言馆 |
| 《炼才炉》 | 1906 | 商务印书馆 | [英]亚力杜梅著，甘永龙译 | 上海南洋公学 |
| 《并蒂莲》 | 1906 | 《粤东小说林》 | 计伯著，亚洲大璞氏评 | |

（续表）

| 小说名称 | 初版时间 | 发表刊物或出版机构 | 译著者 | 译著者教育背景 |
|---|---|---|---|---|
| 《断头香》 | 1907 | 《广东戒烟新小说》 | 计伯著 | |
| 《模范町村》 | 1908 | 商务印书馆 | [日]横井时敬著，唐人杰、徐凤书译 | 唐人杰留学日本 |
| 《成都血》 | 1908 | 《四川》 | 恶恶著 | |
| 《花间莺》 | 1908 | 《福建法政杂志》 | [日]铁肠居士著，梁继栋译 | 留学日本 |
| 《客是谁》 | 1908 | 《竞业旬报》 | 德争（叶德争）著 | 上海中国公学 |
| 《蒲阳公梦》 | 1909 | 《扬子江小说报》 | 凤俦（范韵鸾）著 | 日本早稻田大学 |
| 《百合魔》（一名《麦玛韩辞职记》） | 1911 | 《小说月报》 | 泣红（周瘦鹃）著 | 上海民立中学 |
| 《碧血花》 | 1911 | 《小说月报》 | 非吾著 | |
| 《不疯人院》 | 1911 | 《小说月报》 | 东侠、啸侯译 | |
| 《呜呼》 | 1912 | 《小说月报》 | 双影著 | |
| 《外交秘事》 | 1912 | 商务印书馆 | [日]千叶紫草著，商务印书馆编译所译 | |
| 《长春城记》 | 1913 | 《华侨杂志》 | [英]霍尔凯著，秋心馆主人译述 | |
| 《侨民泪》 | 1913 | 《小说月报》 | 哀华著 | |
| 《纪念碑》 | 1914 | 泰东图书局 | 沪隐著 | |

（续表）

| 小说名称 | 初版时间 | 发表刊物或出版机构 | 译著者 | 译著者教育背景 |
|---|---|---|---|---|
| 《弭兵阴谋记》 | 1914 | 《娱闲录》 | 毋我、觉奴（刘鹏年）著 | 刘鹏年毕业于四川川南经纬学堂、北京湘学堂、四川高等学堂 |
| 《府尹》 | 1914 | 《中华小说界》 | 补拙著 | |
| 《柏林宫中之电报室》 | 1914 | 《娱闲录》 | 毋我著 | |
| 《残蝉曳声录》 | 1914 | 商务印书馆 | ［英］测次希洛著，林纾、陈家麟译 | 陈家麟毕业于北洋水师学堂、美国康奈尔大学 |
| 《蟹莲郡主传》 | 1915 | 商务印书馆 | ［法］大仲马著，林纾、王庆通译 | |
| 《巴黎警察署之贵客》 | 1915 | 《中华妇女界》 | 梁令娴著 | 日本女子师范学校 |
| 《玉簪花》 | 1915 | 《小说大观》 | ［法］W. H. G. C. 纪实，半侬（刘半农）译 | 江苏常州府中学堂 |
| 《飞艇一夕》 | 1915 | 《小说大观》 | Pollexfen, M. A. 著，苕狂（赵苕狂）译 | 上海南洋公学 |
| 《解甲录》 | 1915 | 《大中华》 | 老虬（俞锷）著 | 留学日本 |
| 《皇冕（拿破仑第三佚史）》 | 1915 | 《文友社杂志》 | 僵蚕著 | |

（续表）

| 小说名称 | 初版时间 | 发表刊物或出版机构 | 译著者 | 译著者教育背景 |
| --- | --- | --- | --- | --- |
| 《党人血》 | 1915 | 《游戏杂志》 | ［英］菲廉赫勃著，小青译 | |
| 《针剑》 | 1915 | 《礼拜六》 | 小草著 | |
| 《一百八十七号》 | 1915 | 《礼拜六》 | 阆仙著 | |
| 《猎狐惨剧》 | 1915 | 《约翰声》 | 云舫（许肇铭）著 | 保定师范学堂、北京中国大学 |
| 《政治家之妻》 | 1915 | 《小说月报》 | Marie Manning著，雨苍（赵苕狂）译 | 上海南洋公学 |
| 《伊及宫中之吉青纳》 | 1915 | 《礼拜六》 | 剑啸著 | |
| 《娜拉威罗倍》 | 1915 | 《中华小说界》 | 冻华、枕亚（徐枕亚）著 | 徐枕亚毕业于常熟虞南师范学校 |
| 《俄国之红狐》 | 1915 | 《中华小说界》 | ［美］堪能著，冷血（陈景韩）译 | 武昌武备学校、日本早稻田大学 |
| 《此一票》 | 1916 | 《大中华》 | 梅生著 | |
| 《波兰之党人》 | 1916 | 《小说大观》 | ［英］斯考脱南著，恸尘（汪同尘）译 | 南京南洋水师学堂 |
| 《金筑王宫》 | 1916 | 《小说丛报》 | ［美］谦伯著，潘静文译 | |
| 《波兰之女杰》 | 1916 | 《中华小说界》 | 吕雄倡著 | |

（续表）

| 小说名称 | 初版时间 | 发表刊物或出版机构 | 译著者 | 译著者教育背景 |
|---|---|---|---|---|
| 《红手党》 | 1916 | 《小说新报》 | 树声译 | |
| 《亡国荣辱》 | 1917 | 《政法学会杂志》 | 傅越梦著 | |
| 《虚无党之铁血》 | 1917 | 《寸心》 | ［俄］萨原著，㤊尘（汪同尘）译 | 南京南洋水师学堂 |

表中共收录政治小说52种，查明为学生译著的26种，占50%。由于资料匮乏，有些译著者的生平、教育背景尚难确定，不排除其中还有一些具有学生身份。此外还有一些发表时未标注题材类型但也应归入政治小说范畴的作品，如《雪中梅》①、《政海波澜》②、《分割后之吾人》③、《未来战国志》④、《女娲石》⑤等，也出于学生之手。我们从中可以看出，学生是政治小说翻译、创作的主力。

2. 学生对政治小说的期待视野与接受效果

政治小说自出现之日起，就得到了学生群体的热烈拥抱，

---

① ［日］末广铁肠著，熊垓译，尊业书馆光绪二十九年（1903）版。熊垓（1879—?），字梦九。江西高安人。毕业于日本东京法政大学。

② 据爱小说者《〈政海波澜〉序》可知：赖子是中国留日学生，归国前将手稿交给友人"爱小说者"，见［日］广陵佐佐木龙（广陵散士）著，赖子译：《政海波澜》，作新社光绪二十九年（1903）版。

③ 卓呆（徐傅霖）著，刊于《江苏》第8～10期（1903—1904）。

④ ［日］东洋奇人著，马仰禹辑译，广智书局光绪二十九年（1903）版。马仰禹（生卒年不详），字汝贤。江苏苏州人。1904年左右留学日本。

⑤ 海天独啸子著，东亚编辑局光绪三十年（1904）版。

他们不仅积极投身到政治小说的翻译、创作之中，也是接受政治小说的重要群体。

1901 年，南洋公学的学生在校内上演了根据《经国美谈》改编的时事新剧。这时《经国美谈》尚无单行本，学生们所见应为《清议报》连载的译本。学生们"一面将小说阅看，一面即付演习"①，形式虽然简陋，却因满怀热情、搬演时事获得诸生好评。我们从中也可感受到当时学生对政治小说的极大兴趣。他们以这种方式一面进行着自我启蒙，一面也力图参与现实、介入政治，与时代脉搏同频共振，寻求并确立自己在这巨变时代的位置与价值。

1903 年，被誉为"《苏报》第二"的《国民日日报》曾刊登过一则以第一人称撰写的广告：

> 东京回来几位留学生，带了好几部新出的书来，有一个朋友送给我一部，就是这部《自由结婚》。我道：这《自由结婚》也不过欢喜言情，充其量到《红楼梦》那样好罢了，怎么叫做政治小说。那晓得揿开一看，有什么"万古恨"，有什么"自由花"，有什么"黄祸"，有什么"关关"，这是他的名字，也不要去管他。我一回一回仔细读过，又有什么"杀贼"，又有什么"斩奴"，又有什么"倒异族政府"，又有什么"杀外国人"。读了一遍又一遍，真是说得透彻，说得痛快，好笔墨，好思想……②

---

① 鸿年：《二十年来之新剧变迁史》，《戏杂志》尝试号(1922)。

② 《〈自由结婚〉广告》，《国民日日报》，光绪二十九年(1903)9 月 6 日。

由此可见政治小说在留日学生当中也颇为盛行，他们自觉充当了政治小说的传播者。

1904年之前，胡适的二哥是上海南洋公学学生，从外面带回一本《经国美谈》，这是胡适读的第一本外国小说。① 科举废除之后，郭沫若的大哥进了四川成都的东文学堂，《经国美谈》成为幼年郭沫若的课外书籍。② 辛亥革命爆发，湖北武昌的学生朱峙三珍存的政治小说《佳人奇遇》一厚册遗失，令他颇感憾恨。③ 恽代英在1913年考入武昌中华大学后，他的购阅书目里也出现了翻译政治小说《回头看》《珊瑚美人》。④

学校一般位于交通便利、资讯较为发达的地区，这使得学生能够快捷便利地获取政治小说。作为青年学生共同学习生活的场所，学校是存在着互动关系的集合体，学生们在这个集合体中密切交流、互通有无，政治小说便由此流布于众人之手，成为人际交往、思想交流中的共享资源。一些思想激进、倾向变革的学堂教习的主动推介，也促进了政治小说在学生中的传播。

校内外的媒介环境也是加速政治小说在学生群体中传播的重要因素。当时报刊上诸如《美国国民自治制》《欧美政党论》《英国地方政治论》《政治论》《英国宪法及政治问答》等书籍的广告时常可见，最早刊登政治小说的《清议报》本身就形

---

① 胡适著：《孤独与大胆：胡适自述》，当代中国出版社2014年版，第12页。

② 郭沫若著：《沫若自传》（上卷），求真出版社2010年版，第21页。

③ 胡香生辑录，严昌洪编：《朱峙三日记》，华中师范大学出版社2011年版，第309页。

④ 恽代英著：《恽代英日记》，中共中央党校出版社1981年版，第245页。

成了一个政治化的舆论场域，学生在接受这些政治小说时就浸润于这一场域之中。清末民初出现了60余种小说期刊，大多刊登过政治小说，如《绣像小说》《小说月报》《小说大观》《中华小说界》《礼拜六》《大中华》等，这些杂志在学生群体中的传播十分广泛。由留日学生创办的《江苏》《四川》《竞业旬报》以及福建法政学堂校刊《福建法政杂志》、圣约翰大学校刊《约翰声》等也曾发表过政治小说，它们更是以学生为主要受众。经由报刊这种新兴传播媒介，政治小说迅速进入学生的阅读视野。

官方对刊登政治小说的《新小说》的查禁也从另一方面证实了政治小说在学生中的广泛传播与巨大影响。《新小说》《新民丛报》在清末曾多次遭到查禁，如1903年《大公报》曾报道，"湘潭小学堂近亦禁阅《新民丛报》《新小说》，谓该报能坏人心术"。江西德化县县令江云卿曾下令严禁淫词小说："近日如康党所作各种小说，污蔑犯上，年轻恶少，无知女流，往往闻之意荡。"①禁令虽未点明《新小说》，但所谓"污蔑犯上"的"康党所作各种小说"实际上主要是就梁启超等人译著的政治小说而论，"年轻恶少"也是以学生为主。

1907年7月《时报》上刊载的一则宣传《经国美谈》的广告云："此虽小说体裁，然实根据希腊正史演出，中含政治、道德、伦理、教育诸科学精义，最合中小学生徒之披览，非他稗官所能比也。"②将适合学生学习各门类社会科学知识作为小说的最

---

① 参见张天星：《清末查禁〈新小说〉的原因与效果探析》，《宁波大学学报（人文科学版）》2013年第6期。

② 《〈经国美谈〉广告》，转引自袁进主编：《中国近代文学编年史——以文学广告为中心（1872—1914）》，北京大学出版社2013年版，第135页。

大卖点，其原因正是由于嗅觉灵敏的出版商发现了学生是政治小说最大、最活跃的受众群体，具有强烈的购买意向。

1903 年《湖北学生界》上的《世界小说出版数》称，“小说之盛，未有过于此时者”，认为通过小说出版数量的多寡可以比较“各国之文明程度”，“我国小说出版者寥寥，即有焉，不过多情多恨、多愁多病、伤风败俗、毒传社会之小说而已，政治小说一无所闻焉，可慨也”。① 将政治小说作为旧小说的对立面，突出其独特价值，这代表了相当一部分学生对政治小说的看法。在学生看来，“小说之种类甚多：曰政治，曰历史，曰侦探，曰言情，曰社会，曰滑稽，曰教育，曰冒险，皆小说一部分之名词”②，政治小说被视为小说中一个重要的门类，得到了他们极大的认可与关注，这种接受格局的形成与学生的期待视野、接受心理有密切关系。

首先，以天下为己任的传统士人的担当意识、忧患意识和对时局的关切是学生接受政治小说的基本思维定向与先在结构。梁启超希望以政治小说激发广大民众关注国家命运、参政议政的意识：“欲思想普及于全国之人，莫如小说，而思想之不可不普及于全国之人者，以政治为最。……日本末广铁肠著《雪中梅》小说，叙述明治初年变法时代，几多英雄儿女尽力国事，卒至开设议会，成就维新之业……欲借以为中国社会闻添政治之思想力耳。”③他还特别强调政治小说的作者均为“魁儒

---

① 《世界小说出版数》，《湖北学生界》第 2 期，光绪二十九年（1903）。

② 莞尔：《说今之小说家》，《竞业旬报》第 41 期，宣统元年（1909）。

③ 梁启超：《政治小说〈雪中梅〉》，《新民丛报》第 41 号，光绪二十九年（1903）。

硕学，仁人志士”，“寄托书中人物，以写自己之政见，固不得专以小说目之”，①政治是内在核心与目的，小说只是外在形式和手段。于是，接受政治小说就成为心系国家民族命运的高尚之举，而绝非个人单纯的休闲娱乐活动。但是封建专制下长期存在的愚民政策造成国民素质整体不高，民众缺乏基本的“国家”“民族”观念，很少关注国家大事、民族兴亡。学生们则继承了传统士人治国平天下的使命感，渴望了解时局变化、参与政治，而不是一心只读圣贤书。“当时的青少年，凡是稍有志向的人，都是想怎样来拯救中国的。”②他们于课余之暇，如饥似渴地阅读“宣传革命的小册子、杂志和书籍”，并与同学讨论政治问题。③“读了些孟德斯鸠的《法意》、卢梭《民约论》的译本，和李提摩泰的《泰西新史揽要》……一类的书，不知不觉地非要打倒满洲政权，建立民主国家不可，并且就想找同志了。”④

清末科举考试的内容也多与政治时局相关，如“欧洲行义务教育，人皆向学，国日以强，今中国之人，不知应尽之义务为何事，将用何法以兴此教育策”，又如“现在世界大势，日俄战争已起，中国宜守中立说”，⑤等等，学生们也因此更为留心时务。学生是最关心政治的群体之一，也是最喜爱小

① 饮冰：《饮冰室自由书》，《清议报》第26册，光绪二十五年（1899）。

② 郭沫若著：《沫若自传》（上卷），求真出版社2010年版，第198页。

③ 蒋梦麟著：《蒋梦麟自传：西潮与新潮》，团结出版社2004年版，第70页。

④ 马叙伦著：《我在六十岁以前》，生活·读书·新知三联书店1983年版，第17页。

⑤ 胡香生辑录，严昌洪编：《朱峙三日记》，华中师范大学出版社2011年版，第138、142页。

说的群体之一。当政治与小说联姻，自然更易于获得他们的青睐。

进入民国，政治小说并未销声匿迹，数量上大致与清末持平。① 政府在法律层面提供了国民言论自由的依据，公开发表政见不再是禁忌，民初政局的晦暗也使学生们无法不继续省思求索民族的命运、国家的未来，尤其是第一次世界大战期间，在中国领土上爆发了日德战争，青岛被日军占领。封建王朝统治虽已终结，中国却依然未能摆脱列强的凌虐践踏。学生既难以忘怀自己的使命，对现实政治也心有不满，政治小说的社会功用、思想内涵正与他们的阅读兴趣和接受取向趋同，他们的期待得到满足，从而进入深度接受状态。

其次，学生初步具备的国民意识、民主精神也构成了其期待视野的重要方面。梁启超曾说："中国人不知有国民也，数千年来通行之语，只有以国家二字并称者，未闻有以国民二字并称者。"②中国古代只有反映等级社会上下尊卑关系的"臣民""子民""庶民""黎民"等称呼，没有所谓"国民"，与国相关的只有"国家""国君"的提法。清末的维新派思想家开始把"民"看成对国家有权利、有义务、独立的人。康有为写有《公民自治篇》，力倡"今中国变法，宜先立公民"，"公民者，担荷一国之责

---

① 参见上文中《清末民初政治小说译著情况一览表》，表格中共有 52 种政治小说，其中 30 种问世于民初，22 种出现于清末，加上未标注小说类型的政治小说如《雪中梅》《政海波澜》《分割后之吾人》《未来战国志》《女娲石》等，清末问世的政治小说也有近 30 种。

② 梁启超：《论近世国民竞争之大势及中国前途》，李华兴、吴嘉勋编：《梁启超选集》，上海人民出版社 1984 年版，第 116 页。

任，共其利害，谋其公益，任其国税之事，以共维持其国者也”。[1] 清末民初的教科书指出国民有“参与公务之权”和“发表意思及集会结社之权、请愿之权”[2]，“思想之权利，言论之权利，固人人所同有也”，也向受教育者传达着“国民”的概念与意识。[3] 学生是首先受到这些思想启发影响的群体之一，传统士人“以天下为己任”的担当意识与产生于新时代的国民责任感结合，促使他们发出了“二十世纪之中国，学生之中国也”[4]的呐喊。《新民丛报》在对即将创办的《新小说》进行宣传时强调：“本报宗旨，专在借小说家言，以发起国民政治思想，激厉(励)其爱国精神。一切淫猥鄙野之言，有伤德育者，在所必摈。”[5]特别突出了政治小说对国民爱国精神的激发作用。这种爱国精神已有别于中国传统社会的忠君爱国，是将国家与君主、政府相区别，把国家与国民相联系、爱国与启蒙相统一的新型爱国主义，其基调是民主精神，[6]这与学生的精神世界、关注热点是高度契合的。

与此相关联的还有清末以来学生对小说价值、小说功能认

---

① 明夷:《公民自治篇》,《新民丛报》第 5 号,光绪二十八年(1902)。

② 杨志洵编:《中等修身教科书》,文明书局光绪三十二年(1906)版,第 7 页。

③ 陆费逵编:《修身讲义(师范讲习科用)》,中华书局宣统二年(1910)版,第 55 页。

④ 李书城:《学生之竞争》,《湖北学生界》第 2 期,光绪二十九年(1903)。

⑤ 梁启超:《〈中国唯一之文学报《新小说》〉》,《新民丛报》第 14 号,光绪二十八年(1902)。

⑥ 参见桑兵著:《晚清学堂学生与社会变迁》,广西师范大学出版社 2007 年版,第 12 页。

知的变化。戊戌变法的失败，使维新派意识到自上而下的政治变革之路难以奏效，要振兴国家就必须自下而上进行变革，首要任务是向国民灌输新思想和新知识，增强其爱国责任心，而梁启超认为人们喜闻乐见的小说最适合担此重任，所以他在《〈新小说〉第一号》一文中声称："此编自著本居十之七，译本仅十之三。其自著本，处处皆有寄托，全为开导中国文明进步起见。"①"小说"与"政治"联姻，提升了小说的附加值，从前被视为"小道"的小说被救世光环笼罩，在传统的"文以载道"观念催化下，"小说救国论""小说新民论"迅速成为小说理论、小说观念的主流话语。许多学生都接受了这种神化小说的理论，把他们改良社会、救国新民的热情投入到小说当中。鲁迅就曾坦言："我们在日本留学的时候，有一种茫漠的希望：以为文艺是可以转移性情，改造社会的。"②留日学生梁继栋在他翻译日本政治小说《花间莺》的"译余琐谈"中也强调此书不能"视为寻常小说"，书中所写为"日本国会开设前之政治社会云谲波诡情状"，中国"今日正复类是"，所以值得"稍具政治智识者试平心一读"，而其中有关组织政党须与私人交情、社会交际区分的部分，"非深于群学者不能识其妙用"。③



再者，政治小说中展现的宏大格局、世界眼光，带给学生新的阅读感受，满足了他们开眼看世界、了解域外文明的渴望，也

---

① 《〈新小说〉第一号》，《新民丛报》第 20 号，光绪二十八年(1902)。

② 鲁迅：《〈域外小说集〉序》，鲁迅、周作人译：《域外小说集》，上海群益书社 1921 年版。

③ 梁继栋：《〈花间莺〉译余琐谈》，《福建法政杂志》第 1 卷第 4 号，光绪三十四年(1908)。

超越了他们在接受中国传统小说中形成的审美经验。不同于中国传统小说帝王将相、江湖豪杰、才子佳人或市井细民的内容模式,政治小说对异域历史政事、国情民俗乃至自然风物的描绘,带来的是想象新时空、获取新体验的心灵冲击。《佳人奇遇》借主人公游历世界的经历大谈政治和国家前途命运,《经国美谈》则再现了古希腊历史中的波澜壮阔,这对于当时的中国学生来说都是前所未闻的事情。更为重要的是,在政治小说中,“文学的核心主题由古典的‘善恶之分’‘君子小人之别’‘王道与霸道之争’,向现代启蒙主义的‘文明与野蛮的冲突’‘进步与落后的对立’转换”,让他们体会到了由文学体现出来的“内在文化价值观念的变化”,这种变化“改变了人们对于自身和世界的认识、理解和判断,催生了人们对于世界的体验结构的改变”,也对应了一种新兴的文明论,“它颠覆、改变了中国人既往对于‘文明’和‘野蛮’的理解和判断,打破了传统中国人依据‘华夷之辨’来确定‘文明’和‘野蛮’的固有方式,建立起一种现代性的判断事物的尺度和标准,划分出新的文明层级和自我定位,由此使中国人的文明观开始由‘中国中心论’向‘西方中心论’转换;由立足于农业社会的传统文明向立足于工商社会的现代文明转换”。①

此外,清政府对政治小说的查禁也激起了学生的好奇心理和接受热情。在未明真相的读者眼中,笼罩着神秘面纱的禁书往往具有特别的吸引力,好奇心强烈的年轻人尤其如此。他们

① 耿传明、于冰轮:《近代“文明论”的兴起与清末小说中关于“文明”的歧见——以〈瓜分惨祸预言记〉和〈新石头记〉为例》,《社会科学研究》2017 年第 4 期。

会出于关心时局而阅读政治小说，也会为追求冒险刺激而接受政治小说，年轻人的叛逆、冲动也借着对这一类作品的违禁阅读宣泄出来。报纸对清政府查禁《新小说》的报道、评论则在以阅读报刊为日常生活必需品的学生中也产生了巨大的广告效应，“士子得此书单，必将不远千里辗转传购而去，斯政府又为内地人开一新书绍介录矣”。①

阅读政治小说曾是清末民初许多学生难忘的人生经历。郭沫若曾在《少年时代》中回忆道：“《清议报》很容易看懂，虽然言论很浅薄，但它却表现出具有一种新的气象。那时候的梁任公已经成了保皇党了。我们心里很鄙屑他，但却喜欢他的著书。他著的《意大利建国三杰》，他译的《经国美谈》，以轻灵的笔调描写那亡命的志士，建国的英雄，真是令人心醉。”②“新的气象”和“轻灵的笔调”是《经国美谈》这部政治小说打动学生读者的两个重要方面，前者主要是指思想内涵，后者主要是就作品表现形式而论。小说第一回通过老教师为一群学生讲史拉开了故事序幕：



> 却说昔日希腊国齐武都有个学堂，那学堂的教习须眉皓白，年约六十余岁，学生七八人，都不过十余龄。一日夕阳西倾，学课已完，那些学生一齐向先生道：“今日功课既

---

① 张天星：《清末查禁〈新小说〉的原因与效果探析》，《宁波大学学报（人文科学版）》2013 年第 6 期。

② 郭沫若著：《沫若自传》（上卷），求真出版社 2010 年版，第 64 页。笔者按：此处郭沫若所记有误，《经国美谈》的译者是留日学生周宏业，见冯自由著：《革命逸史》（第 3 集），中华书局 1981 年版，第 62 页。

完，闲暇无事，请先生讲一二故事听听。”时学堂塑有几个偶像，先生因指着内中一个道：“这人名叫格德，乃我邻阿善国的贤君，他那些事迹，脍炙人口，真可羡慕，今讲其大概与你们听听。”……

老师通过学堂一角的两座英雄雕像讲述了格德王舍身救国、士武良铲除奸党恢复民主政治的故事。第二回介绍希腊的城邦制度。之后是小说主体，主要写这些学生中的威波能、巴比陀、玛留等人长大后的经历，他们历尽磨难，推翻专制统治，确立了民主政治，并在盟邦雅典的支持下打败了斯巴达，最终称霸全希腊。

小说通过真实的历史背景、曲折多变的情节、理想化的人物形象，表现了作者争取自由和独立的政治思想，这便构成了学生读者眼中的“新的气象”。1900年底，留日学生创办的《开智录》发表了锋郎的《题经国美谈前编十一首》（实为十二首）。诗中概述了小说中齐武名士的非凡事迹，表达了对爱国志士的敬佩之情：

舍身救国男儿事，岂论安危与败成？
誓将头颅抛血泪，甘为民政唱无声。（其一）

纷纷党祸战玄黄，匹马短衣走异乡。
有志自能冲阻力，且将奇骨炼冰霜。（其二）①

① 锋郎：《题经国美谈前编十一首》，《开智录》第4期，光绪二十六年（1900）。

小说的另一亮点是流畅明晰的白话形成的“轻灵的笔调”。不仅郭沫若对此十分欣赏，蒋瑞藻在《小说考证》中也大加赞誉：“述希腊英雄复国事，能使读者精神振作，诚为佳本。译者全用平话，明白晓畅，尤为得体。”蒋瑞藻还列举了林纾所译《鲁滨孙飘流记》《爱国二童子传》及《鲁滨孙飘流记》另两种译本的语言，认为前两者虽将儿童作为拟想读者，但是不用白话而用文言，过于深奥，“非儿童所能解”，而后者语言过于俚俗，缺乏“雅驯”之美，“为它日学文之害”，也不适合学习作文的年轻读者接受。相比较而言，这几种译书里，只有《经国美谈》做到了“体例文字皆佳”。①



作品对于读者的接受视野而言，总是既有满足、超越，也会存在失望或反驳。面对同样的政治小说，不仅不同的接受者其接受效果存在差异，同一位读者也会因接受角度不同而产生不同的接受反应与阐释。梁启超一面赞美政治小说“以稗官之异才，写政界之大势，美人芳草，别有会心；铁血舌坛，几多健者，一读击节，每移我情，千金国门，谁无同好？”②一面也承认这种作品“编中往往多载法律、章程、演说、论文等，连篇累牍，毫无趣味，知无以餍读者之望矣”。的确，一旦离开政治功利的视角去审视这种“似说部非说部，似稗史非稗史，似论著非论著”③的文体，不仅一般民众难以欣赏，连受到新思想熏陶的学生有

① 蒋瑞藻编：《小说考证》，商务印书馆1935年版，第459页。

② 梁启超：《本馆第一百册祝辞并论报馆之责任及本馆之经历》，《清议报》第100册，光绪二十七年(1901)。

③ 饮冰室主人：《〈新中国未来记〉绪言》，《新小说》第1号，光绪二十八年(1902)。

时也无法卒读。周作人读了“少许”《经国美谈》,就感觉“书虽佳,然系讲政治,究与吾国说部有别,不能引人入胜,不若《新小说》中《东欧女豪杰》及《海底旅行》之佳也”。[①] 另一位学生读者同时是小说创作者的“海天独啸子”也对这类小说的审美缺陷提出批评:“近来改革之初,我国志士,皆以小说为社会之药石。故近日所出小说颇多,皆傅以伟大国民之新思想。但其中稍有缺憾者,则其论议多而事实少也。”[②]麦孟华则毫不客气地在《新小说》上公开批评《雪中梅》《花间莺》脱离中国读者的审美习惯,读来味同嚼蜡。[③]

学生对政治小说的接受还表现为创作中的效仿、借鉴,这也是在共同的期待视野支配下进行的、基于认可政治小说价值功能的接受行为。翻译的政治小说、梁启超等先行者创作的政治小说为他们提供了可资效仿、借鉴的范例,如小说题材主旨的泛政治化倾向、“未来幻想式”的故事结构、演说辩论的穿插、隐喻象征手法的运用,以及对效仿对象内容上的细化发展,等等,研究者对此已有详尽分析总结,此处不再展开论述。[④]



---

① 周作人:《周作人日记》(1903),转引自张明高、范桥编:《周作人散文》(第四集),中国广播电视出版社 1992 年版,第 227 页。

② 海天独啸子:《〈女娲石〉凡例》,海天独啸子:《女娲石》,东亚编辑局 1904 年版。

③ 蜕庵:《小说丛话》,《新小说》第 7 号,光绪二十九年(1903)。

④ 如陈平原的《中国小说叙事模式的转变》(上海人民出版社 1988 年版)、袁进的《近代文学的突围》(上海人民出版社 2001 年版)、于润琦的《〈新小说〉与清末的“政治小说”》(《明清小说研究》2004 年第 4 期)、曹亚明的《从〈新中国未来记〉来看梁启超对政治小说的选择与接受》(《中国文学研究》2012 年第 1 期)等对此问题都有论述。

## 二、对侦探小说的接受

侦探小说又称侦探推理小说、侦破小说、推理小说等，这种“以制裁犯罪为描写对象，以破解谜团为目的，以逻辑推理为手段，塑造智慧超群的侦探形象”[①]的文学作品一进入清末民初的中国就引起了广泛的关注和特别的喜爱，学生群体也是重要受众。

1. 侦探小说在清末民初的兴盛

1896 年，侦探小说第一次出现在中国人的阅读视野当中，维新派机关报《时务报》的“域外报译”栏目，刊登了英文翻译张坤德翻译的四篇福尔摩斯探案小说：《英包探勘盗密约案》（载第 6 ~ 9 册，今译为《海军协定》），《记伛者复仇事》（载第 10 ~ 12 册，今译为《驼背人》），《继父诳女破案》（载第 24 ~ 26 册，今译为《身份案》），《呵尔唔斯缉案被戕》（载第 27 ~ 30 册，今译为《最后一案》）。此前张坤德在该报创刊号上发表了他翻译的侦探破案题材的纪实作品《英国包探访喀迭医生奇案》。虽然之后《时务报》再也没有刊载侦探小说，但是其巨大的社会影响力使侦探小说受到广泛关注。1899 年，上海素隐书屋将张坤德的这几篇译作结集出版，题名《新译包探案》。从此，侦探小说不胫而走，迅速成为文化市场的宠儿。

徐念慈在清末指出，“侦探小说，为我国向所未有。故书一

---

① 梁瀚文：《世界侦探小说发展史话 · 西方卷》，大象出版社 2017 年版，第 1 页。

出，小说界呈异彩，欢迎之者，甲于他种”①。在当代研究者对清末八大报刊登载的翻译小说所做的统计中，侦探小说数量居于首位，占到 39%。② 几乎所有外国侦探小说家的作品在当时都有翻译，此外还有不少国人自著的侦探小说问世，而且这些侦探小说再版的情形也十分普遍。这股文坛上的热潮曾引发吴趼人感叹：“近日所译侦探案，不知凡几，充塞坊间，而犹有不足以应购求者之虑。”③笔者根据樽本照雄的《新编增补清末民初小说目录》、刘永文的《晚清小说目录》和《民国小说目录（1912—1920）》初步统计，清末民初翻译、创作的侦探小说（包括再版）至少有 1031 种，按照各年份列表如下：

清末民初（1896—1917）侦探小说数量统计年表

| 年份 | 1896 | 1897 | 1898 | 1899 | 1900 | 1901 | 1902 | 1903 | 1904 | 1905 | 1906 |
|---|---|---|---|---|---|---|---|---|---|---|---|
| 数量 | 4 | 0 | 0 | 5 | 0 | 6 | 11 | 39 | 68 | 78 | 117 |
| 年份 | 1907 | 1908 | 1909 | 1910 | 1911 | 1912 | 1913 | 1914 | 1915 | 1916 | 1917 |
| 数量 | 168 | 80 | 42 | 31 | 11 | 15 | 20 | 62 | 88 | 121 | 65 |

考虑到清末民初侦探小说数量较多，有些作品因散佚而未能收录，实际数字很可能要大于表中所列。通过此表大体可以

① 觉我：《〈第一百十三案〉赘语》，［法］嘉宝耳奥著，陈鸿璧译：《第一百十三案》，《小说林》第 1 期，光绪三十三年（1907）。

② 阙文文著：《晚清报刊上的翻译小说》，齐鲁书社 2013 年版，第 179 页。

③ 中国老少年：《〈中国侦探案〉弁言》，南海吴趼人述：《中国侦探案》，上海广智书局光绪三十二年（1906）版。

看出侦探小说在清末民初的发展有过两个高峰期，第一个高峰期出现在1904—1908年，其中以1907年为最，第二个高峰期出现在1914—1917年，其中1916年数量最多。从具体时段看，清末有660种，民初有371种，清末问世的侦探小说数量超过民初。

形成清末民初侦探小说热潮的原因可以分为内外两个方面。外部因素主要是中国社会的现代化进程的推动，包括近代城市的发展、租界的存在、清末以来的刑律改良等。① 内部因素则在于大量文人在科举废除之后涌入小说创作翻译领域以及侦探小说自身的魅力、读者的认可与推动。侦探小说的情节惊险神秘，能够带给读者惊奇刺激，调动起其参与意识，满足其体验恐怖、崇尚正义与智慧的心理需求。在清末民初读者眼中，侦探小说还是改良社会、传播文明的有效工具，同时又与传统公案小说有相通之处，具有审美娱乐与启迪民智的双重价值，能够成为"文学之最上乘"的代表。

2. 学生接受侦探小说的知识背景

大量的文献资料表明，清末民初，学生是侦探小说重要的接受者。许定一曾说："吾喜读泰西小说，吾尤喜读泰西之侦探小说。千变万化，骇人听闻，皆出人意外者。"②舒新城也坦言，自己在学生时代，"因为少年时期之好奇心，故对于《福尔摩斯

① 参见袁进：《近代中国人是怎样接受侦探小说的》，《艺术评论》2011年第6期。

② 定一：《小说丛话》，《新小说》第13号，光绪三十一年(1905)。

侦探案》看得最有兴趣”[①]。鲁迅、周作人在南京上学时都读过《包探案》。[②]《宋教仁日记》中记清末民初小说25种，侦探题材的就有11种，如《福尔摩斯侦探案》《一捻红》《马丁休脱侦探案》《车中毒针》《包探案》《侠恋记》《双金球》《火里罪人》《女首领》《侦探案汇刻》《狸奴角》等。[③] 吴宓在赴美留学之前的日记里记录了他阅读的43种中文小说，其中有9种是侦探小说，包括《海底沉珠》《火里罪人》《第一百十三案》《宝石城》《非侦探之侦探》《狡兔窟》《三字狱》《薛蕙霞》《中国女侦探歼仇记》等，他对其中几部还专门加以评论。[④] 恽代英则对《桑伯勒包探案》《海卫侦探案》《多那文包探案》等侦探小说系列产生了浓厚兴趣，特地将其列入自己的年度购书计划。[⑤]

一些侦探小说附带的法律书籍广告，也从侧面印证了侦探小说的读者群构成情况。如侦探小说《宝石城》内页上为《中华民国法令大全》做的广告中，将消费者设定为“凡立法、行政、司法各部人员暨法律学校教员、学生以及从事公家职务与一般国民欲知现行法令大概者”[⑥]。由此可知，这些包括法律

---

① 舒新城著：《我和教育：三十五年教育生活史（1893—1928）》，知识产权出版社2016年版，第273页。

② 周作人著：《鲁迅的青年时代》，北京十月文艺出版社2013年版，第78页。

③ 见刘泱泱整理：《宋教仁日记》，中华书局2014年版。

④ 见吴宓著，吴学昭整理：《吴宓日记（1910—1915）》，生活·读书·新知三联书店1998年版。

⑤ 恽代英著：《恽代英日记》，中共中央党校出版社1981年版，第78、119、214页。

⑥ ［英］白髭拜著，商务印书馆编译所译：《宝石城》，商务印书馆1914年版。

学校教员、学生在内的读者也是《宝石城》之类侦探小说的购阅群体。

在接受侦探小说的过程中，清末民初学生所接受的人权思想、法律教育、逻辑学教育构成了其独特的接受背景。

自清末开始，新式教育中就引入了人权观念，强调个体的独立自主，人与人之间的平等相处。如商务印书馆在1913年出版的《新制中华修身教科书》中就有对人权的专门论述：

> 吾国苦专制虐政久矣，建设民国，尊重人权，综其大纲，厥有十端。人民一律平等，一也。言论、出版、集会、结社一切自由，二也。通信自由，不得侵其秘密，三也。自由信教，四也。自由居住迁徙，五也。自由营业并保有财产，六也。自由保有身家，非依法律不得逮捕搜索，七也。有诉讼法庭及陈请议会之权，八也。得任官吏，九也。得投票选举及被选举，十也。①

随着新式教育的开展，这种新思想、新意识在学生中广泛传播、深入人心。

法律教育自清末开始，也成为新式学堂的课程内容。自1869年起，中国第一所新式学堂京师同文馆就开设"万国公法"课程，之后天津中西学堂（后更名为北洋大学堂）、京师大学堂、湖南时务学堂也陆续开设法律课程，1905年以后更是兴

---

① 戴克敦、沈颐、陆费逵编：《新制中华修身教科书（高等小学校用）》第3册，上海中华书局1913年版，第9页。

起了一股法学教育热，法政学堂成为清末高等教育中最发达的机构。1909 年全国共设立法政学堂 47 所，占全国 127 所专门学堂的三分之一以上。学生人数达 12282 人，占全国专门学堂学生人数 23735 人的一半以上。到民国初期，全国法政专门学校达 64 所，在各类专门学校中仍居首位，学生人数则达到 30803 人，约占学生总数的 80%。[①] 不仅如此，《钦定学堂章程》(1902)、《奏定学堂章程》(1904)和《教育部公布大学规程》(1913)中对普通高等学校和中学的法律课程也有明确规定，学生们不仅要掌握中国历代法制，还要学习西国法制史、比较法制史、各国宪法、各国刑法及刑事诉讼法、各国民法商法等法律科目。[②] 法律人才受到整个社会的重视，这也形成了学生接受侦探小说的社会氛围。

张坤德[③]、周桂笙是清末引介域外侦探小说的重要人物，张坤德最先将侦探小说引入中国，周桂笙翻译侦探小说用力甚勤、贡献颇大。值得注意的是，他们都曾是上海广方言馆(创办于 1863 年)的学生，都有过学习西方近代法律的经历。周桂笙 13 岁进入广方言馆学习时，这所新式学校已经实施了多年《广方言馆课程十条》(1870 年颁布实行)，其第九条规定：学生分为上、下班，初入馆者，先在下班学习外国公理公法，此外还要

---

① 周邦道主编：《第一次中国教育年鉴(丙编)》，开明书店 1934 年版，第 145～146 页。

② 见陈元晖主编：《中国近代教育史资料汇编·学制演变》，上海教育出版社 2007 年版，第 244～250、331～388、713～715 页。

③ 张坤德(生卒年不详)，字少堂，一作少塘。浙江桐乡人。清末民初翻译家。上海广方言馆毕业。曾任《时务报》英文翻译。

研究外国语言文字风俗国政。[①] 周桂笙在广方言馆一年多，通过相关法律课程学习，对西方法律有了系统了解。张坤德也在这所学校接受过近代法律教育，他后来还担任过律师馆翻译。[②] 除了维新变法的政治追求，学生时代的教育背景也构成了张坤德、周桂笙接受侦探小说的"前理解"，使他们对涉及刑侦、法律题材的作品格外敏感。《时务报》在具体运作流程中，从译稿来源刊物选择、征订，到具体内容的筛选、翻译都是由翻译本人独立完成[③]，张坤德在浩如烟海的域外报刊讯息中选取了侦探破案题材的《英国包探访喀迭医生奇案》和四篇福尔摩斯探案故事译为中文，周桂笙在致力于侦探小说译介的同时，还能够从事侦探小说的理论探究，并就中西司法制度的差异发表了许多精辟的创见，某种程度上都得益于早年在广方言馆的法律知识积累。



侦探小说中案件的侦破主要依靠客观严密的分析推理，逻辑推理是侦探小说的基石与魅力所在，而逻辑学也是清末民初学生群体所接受的重要教育内容。这一时期，逻辑学作为大学和高级中学的一门独立的课程而设置，被列入师范学校及高等学堂日常教学中，受到前所未有的重视。壬寅学制中它被称为"名学"，癸卯学制中被称为"辨学"，壬子癸丑学制和壬戌学制中被称为"论理学"。1902 年，壬寅学制规定：政科、商科、文学

---

① 《广方言馆全案》，转引自朱有瓛主编：《中国近代学制史料》(第一辑上册)，华东师范大学出版社 1983 年版，第 223 ~ 224 页。

② 蒋英豪编：《黄遵宪师友记》，上海书店出版社 2002 年版，第 245 页。

③ 陈一容：《古城贞吉与〈时务报〉"东文报译"论略》，《历史研究》2010 年第 1 期。

科均需学习名学，在《钦定学堂章程》中，从中学堂开始渗透名学学习，到高等学堂、大学预科开始正式学习名学，在大学专门分科中继续名学学习，名学学习贯穿中学之后教育的整个过程之中。民初，师范学校及中学也都开设逻辑学课程。①

期待视野是读者接受作品的全部前提条件，包括文化水平、审美趣味、生活经历等，它决定着读者对文本的选择。一般来说，只有符合读者思维定向的内容，才能吸引读者，进入读者的阅读视野。因此，追求公平正义、保障人权，以现代司法体系、逻辑学知识为前提的侦探小说必然更易于被学生群体所接受并引起深入的思考与广泛的共鸣，学生更能理解作品中所要传达的改良司法制度的深层意向。接受过新式教育，具备一定人权意识、法律知识、逻辑学常识的学生是侦探小说优质的接受者和阐释者，也是侦探小说兴盛的助推者。

3. 学生对侦探小说的评析

在清末民初对侦探小说的评析方面，学生是着手最早、成果最丰的群体。他们对侦探小说的评论与分析主要集中在现实功用与艺术特色两个方面。

(1)关注侦探小说的现实功用

清末民初的学生十分重视侦探小说的现实功用，视其为推动改良群治、社会变革的启蒙读物，这一点与他们对政治小说的接受相似，但在具体内涵上又有所不同。

首先，学生希望侦探小说为中国输入西方先进的法治观

---

① 参见杜国平：《清末民初的逻辑教育体系及其启示》，《湖南科技大学学报(社会科学版)》2015 年第 6 期。

念、人权思想，在中国司法改良中发挥积极作用。侦探小说在展现惊险神秘、曲折离奇的故事情节时也为当时读者打开了一个了解西方社会的窗口。张坤德翻译的侦探小说发表在《时务报》上，学生是该报主要读者群体，而维新派创办《时务报》是为了“广译五洲近事，则阅者知全地大局与其强盛弱亡之故，而不至夜郎自大，坐眢井以议天地矣”①，尤其是“扩士君子之闻见”②，所以，张坤德在一定程度上是把翻译侦探小说视为帮助读者特别是读书人开眼看世界、了解西方社会的一种方式，这是维新思想的体现，也是接受过程中填充“空白”、在作品未定之域发挥主观能动性的表现。

在分析西方社会为何能产生侦探小说时，周桂笙指出：“泰西各国，最尊人权，涉讼者例得请人为辩护，故苟非证据确凿，不能妄入人罪。此侦探学之作用所由广也。而其人又皆深思好学之士，非徒以盗窃充捕役，无赖当公差者，所可同日语。”③在学习了近代法律知识、树立了法治观念之后，他认为人人都应拥有合法的权利和利益，将侦探看作西方科学、民主与法制的产物，侦探小说是西方法律文明的载体，而中国尚未具备产生这类小说的现实土壤。他对这种注重维护犯罪嫌疑人人身权利的律师辩护制度，对侦探小说中体现的诉讼中援请律师辩

---

① 梁启超：《论报馆有益于国事》，《时务报》第1册，光绪二十二年(1896)。

② 丁其忱：《丁其忱函》，上海图书馆编：《汪康年师友书札》(一)，上海古籍出版社1986年版，第1页。

③ 周桂笙：《〈歇洛克复生侦探案〉弁言》，《新民丛报》第55号，光绪三十年(1904)。

护的做法大为赞赏，因为这是尊重人权的体现。

在创作的《上海侦探案》中，周桂笙又说：

> 原来泰西各国在二三百年之前，这刑名的事亦归行政官兼理，和我们中国的制度一样。那些不肖的人一做了官，便可以擅作威福，任意欺侮百姓。后来经那些忧国忧民的饱学君子，不知绞了多少脑汁，才创出司法独立的法子来。从此行政的只管行政，司法的只管司法。有罪的控到司法衙门里，按照著法律办去，永不会错的。办错了罪，那司法的就得反坐。如果没有罪的人，那怕你是皇帝、总统，亦没奈他何，除非你也上堂去告他；然而他果真没有犯罪，也办不动他一丝一毫的……在下作《上海侦探案》的意思，不和别的小说家一般见识，我并不要博诸公一笑，亦不想以笔墨见长，实实在在于改良我上海的社会上，有无穷的希望呢。①

法治取代人治，权力服从法律，法律保障人权，法律面前人人平等，这种认识深刻、专业，已经突破了中国传统文化的范畴。

在翻译侦探小说《海底沉珠》时，他又借书中人物之口表达了对侦探小说所体现的法治精神、科学精神、平等意识的赞叹：

---

① 吉：《上海侦探案》，《月月小说》第1年第7号，光绪三十三年(1907)。

> 咳！诸公须知，自由国里的人民，个个都是国中的主人翁。做官的乃是他们的奴隶罢了。所以我虽当了一个巴黎京城里的警察总长，也不能无端任意拿人，如非他真真犯了罪，你才可以把他捉将官里去，在法庭上控告他。但是亦要你有凭据，有见证，才可动手。倘若你冒昧拿错了，反坐起来，可不是儿戏的。比不得在专制国中，一切都可由官作主。所以中国有句俗语，叫做“打官话”，意思就是做官的可以随意乱说的。①

侦探小说中的每个侦查步骤都是依法行事，讲究科学论证，“案以证定”，而非“案以供定”，②每一位国民的合法权益都受法律保护，完全不同于当时司法体系落后的中国。

刘半农甚至认为柯南·道尔创作侦探小说的动机是“抱启发民智之宏愿，欲使侦探界上大放光明”，“此种书籍，又为社会与世界之所必需”。③

在学生们看来，侦探小说不仅有助于中国社会培养法治精神、民主平等意识，还能够在改良中国司法制度，提高司法从业人员素质方面发挥积极作用。陶祐曾认为：“那《盗侦探》《红痣案》《三玻璃眼》《海底沉珠》《妒妇谋夫案》《上海侦探案》

---

① 上海新庵主人译：《海底沉珠》，《月月小说》第 2 年第 3 号，光绪三十四年(1908)。

② (清)刘坤一、张之洞：《第二次会奏变法事宜折》，沈云龙主编：《近代中国史料丛刊》第 35 辑，文海出版社 1973 年版，第 1631 页。

③ 半侬：《〈福尔摩斯侦探案全集〉跋》，[英]柯南道尔著，瘦鹃等译：《福尔摩斯侦探案全集》，上海中华书局 1916 年版。

《巴黎五大奇案》,是预备给警察看的。”①陈景韩和严独鹤在为《福尔摩斯侦探案全集》作的序中也对中国官府侦探的腐败无能深表不满,主张在民间发展“私家侦探”。②

其次,学生主张借助侦探小说输入科学思想、理性精神。严密的逻辑推理是侦探小说的核心魅力,侦探最终能够解开看似不合逻辑的案件谜团,依靠的是强大的逻辑推理能力,对此学生们也进行了分析。张坤德在《英国包探访喀迭医生奇案》结尾特别强调侦探的“精密多知”是破解奇案的关键。③ 在《〈福尔摩斯侦探案全集〉跋》中,刘半农提出:

天下事顺而言之,有始必有终,有因必有果。逆而言之,则有终必有始,有果必有因。即始以推终,即因以求果。此略具思想者类能之。若欲反其道而行,则其事即属于侦探范围。是以侦探之为事,非如射覆之茫无把握,实有一定之轨辙可寻。唯轨辙有隐有显,有正有反,有似是而非,有似非而是,有近在案内,有远在案外。有轨辙甚繁,而其发端极简;有轨辙甚简,而发端极繁。千变万化,

---

① 报癖:《论看〈月月小说〉的益处》,《月月小说》第2年第1期,光绪三十四年(1908)。

② 冷血:《〈福尔摩斯侦探案全集〉序》,独鹤:《〈福尔摩斯侦探案全集〉序》,[英]柯南道尔著,瘦鹃等译:《福尔摩斯侦探案全集》,上海中华书局1916年版。严独鹤(1889—1968),名桢,字子材,别号知我、槟芳馆主,笔名独鹤、老卒。浙江桐乡人。近代作家。曾入上海江南制造局所属兵工学校、上海广方言馆学习。

③ 张坤德:《英国包探访喀迭医生奇案》,《时务报》第1册,光绪二十二年(1896)。

> 各极其妙。从事侦探者，既不能如法学家之死认刻板文书，更不能如算学家之专据公式，则唯有以脑力为先锋，以经验为后盾，神而明之，贯而彻之，始能奏厥肤功。①

刘半农把这种逻辑推理能力称为“索”。所谓“索”，即“案发之后，无论其表面呈若何之现象，里面有若何之假设，事前有若何之表示，事后有若何之行动，无论巨细，无论隐显，均当搜索靡遗，一一储之脑海，以为进行之资”，因此侦探“决非贩夫走卒，市井流氓，所得妄假其名义，以为啖饭之地者也”。② 由此可见，接受过逻辑学训练的学生更善于从逻辑学的特质入手接受、阐释侦探小说。

侦探小说产生于资本主义工业革命兴起之后，反映了社会财富分配差距拉大和人性的贪婪导致私有财产受到威胁而法律保护私人财产的社会状况。学生们注意到侦探小说中不仅有对西方近现代社会保障人权、法制健全的展示，也有对社会弊端丛生、各种犯罪和不道德行为的揭露与批判。徐念慈曾分析过侦探小说在西方社会盛行的原因，“夺产、争风、党会、私贩、密探，其原动力也；杀人、失金、窃物，其现象也”③。他已经意识到经济问题是侦探小说中反映西方社会弊病最多的方面。

---

① 半侬：《〈福尔摩斯侦探案全集〉跋》，[英]柯南道尔著，瘦鹃等译：《福尔摩斯侦探案全集》，上海中华书局1916年版。

② 半侬：《〈福尔摩斯侦探案全集〉跋》，[英]柯南道尔著，瘦鹃等译：《福尔摩斯侦探案全集》，上海中华书局1916年版。

③ 觉我：《〈第一百十三案〉赘语》，《小说林》第1期，光绪三十三年(1907)。

还有一些学生则站在传统文化立场上，从载道观念出发，对侦探小说的盛行提出批评。胡适曾说：

> 读者无以吾国侦探学为不如西国小说之探赜索隐、精妙入微也。西国文明日进，民智益巧，而其人作奸犯科之术亦登峰造极，故非有福尔摩斯之徒，不足以摘奸发覆。而吾国物质文明尚未发达，民智尚浅，混沌未凿，故临之以神权，申之以钩距，已足以摘奸发覆而有余，又安用此探赜索隐、造精诣微之书，而导吾民以奸宄之方哉。然则吾国侦探小说之不若西国，不可谓非吾国之大幸也，嗟夫！①

他分析了侦探小说在西方出现的时代背景，认为中国没有西方资本主义社会高度发达的物质文明，不存在滋生这些社会问题的温床，也就不会产生类似的物欲横流、道德滑坡的不良现象，在这一点上，中国侦探小说不发达，不仅不是缺憾，相反还是一桩幸事。

徐志摩也曾反对大力推介侦探小说，他认为侦探小说充斥着“阴谋诡计”，犯罪分子“唯利是图”“蛇蝎其心，豺狼其行”，侦探小说“类多据一二侦探家之事实，而铺张扬厉之，故离奇其事，以显侦探之巧，庸讵知诲盗即基于此！”②侦探小说里对犯罪细节、犯罪手段的渲染，满足了读者的好奇心，也暴露了人性的丑恶，给读者树立了反面教材，并不值得提倡。这些与周桂



---

① 曹伯言整理：《胡适日记全编》（1），安徽教育出版社 2001 年版，第 47 页。

② 徐章垿：《论小说与社会之关系》，《友声》第 1 期（1913）。

笙、刘半农等人相左的见解，主要是立足于维护本国文化传统的立场，也是当时学生接受侦探小说的另一类心态的真实体现。

（2）分析侦探小说的艺术特色，肯定其审美娱乐功能

对于侦探小说艺术上的特征，学生们也多有探讨。

首先是肯定侦探小说的审美娱乐功能。年轻人有强烈的好奇心，乐于接受新鲜事物，侦探小说能够调动他们的参与意识，满足他们的好奇心，接受过程中主体的参与度与审美愉悦感的获得成正比。学生大多被侦探小说浓郁的趣味所吸引，对这种"文学性的智力游戏"难掩喜爱之情。侦探小说，"千变万化，骇人听闻，皆出人意外者"①。定一的感慨道出了许多学生的阅读感受。侦探小说"机警活泼"②，"曲折离奇，动人心目"③，"勾心斗角，奇巧惊人"④。学生们普遍认为侦探小说惊险刺激的特点能满足读者的审美娱乐需求，这种接受视角、接受反应与一般普通读者并无二致。



其次是指出侦探小说叙事模式上的优长。对于当时的学生来说，侦探小说中出现的一些新颖技法是他们从未闻见的，对此他们颇多肯定。比如第一人称叙事角度的运用，周桂笙在《〈歇洛克复生侦探案〉弁言》中说："英国呵尔唔斯歇洛克者，

---

① 定一：《小说丛话》，《新小说》第13号，光绪三十一年（1905）。

② 周桂笙：《〈歇洛克复生侦探案〉弁言》，《新民丛报》第55号，光绪三十年（1904）。

③ 蒋瑞藻编：《小说考证》，商务印书馆1935年版，第455页。

④ 半侬：《〈匕首〉弁言》，半侬：《匕首》，《中华小说界》第1年第3期（1914）。

近世之侦探名家也。所破各案，往往令人惊骇错愕，目眩心悸。其友滑震，偶记一二事，晨甫脱稿，夕遍欧美，大有洛阳纸贵之概。故其国小说大家，陶高能氏（笔者按，即柯南·道尔），益附会其说，迭著侦探小说，托为滑震（笔者按，即华生）笔记，盛传于世。盖非尔，则不能有亲历其境之妙也。”①虽然他在此时尚未意识到侦探小说的虚构性特征，误以为福尔摩斯探案故事在现实中真有其事，但也准确地指出了第一人称叙事方式的优势，即以华生的口吻直接告知读者案件情况和自己的内心活动，增加了作品的真实感，更易于吸引读者进入作品情境，体会到“亲历其境之妙”。徐念慈发现，侦探小说是一种有固定的套路的类型文学，形式上追求“布局之曲折，探事之离奇”，但并不注重对社会、人生的深入思考和艺术上的创新超越，“于章法上占长，非于句法上占长；于形式上见优，非于精神上见优者也”。②

侦探小说《毒蛇圈》以人物问答对话开篇，也得到周桂笙的赞许：“起笔处即就父母（女）问答之词，凭空落墨，恍如奇峰突兀，从天外飞来，又如燃放花炮，火星乱起。然细察之，皆有条理。自非能手，不敢出此。”③别开生面的叙事方式能让读者们耳目一新。

① 周桂笙：《〈歇洛克复生侦探案〉弁言》，《新民丛报》第55号，光绪三十年（1904）。

② 觉我：《〈第一百十三案〉赘语》，《小说林》第1期，光绪三十三年（1907）。

③ 知新室主人：《〈毒蛇圈〉译者识语》，《新小说》第8号，光绪二十九年（1903）。

侦探小说在叙事方面还有一大特色，即运用倒叙手法巧妙设置悬念，对此徐枕亚从读者接受角度分析说："大凡作侦探小说者，须有侦探之研究、侦探之阅历、侦探之心思，然后通玄抉微，抽丝剥茧，令读者初若堕五里雾茫然莫知涯涘。一篇既罄，黑幕陡呈，不禁拍案叫绝，此侦探小说之所以难能也。"[①]善于抓住读者心理，在开篇就以悬念制造扑朔迷离的氛围，然后通过推理一步步解开案件谜团，令人于恍然大悟中获得精神上的愉悦，也是这类作品引人入胜的秘诀之一。

（3）通过侦探小说与本土小说对比摆脱文学上的盲目自大心态

1915 年，恽铁樵发表了介绍域外小说家的《〈作者七人〉序》，开篇便称"欧美现代小说名家，最著者为柯南达利"，"吾国新小说之破天荒，为《茶花女遗事》《迦因小传》；若其寖昌寖炽之时代，则本馆所译《福尔摩斯侦探案》是也"，[②]明确指出侦探小说在当时产生的的巨大影响以及对于中国小说在近代转型的重要作用。

在论及侦探小说的艺术特色、文学价值时，学生们往往不吝赞美之词，而这种肯定多是基于与中国小说的对比。例如，他们指出，侦探小说善于运用倒装叙事设置悬念，使故事情节扑朔迷离、跌宕生姿，而"我国小说体裁，往往先将书中主人翁之姓氏、来历，叙述一番，然后详其事迹于后；或亦有用楔子、引子、词章、言论之属，以为之冠者，盖非如是则无下手处矣。陈

---

① 枕亚：《通草花》，《小说丛报》第 4 年第 1 期（1917）。

② 铁樵：《〈作者七人〉序》，《小说月报》第 6 卷第 7 号（1915）。

陈相因，几于千篇一律”[①]，两相对比，孰优孰劣，一目了然。

这些认识已经摆脱了西学东渐之初国人在文学上盲目自大、唯我独尊的心态，开始在世界文学的背景上展开对小说的观照，与那种自诩中国“若以文学论，未必不足以称伯五洲，彼白伦、莎士比亚、福禄特儿辈，固不逮我少陵、太白、稼轩、白石诸先哲远甚”[②]的狭隘观念判然有别。

周作人则认为侦探小说虽“颇为一世欢迎”，但“采色浓厚，奉为凡浅，为文章之下乘”，[③]指出侦探小说中存在追求低俗刺激、艺术水平低下的问题，是当时少有的一种纯文学的接受视角。王国维也从纯文学立场出发，否定了侦探小说的文学价值：“近人不知文学为何物，小说为何物，徒以设局变幻，叙事新奇，取餍一时之快意。故侦探小说之类，充牣于坊肆。”[④]

(4)多角度解读侦探形象

对于小说中的侦探形象，学生也进行了多重解读，他们将集正义、理性、智慧于一身的优秀侦探视为先进文明的化身，认为这些侦探是新兴职业与科学理性精神相结合的产物，又是某些传统美德在新时期的体现者。

---

① 知新室主人：《〈毒蛇圈〉译者识语》，《新小说》第 8 号，光绪二十九年(1903)。

② 冯平：《〈梦罗浮馆词集〉序》，转引自郭延礼著：《中国近代翻译文学概论》，湖北教育出版社 1998 年版，第 279 页。

③ 独应：《论文章之意义暨其使命因及中国近时论文之失》，《河南》第 5 期，光绪三十四年(1908)。

④ 王国维：《〈爱与心〉著者传略及本书大意》，《教育世界》第 120 期，光绪三十二年(1906)。

冷静理性、追求正义、能力出众的侦探形象契合了学生的英雄崇拜情结,他们在这类形象上寄托了诸多美好的追求与向往。“据法律以判决民事刑事为侦探者,默察一切,以匡法力之不逮,伊盖探悉人间之罪孽、家庭之秘密与社会中一切变幻不测之事,为其应尽之天职。”①他们感受到福尔摩斯等侦探身上有类似中国侠义公案小说主角的特质,但又不同于侠义公案小说里的侠客、清官,“他们是以合法的平民身份,凭借过硬的职业能力和出色的综合素质,运用法律伸张正义、维护公民合法权益,既非‘以武犯禁’,也不是以权力震慑犯罪嫌疑人迫使其招供,同时其破案过程严格秉承科学理性原则,绝不会借助鬼神解开案件谜团,可谓具有现代色彩的新式英雄、传奇人物,是现代社会人类智慧、正义的化身”②。



定一认为“侦探之资格,亦颇难造成。有作侦探之学问,有作侦探之性质,有作侦探之能力,三者具始完全,缺一不可也”③。周桂笙称赞侦探“能迭破奇案,诡秘神妙,不可思议”,“其人又皆深思好学之士,非徒以盗窃充捕役,无赖当公差者,所可同日语”。④ 陈鸿璧则感叹侦探能够“临事而不惊惧,到处

---

① [法]嘉宝耳奥著,陈鸿璧译:《第一百十三案》,《小说林》第2期,光绪三十三年(1907)。陈鸿璧(1884—1966),原名陈碧珍。广东新会(今属广东江门市)人。近现代著名翻译家、教育家。曾就读于上海中西女塾、上海圣约瑟西童女校。

② 梁瀚文著:《世界侦探小说发展史话 · 西方卷》,大象出版社2017年版,第67页。

③ 定一:《小说丛话》,《新小说》第13号,光绪三十一年(1905)。

④ 上海知新室主周桂生氏:《〈歇洛克复生侦探案〉弁言》,《新民丛报》第55号,光绪三十年(1904)。

留心不露声色”，“守如处女，出如脱兔”。①

传统道德伦理的接受视角也依然伴随着学生对侦探形象的解读。刘半农认为福尔摩斯最可贵之处不在于他出色的破案能力，而是他“有道德”“不爱名、不爱钱”，而这恰恰是当时的中国侦探和警察所缺乏的。② 侦探在破案过程中表现出的不畏艰险、坚忍不拔的精神也是打动学生读者的重要元素。吴宓读《中国女侦探歼仇记》，主人公女侦探虽是一介弱女子，却有“大志”“奇才”“深心至性”，历尽艰辛，百折不挠，“茹辛含痛”，“卒报父仇”，令吴宓感佩不已。③

## 三、对科学小说的接受

“科学小说”作为小说新类型在中国出现首先也应归功于梁启超。1902 年，梁启超在《中国唯一之文学报〈新小说〉》中专门列出“哲理科学小说”一类并将其界定为：“专借小说以发明哲学及格致学，其取材皆出于译本。”④发表在《新小说》创刊号上的译作《海底旅行》被标为“泰西最新科学小说”，这是我国最早出现的将“科学小说”作为名称标类的作品。而晚清科学小说热的出现其实还受到日本文坛翻译西方文学作品的影

① ［法］嘉宝耳奥著，陈鸿璧译：《第一百十三案》，《小说林》第 2 期，光绪三十三年（1907）。

② 半侬：《〈福尔摩斯侦探案全集〉跋》，［英］柯南道尔著，瘦鹃等译：《福尔摩斯侦探案全集》，上海中华书局 1916 年版。

③ 吴宓著，吴学昭整理：《吴宓日记（1910—1915）》，生活·读书·新知三联书店 1998 年版，第 493 页。

④ 梁启超：《中国唯一之文学报〈新小说〉》，《新民丛报》第 14 号，光绪二十八年（1902）。

响。但在此之前，已有科学小说中译本出现，法国作家儒勒·凡尔纳的《环球八十天》已被译为中文，并产生了一定影响。[①]此后，科学小说风行一时，成为晚清文学革新运动中引入中国的一种主要的小说类型。

“细察清末民初‘科学小说’名下作品，不难发现，在‘与科学有关’这一浅表共性下，可分为两类，一类借故事讲解科学知识，可谓‘科普小说’，另一类畅想受科技进步影响的中国与世界，实为与今日理解相近的‘科幻小说’”。[②] 1915 年，《通俗教育会审核小说之标准》提出小说分为八类，其中一类是“关于实质科学者”，“阐明真理，有裨学识者为上等；叙述无讹者为中等；借研究学术之名，支（枝）节离奇，颇滋流弊者为下等。”[③]这里所指的应是科学小说，但仅仅基于实用的功利主义而肯定科学小说的学理依据、严谨精确，否定了科学小说作为文学作品的大胆的艺术想象，将科学小说等同于科普读物。而且当时的科学小说与政治小说、理想小说、社会小说等其他门类小说的界限并非截然分明，如《新中国未来记》发表时标为“政治小说”，但研究者也将其置于科学作品中探讨，并无科幻内容的《百年一觉》《狮子吼》等也因为乌托邦的想象成分被归为科学

---

① 1900 年，薛绍徽、陈绎如合译的《八十日环游记》由经世文社刊行，1906 年小说林社翻刻再刊，改书名为《寰球旅行记》。同年又有雨泽译的有正书局本《寰球旅行记》。

② 李广益：《史料学视野中的中国科幻研究》，《清华大学学报（哲学社会科学版）》2015 年第 4 期。

③ 《通俗教育会审核小说之标准》，《湖南教育杂志》第 4 年第 11 期（1915）。

小说。[①] 但这并不妨碍我们从总体上考察清末民初科学小说的基本情况与发展趋势。笔者根据樽本照雄《新编增补清末民初小说目录》、吴岩《科幻文学论纲》附录二《近现代科幻小说书目(1870—1949)》统计,清末民初,翻译科学小说为138种,其中清末(1870—1911)有95种,民初(1912—1917)有43种;创作的科学小说为172种,其中清末68种,民初104种。清末是翻译多于创作,民初则相反。而且民初以后出现的创作科学小说以短篇居多。

1. 学生是清末民初科学小说的主要接受群体

在欧洲,科学小说的繁兴与"颠覆性的社会阶层崛起"密切相关,类似的情形也出现在清末民初的中国社会。阅读科学小说"要求作者和读者、教师和批评家不仅要具有专门的、大量的实证性知识(scientia),而且要具备一种社会想象力"。[②] 读者只有具备相应的认知与理解能力才有可能实现对科学小说真正的接受,并在接受过程中获得真正的愉悦。清末,已经有人开始注意甚至强调这一点,指出"无格致学不可以读吾新小说"[③]。但在当时的中国社会,"科学不明,格致不讲","儒者于

---

① 见王德威:《贾宝玉坐潜水艇——晚清科幻小说新论》,吴岩主编:《贾宝玉坐潜水艇——中国早期科幻研究精选》,福建少年儿童出版社2006年版,第104页。

② [加拿大]达科·苏恩文:《科幻小说变形记英文原版序言》,[加拿大]达科·苏恩文著,丁素萍、李靖民、李静滢译:《科幻小说变形记》,安徽文艺出版社2011年版,第41页。

③ 《读新小说法》,《新世界小说社报》第7期,光绪三十三年(1907)。

本国经史之外，几不复知有学矣”。① 即便是文化修养较高的文人，面对科学小说时也时常感到“以小说之眼观之，实不得其趣味”②，“所论制造各事，非深于科学者不能”③。人们对于严重偏离了自己已有的心理定势、感知图式和期待类型的刺激物会感到理解的困难，因为理解不是单纯的接受，不是简单受训，是感知与理解的主体从他已有的理解结构和接受图式出发主动地同化刺激信息的过程，只有能够纳入理解结构与接受图式的对象才能被充分理解和接受。④

在清末民初的文化市场上，科学小说远不及侦探小说、言情小说走俏，在小说总量中“十仅得一二也”⑤。科学小说并没有按照“小说界革命”的发起者所预期的那样繁盛，与其他门类的小说作品相比，它在读者中的接受度非常有限。它以向接受者传授西方近代以来的新知识作为基本使命，这就要求接受者具备相应的接受素质。“没有科学思维方式和科学文化背景的中国读者，对科幻小说中那种完全不同的知识结构和枯燥的形式逻辑感到难以接受，无法得到‘认知享乐’，科幻小说因而

① 周树奎：《〈神女再世奇缘〉自序》，《新小说》第22号，光绪三十一年(1905)。

② 寅半生：《小说闲评》，阿英编：《晚清文学丛钞·小说戏曲研究卷》，中华书局1960年版，第483页。

③ 顾燮光：《小说经眼录》(1904)，阿英编：《晚清文学丛钞·小说戏曲研究卷》，中华书局1960年版，第534页。

④ 参见陶东风著：《文体演变及其文化意味》，云南人民出版社1994年版，第117页。

⑤ 觉我：《余之小说观》，《小说林》第9期，光绪三十四年(1908)。

难以获得广泛的社会认同”①。缺乏科学素养的读者面对小说里频繁出现的科学术语、概念解析必然会感觉索然无味。罗普在评点《海底旅行》时就曾指出:“此书原是科学小说,一切根据格致学理,但非门外汉所能尽道耳。”②与之相反,具备一定科学素养、求知欲旺盛的学生却有可能燃起品读科学小说的兴趣,从而成为这一类型小说最主要的阅读群体。鲁迅就曾坦言:“我因为向学科学,所以喜欢科学小说”。③

清末民初学生科学素养的形成主要通过两种途径:学校课程和介绍科学知识的报刊书籍。1900 年以后,格致之学成为科举考生的必修知识。废除科举之后,新式学校基本都设置自然科学课程,教科书中出现大量近代科学知识。1902 年颁布的《钦定中学堂章程》中学课程中设算学、中外地理、物理学、化学等,1903 年颁发的《奏定大学堂章程》规定大学课程包括经学科、政法科、文学科、医科、格致科、农科、工科、商科八科,格致科下设算学、星学、物理学、化学、动植物学、地质学六门。在此之前,教会学校的课程中,自然科学为主的西学已然与宗教、儒学三足鼎立。1912 年教育部公布的《中学校令施行规则》中,数学、物理、化学依然是必修的课程,大学则分文科、理

① 吴岩、方晓庆:《中国早期科幻小说的科学观》,吴岩主编:《贾宝玉坐潜水艇——中国早期科幻研究精选》,福建少年儿童出版社 2006 年版,第 194 页。

② 披发生:《海底旅行》第七回眉批,《新小说》第 2 号,光绪二十八年(1902)。

③ 鲁迅:《致杨霁云》,鲁迅著:《鲁迅全集》第 13 卷,人民文学出版社 2005 年版,第 99 页。

科、法科、商科、医科、农科、工科。① 通过学校课程的学习，学生们不仅拓展了有关外部世界的知识，也增加了对人类自身的认知。

蒋梦麟清末曾就读于绍兴中西学堂，对于那段获取科学知识的时光，他给予很高评价：

> 中西学堂教的不但是我国旧学，而且有西洋学科。这在中国教育史上还是一种新尝试。虽然先生解释得很粗浅，我总算开始接触西方知识了。在这以前，我对西洋的认识只是限于进口的洋货。现在我那充满了神仙狐鬼的脑子，却开始与思想上的舶来品接触了。
>
> 我在中西学堂里首先学到的一件不可思议的事是地圆学说。我一向认为地球是平的。后来先生又告诉我，闪电是阴电和阳电撞击的结果，并不是电神的镜子里发出来的闪光；雷的成因也相同，并非雷神击鼓所生。这简直使我目瞪口呆。从基本物理学我又学到雨是怎样形成的。巨龙在云端张口喷水成雨的观念只好放弃了。了解燃烧的原理以后，我更放弃了火神的观念。过去为我们所崇拜的神佛，像是烈日照射下的雪人，一个接着一个溶化。②

---

① 舒新城编：《中国近代教育史资料》（中册），人民教育出版社 1981 年版，第 493、501～502、521 页。

② 蒋梦麟著：《蒋梦麟自传：西潮与新潮》，团结出版社 2004 年版，第 55～56 页。蒋梦麟（1886—1964），原名梦熊，字兆贤，号孟邻。浙江余姚人。中国近现代著名教育家。曾入绍兴中西学堂、浙江高等学堂、上海南洋公学学习，后留学美国。

科学知识对陈旧观念的冲击、荡涤，特别是通过系统学习建构起来的科学体系对精神世界的烛照成为学生接受新式教育时的最大收获之一。

与此同时，在清末师夷长技的思想大潮中，大量西方科学著作被译介到中国，如由中国政府创办的译书机构江南制造局翻译馆译的《代数术》《微积溯源》《电学》《声学》《化学鉴原》《谈天》《地学浅释》《西药大成》《保全生命论》等多种西方科学著作，传教士创办的广学会翻译的《格物探原》等，在当时都产生了很大影响。特别是进化论，异军突起、震动人心，在学生群体中产生的影响尤其深远巨大，"《天演论》出版之后，不上几年，便风行到全国，竟做了中学生的读物了"。梁启超、胡适、鲁迅等人都是其忠实拥趸。学堂的老师也让学生买《天演论》作为读本，要学生做"物竞天择，适者生存"的作文。① 而《中西闻见录》《万国公报》《格致汇编》《科学世界》《教育世界》等杂志也成为学生获取科普知识的重要读物，近代科学理念开始在学生们头脑中萌蘖、生长。学生的知识结构促使他们"选择性"地对科学小说进行关注，他们的教育背景已经为这种接受做了铺垫，也为他们对科幻小说的译介评论提供了理论基础。

学生所具有的社会心态、所扮演的社会角色也影响其对科学小说的关注与选择。"讯息只有符合自己认知范围、且能够满足自己需求的时候，才能引起受众对它产生兴趣而加以注意。受众更愿意选择接触那些能够加强自己信念的讯息，而拒

---

① 胡适著:《四十自述》，安徽教育出版社 2006 年版，第 80 页。

绝那些与自己固有观点相抵触的讯息。”①科学思维、科学精神一定程度上打破了传统的认知，重构了学生的知识体系和文化心理结构，形成了其接受科学小说的期待视野，同时使他们更感到向大众传播科学知识的必要性和紧迫性。在科学救国浪潮荡涤之下，“自命为科学大家，以破除迷信自任”成为学生中普遍存在的心态②，学生的这种心态与科学素养结合，使科学小说更易于被学生所接受。浙江公立图书馆 1915 年的阅书统计显示：该馆读者以中等学校学生占大多数，其所偏重在科学及小说家言，因而“阅览书籍本数，以新书部、杂志部为最多。前者几占百分之二十三，后者占百分之二十二。盖两部各书多关科学、小说故也。子部各书若农家类、若医家类、若天文算法类，即近世之科学，其说虽旧，尚足以资参考，而小说书籍又隶子部，故阅览者较多于经史集三部，约占百分之十八。集部、史部之书，与科学关系较浅，其趣味又不如小说，故阅者较子部为少。”③学生对科学著作、小说都怀有浓厚兴趣，那么将二者合为一体的科学小说受到他们的欢迎也就成为情理之中的事。

自清末起，学生就是一些科学小说译介者预设的理想读者，也是其现实中真正的受众。梁启超、罗普合译的《十五小豪杰》末尾表明翻译此书的“因果”是“见这本书可以开发本国学

① ［美］戴维·迈尔斯著，侯玉波等译：《社会心理学》（第 8 版），人民邮电出版社 2006 年版，第 74 页。

② 舒新城著：《我和教育：三十五年教育生活史（1893—1928）》，知识产权出版社 2016 年版，第 54 页。

③ 《浙江公立图书馆阅书统计》（1915），李希泌、张椒华编：《中国古代藏书与近代图书馆史料（春秋至五四前后）》，中华书局 1982 年版，第 330 页。

生的志趣智识，因此也就把它从头译出”①。科学小说《环游地球旅行记》的广告则称：该书出版之后，颇受学生欢迎，“各学争购”②。学生时代的鲁迅和周作人“曾在梁启超所办的《时务报》上，看见了《福尔摩斯包探案》的变幻，又在《新小说》上，看见了焦士威奴(Jules Verne)所做的号称科学小说的《海底旅行》之类的新奇”③。对于一些刊载科学小说的杂志报纸如《新小说》《绣像小说》《小说林》《月月小说》《小说月报》《小说丛报》《小说时报》《礼拜六》《小说大观》《申报》《时报》《东方杂志》《学生杂志》《女子世界》等，学生也是其重要的受众群体。

2. 学生接受科学小说的特点

清末民初学生对科学小说的接受往往与小说文本紧密结合，既带有浓郁的时代气息，又兼具科学小说接受的普遍性特征。

(1)启迪民智、振兴国家民族的热望

这个时期，学生们对科学小说的内涵外延的认识存在着过渡性和模糊性的特点。如定一对科学小说的理解与梁启超一致，认为：“哲理小说实与科学小说相转移，互有关系：科学明，哲理必明；科学小说多，哲理小说亦随之而夥。”两者都强调科学与哲理的互通，把科学小说看作宣扬哲理的途径，甚至将富

---

① [法]焦士威尔奴著，饮冰子、披发生译：《十五小豪杰》，《新民丛报》第24号，光绪二十九年(1903)。

② 《〈环游地球旅行记〉广告》，《新闻报》光绪三十二年(1906)5月8日。

③ 鲁迅：《南腔北调集·祝中俄文字之交》，鲁迅著：《鲁迅全集》第4卷，人民文学出版社1981年版，第459页。

有幻想、哲理成分但不具备科学元素的《镜花缘》《西游记》也归入科学小说。[①] 而鲁迅则从中国的社会局势出发，将科学小说的基本特质界定为“经以科学，纬以人情”，“掇取学理，去庄而谐，使读者触目会心，不劳思索，则必能于不知不觉间，获一斑之智识，破遗传之迷信，改良思想，补助文明，势力之伟，有如此者”，[②]意识到虽然科学小说是普及科学知识的工具，但这种工具有其特殊性，是通过艺术感染力、审美愉悦感对读者产生影响，在强调其科学性的同时并未忽视小说应有的文学属性。

但无论哪种理解、界定，都离不开一个基本出发点，即本民族的现实需求，希望科学小说发挥教育启蒙功能，改造国民的思想意识。无论是周桂笙所认为的科学小说“诚近今最有价值之文字也”[③]，还是吴宓在《论科学小说》中提出的“小说之真价值与其真精神之所在，尚非专恃描摹之工及文词之美，而惟视作者先时之想感正当与否、高尚与否以为标准”[④]，也都是立足于科学小说的这种现实功用。与对政治小说、侦探小说的接受一样，学生读者也对科学小说寄予了厚望，他们从科学小说中发现的是他们所希望看到的，接受的是他们所希望接受的。科学小说文本的未定性或者说意义空白与学生的期待视野结合，



---

① 定一：《小说丛话》，《新小说》第 15 号，光绪三十一年(1905)。

② 周树人：《〈月界旅行〉辨言》，见陈平原、夏晓虹编：《二十世纪中国小说理论资料》(第一卷)，北京大学出版社 1989 年版，第 50、51 页。

③ 周树奎：《〈神女再世奇缘〉自序》，《新小说》第 22 号，光绪三十一年(1905)。

④ 吴宓：《论科学小说》，转引自张玲霞：《论早期清华的文艺社团及其刊物》，《新文学史料》2000 年第 4 期。

最终完成了一次特定时代背景下的再创造。从这个角度来说，学生不是被动地接受科学小说，而是主动接受。当然，由于科学小说本身就含有大量科学知识，原著者“通过小说虚构所进行的知识分类和命名，起到了复杂的话语仪式的作用，让小说看起来像是具备知识性权威的非虚构性‘知识文本’”①，也使科学小说向接受者发出了“接受指令”，为读者的阐释划定了大致界限：他们的种种解读还是要基于科学知识或科学发展规律。

清末民初科学小说的译者以受过新式教育的学生为主，他们首先也是科学小说的接受者，对科学小说底本的选择、译介科学小说的方式透露出他们的接受心态并影响着译本的接受者。对于小说中大量的科学知识，翻译者有两种处理方式，一种是删除科学原理和技术细节方面的内容，另一种是在向读者推出科学小说时强调其所具备的知识性。梁启超翻译《十五小豪杰》时对大量有关天文、地理、海洋、机械的科学知识和有助于读者理解的补充说明进行了删减，罗普评点《海底旅行》时提出“著者原是科学大家，所言各事，都是发表自己新意见，想替制造界开一新纪元，我等门外汉，草草读过，辜负良工苦心矣”②，他们真正的关注点都不只是科学知识，而是科学为国家民族崛起的助力作用。这不仅仅在于译者自身对科学知识的了解不足，也在于他们为满足某种政治性的需要对“科学”所

① ［美］安德鲁·琼斯著，王敦、李之华译：《晚清语境下的凡尔纳小说》，《中国社会科学报》总第353期（2012年9月7日）。

② 披发生：《海底旅行》第四回眉批，《新小说》第1号，光绪二十八年（1902）。

作的夸大。陈寿彭在介绍《八十日环游记》(1900)时则说："(小说)中括全球各海埠名目，而印度美利坚两铁路尤精详。举凡山川风土、胜迹教门，莫不言之历历，且隐合天算及驾驶法程等。著者自标，此书罗有专门学问字二万。是则区区稗史，能具其大，非若寻常小说仅作诲盗诲淫语也，故欧人盛称之，演于梨园，收诸蒙学，允为雅俗共赏……殆因其中实学，足以涵盖一切欤。"①杨德森在他翻译的《梦游二十一世纪》(1903)中加入了很多注释，也是将科学小说作为向读者传授科学知识的载体。② 作为掌握知识的近代知识分子，这一类译者将科学小说视为科学普及的工具，具有传统小说所没有的价值、功能，所以着力向读者推介的既不是"小说"也不是"幻想"，而是"专门学问"。

传播知识、补助文明，这种科学小说功能观一直存在于科学小说的发展中，中外皆然，而清末民初学生的这种期待视野背后"往往隐藏着深切的国家主义的期许与焦虑"，"'民主'和'科学'最终在国家主义的统摄下共同服务于强国保种的国族诉求，建构出一代知识分子心目中的理想社会"。③ 鲁迅翻译《月界旅行》，就是希望通过科学小说启迪民智，提高国民素

---

① 陈寿彭：《〈八十日环游记〉序》，[法]房朱力士著，薛绍徽女士译：《八十日环游记》，经世文社光绪二十六年(1900)版。陈寿彭(1855—?)，字逸如，一字绎如。福建侯官(今属福建福州市)人。近代翻译家。近代著名外交家、翻译家陈季同之弟。毕业于福州马尾船政学堂，曾留学英国、日本。

② 杨德森(1884—?)，字荫孙。江苏苏州人。毕业于南洋公学，曾留学比利时。

③ 袁进主编：《中国近代文学编年史——以文学广告为中心(1872—1914)》，北京大学出版社2013年版，第113页。

质，继而实现国家民族强盛，“尔后殖民星球，旅行月界，虽贩夫稚子，必然夷然视之，习不为诧”，“冥冥黄族，可以兴矣”。[①] 鲁迅翻译的《造人术》描写了科学家在实验室里观察受精卵细胞分裂形成胎儿的过程，周作人读后便与当时中国的社会状况联系起来，提出“铸造国民者，视国民母之原质；铸造国民母者，仍视教育之材料”，应当“择种留良”，“以求人治之进化”。他还明确表示：“能为祖国诞育强壮之男儿”的“国民之母”才是真正的新造物主，有了众多有人格、有知识的“国民之母”，文明、强大的新中国必将诞生。[②]

通过科学小说中的独立意识、冒险精神改造国民性也是学生重要的关注点。梁启超译《十五小豪杰》的目的就在于“吸彼欧美之灵魂，淬我国民之心志”，培养中国国民尤其是青年学生“独立之性质”“冒险之精神”“自治之能力”。[③] 在《海底旅行》第十一回中，译者加入自己的评论：“看官你道这是什么原故呢？原来当十五世纪以后，欧洲各国意欲把全世界的航路开通……若是别人看见这件事体如此浩渺，又损害无数性命，无数银钱，必然中途废止。他们欧洲人种却不如此……这开通航路的事，虽是烦难，那当得起他前者仆后者继，于今地球大通万



---

① 周树人：《〈月界旅行〉辨言》，见陈平原、夏晓虹编：《二十世纪中国小说理论资料》（第一卷），北京大学出版社 1989 年版，第 50 页。

② 萍云：《〈造人术〉萍云曰》，[美]路易斯托伦著，索子译：《造人术》，《女子世界》第 4、5 期合刊，光绪三十三年（1907）。

③ 白葭：《〈十五小豪杰〉序》，舒芜等编选：《中国近代文论选》（上），人民文学出版社 1959 年版，第 238 页。

里庭户，岂不是事在人为，人定可以胜天吗？”[①]对欧洲人勇于变革、大胆开拓的精神极力称扬，其实也是要为安于现状、不思进取的国人树立榜样。

科学小说因为具有实用性或政治附加值而得到认可，这种工具主义观念也并非清末民初的中国所独有，而是从西方评论家到中国当代科学小说作家当中一直存在，很多人都赞同“科学幻想读物是普及科学知识的一种工具”，“科学文艺”的目标是“普及科学的人生观”。[②] 另一方面，这种观念也是儒家为代表的中国传统文化中“不语怪力乱神”的观念影响的结果。虽然中国古代科学技术曾经几度辉煌，但由于没有形成实验科学传统和完整的学科体系，更缺乏通过科技促进社会生产力发展的动力机制，所以没有取得应有的社会地位。中国传统文化思想是以修身治国平天下等实用为教，崇尚现实，轻视幻想。这种“重现实、轻幻想”“重人文、轻自然科学”的文化传统根深蒂固[③]，也有意无意地影响着学生们对科学小说的接受。

(2)求知欲、好奇心的满足

清末民初学生们作为普通读者在接受科学小说中产生的体验与反应并不只是因为他们处于科学知识尚未普及的近代中国，也源于科学小说自身固有的审美特色。新奇性是科学小

---

① ［英］萧鲁士原著，南海卢藉东译意，东越红溪生润文：《海底旅行》，《新小说》第4号，光绪二十九年(1903)。

② 吴岩著：《科幻文学论纲》，重庆出版社2011年版，第51页。

③ 参见王卫英：《科幻小说与中国传统文化》，《小说评论》2008年第4期。

说的核心特征①,这种新奇性虽然是在虚构基础上达成,但有科学依据,有实现可能。优秀的科幻小说甚至具有某种预言功能——小说情节所描写的新科技和新功能,在不远的未来会变成现实。这种新奇性拓展了学生读者想象的时空,满足了他们的求知欲和好奇心。对未知世界的好奇,渴望冒险带来的兴奋,对新知识的渴求构成了清末民初学生期待视野的另一方面。科学小说的奇思妙想与年轻人对未来的憧憬达成某种契合,将他们从自然、社会、历史的束缚中解放出来,激励他们勇于探索,不仅大胆寻求社会变革之路,还努力突破大自然对人类的限制。罗普通过评点《海底旅行》意识到电力的发明、使用推动了人们向海陆空探险开拓的步伐,电学功用"将来正不知发达到怎么地步"②。鲁迅希望科学小说"默揣世界将来之进步,独抒奇想,托之说部",企盼终有一天能消除自然对人类的限制:"在昔人智未辟,天然擅权,积山长波,皆足为阻。递有刳木剡木之智,乃胎交通;而桨而帆,日益衍进。惟遥望重洋,水天相接,则犹魄悸体栗,谢不敏也。既而驱铁使汽,车舰风驰,人治日张,天行自逊,五州同室,交贻文明,以成今日之世界。"③徐念慈也认为科幻小说是依据科学的理论进行想象,既超越目前现实,又对现实生活有促进作用:"月球之环游,世界

① [加拿大]达科·苏恩文著,丁素萍、李靖民、李静滢译:《科幻小说变形记》,安徽文艺出版社 2011 年版,第 144 页。

② 披发生:《海底旅行》第七回眉批,《新小说》第 2 号,光绪二十八年(1902)。

③ 周树人:《〈月界旅行〉辨言》,见陈平原、夏晓虹编:《二十世纪中国小说理论资料》(第一卷),北京大学出版社 1989 年版,第 50 页。

之末日,地心海底之旅行,日新不已,皆本科学之理想,超越自然而促其进化者也”①。胡寄尘也相信未来可期,“今日有此理想,安见他日不有此事实”②。

学生们普遍对科学发展的未来持乐观态度。1916 年,常觉与小蝶合译科学小说《毒带》,描写未来人类社会由于片面发展工业、乱砍滥伐导致环境恶化,“炭气弥漫空际,毒害人类”。篇末有“小蝶曰”,认为这篇科学小说所述“实出于理想,初不能认为一种实验的科学,但以科学论之,则将来世界愈进文明,煤气动机行将遍于地球之上,则炭气充塞两间自是意中事……唯多蓄养(氧)气乃足抗拒,若谓地球行经毒带乃致人类有暂时之死,是又吾所不赞同矣。其说渺诞,但作小说观可也。”③刚接触到崭新的科学讯息,还在为国家民族如何借助科学之力摆脱落后面貌、缔造美好未来而苦思冥想的学生们,尚无法接受看似遥不可及的有关地球毁灭的科学预想。



(3)美学上的探讨与创作中的效仿、借鉴

学生希望科学小说作为小说领域新品种,在拓展中国文学疆域的同时,也能够改良中国原有的小说。在他们看来,“我国说部,若言情谈故刺时志怪者,架栋汗牛,而独于科学小说,乃

---

① 觉我:《〈小说林〉缘起》,《小说林》第 1 期,光绪三十三年(1907)。

② 寄尘:《纸世界》,《小说革命军》第 2 集(1917)。胡寄尘(1886—1938),即胡怀琛,原名有怀,字季仁,后改字寄尘,别署季尘、秋山。安徽泾县人。商务印书馆编辑,南社社员。曾入上海育才中学就读。

③ [英]科南达利原著,常觉、小蝶译:《毒带》,《春声》第 3 集(1916)。陈小蝶(1897—1989),原名琪,又名蘧,字小蝶,别署蝶野、醉灵生,后改名定山,署定公、定山人、永和老人等。浙江杭州人。现代书画家、美术史论家、文学家、实业家。曾就读于上海法政大学、圣约翰大学。

如麟角”①,而且中国小说中普遍缺乏“科学上最精确之学理”②、“科学之观察”③,通过输入科学小说能够补救中国小说“喜录陈言”“终无进步”之弊。④ 科学小说在艺术方面也有值得学习之处,梁启超就曾赞叹《十五小豪杰》“结构宏伟”,“观其一起之突兀,使人堕五里雾中,茫不知其来由,此亦可见(泰)西文字气魄雄厚处”。⑤

与此同时,学生对科学小说审美方面的接受也依然包含传统的因子,如罗普以传统的文章评点方法评论《海底旅行》:“此回全用钩联衔卸之法,左萦右拂,顾盼生姿”,“又从博士心中忖度细写一遍,乃是文章腾挪之法,非敷衍也”,“随手撇去众人,是文章剪裁之法,亦是作者取巧之法”。⑥ 他还将《海底旅行》与中国小说《红楼梦》的叙事方法进行比较:“用吃饭作收煞,得毋偷《红楼梦》秘诀耶?”“此段笔墨拉杂曲折,全是模仿《红楼梦》的”。⑦



---

① 周树人:《〈月界旅行〉辨言》,见陈平原、夏晓虹编:《二十世纪中国小说理论资料》(第一卷),北京大学出版社 1989 年版,第 51 页。

② 饮冰:《〈世界末日记〉译后语》,饮冰:《世界末日记》,《新小说》第 1 号,光绪二十八年(1902)。

③ 海天独啸子:《〈空中飞艇〉弁言》,[日]押川春浪著,海天独啸子译:《空中飞艇》,商务印书馆光绪三十一年(1905)版。

④ 定一:《小说丛话》,《新小说》第 15 号,光绪三十一年(1905)。

⑤ 少年中国之少年:《十五小豪杰》第一回译后语,《新民丛报》第 2 号,光绪二十八年(1902)。

⑥ 披发生:《海底旅行》第十六、十七回眉批,《新小说》第 10 号,光绪三十年(1904)。

⑦ 披发生:《海底旅行》第十六回眉批,《新小说》第 10 号,光绪三十年(1904);第十九回眉批,《新小说》第 13 号,光绪三十一年(1905)。

学生接受科学小说的另一重要方式是在创作中的模仿、借鉴。他们创作的《新法螺先生谭》(东海觉我著,小说林社 1905 年版)、《大人国》(中国老骥氏著,《月月小说》第 1 年第 6～8 号,1907)、《黑暗世界》(心一著,《小说时报》第 10 期,1911)等科学小说,从题材类型、故事情节、叙事方式、人物设定乃至科学器物、地点名称等都带有明显的模仿印记。如徐念慈在其《新法螺先生谭》前言中说明创作缘起:

觉我曰:甲辰夏,我友吴门天笑生以所译日本岩谷小波君所译滑稽谭《法螺先生》前后二卷见示。余读之,惊其诡异,暑热乘凉,窃攫之与乡人团坐,作《逗棚闲话》,咸以为闻所未闻,倏惊倏喜,津津不倦,至三日而毕,次夜集者益众。余不获辞,乃为东施效颦,博梓里一粲,不揣简陋,附诸篇末,大雅君子,尚其谅诸。①

但模仿只是手段,其真正的创作目的则是立足于本土,传达警醒民众、改良社会的意图。《新法螺先生谭》中法螺先生将自身灵魂炼成一种强度是太阳的一万倍、月亮的二百万万倍的"发光原动力",光芒照耀世界之时,他最关注的中国国民却不为所动,仍然沉溺于迷梦之中:

然以欧美近日自诩为文明之国民,余亦如不欲见,是

---

① 觉我:《〈新法螺先生谭〉前言》,徐念慈:《新法螺先生谭》,吴组缃、端木蕻良、时萌主编:《中国近代文学大系·小说集 6》,上海书店 1991 年版。

何为者，则以余之面东而立，深有望于黄河、长江之域，余祖国十八省大好河山最早文明之国民，以为得余为之导火，必有能醒其迷梦，拂拭睡眼，奋起直追，别构成一真文明世界，以之愧欧、美人，而使黄种执其牛耳。孰意映余光膜者，无一不嘘气如云，鼾声如雷，长夜慢慢（漫漫），梦魂颠倒，盖午后十二点钟，群动俱息，即有一小部分未睡之国民，亦在销金帐中，抱其金莲尖瘦、玉体横陈之夫人，切切（窃窃）私语，而置刺眼之光明于不顾。……①

焦虑愤慨之下，法螺先生的躯体与灵魂分离，躯体坠入地心，见到了生活在地下、拥有四万万子孙的黄种祖，也正为子孙宵梦方酣而忧心忡忡。法螺先生的灵魂飞上天空，飞行时瞥见了水星上的一幕奇观：



见有二三人系一头发斑白、背屈齿秃之老人于木架。老人眼闭口合，若已死者然，从其顶上，凿一大穴，将其脑汁用匙取出。旁立一人，手执一器，器中满盛流质，色白若乳，热气蒸腾，取既毕，又将漏斗形玻管插入顶孔，便将器内流质倾入，甫倾入，而老人已目张口开，手动足摇，若欲脱縶而逃者。……以余之理想，此事为彼处造人术无疑，人之生存运动思想，无一不藉脑藏，今得取其故者，代入新者，则齿秃者必再出，背屈者必再直，头鬓斑白者必再黑，

① 徐念慈：《新法螺先生谭》，吴组缃、端木蕻良、时萌主编：《中国近代文学大系·小说集6》，上海书店1991年版，第327～328页。

是能将龙钟之老翁，而改造一雄壮之少年，惜余未尝习其术，否则，余归家后，必集合资本，创一改良脑汁之公司于上海，不独彼出卖艾罗补脑汁公司将立刻闭门，即我国深染恶习之老顽固，亦将代为洗髓伐毛，一新其面目也。[①]

与包天笑所译《法螺先生谭》类似的故事框架之下，“地下之国”“昏睡的国民”“改良脑汁”的象征隐喻完全是自出心裁[②]，其用意十分显豁。

## 四、对言情小说的接受

婚姻爱情题材在文学世界里一直占据重要位置，被誉为“永恒的主题”，但在清末的特殊时代氛围中，救亡图存成为压倒一切的主题，随着“小说界革命”的开展，当时几乎所有的重大政治事件在小说领域都有直接反映，关于男女爱情、婚姻的小说一度沉寂了许多，“两性私生活描写的小说”，“不为社会所重，甚至出版商人，也不肯印行”。[③] 翻译的言情小说《巴黎茶花女遗事》《迦茵小传》虽轰动一时，却并未成为小说主流。即使是描写“绝世英雄”和“绝世佳人”由于志同道合而相爱的《自由结婚》(1903)，男女主人公也一直忙于革命活动，无暇谈情说爱，两人相会，所讲的也全是救国大计、政治道理，他们甚



① 徐念慈：《新法螺先生谭》，吴组缃、端木蕻良、时萌主编：《中国近代文学大系·小说集6》，上海书店1991年版，第334～335页。

② 徐念慈：《新法螺先生谭》，吴组缃、端木蕻良、时萌主编：《中国近代文学大系·小说集6》，上海书店1991年版，第330、333、335页。

③ 阿英著：《晚清小说史》，人民文学出版社1980年版，第5页。

至约定只有在国家大事解决之后才会考虑婚姻问题。

“小说界革命”后期,《离恨天》(1905)、《恨海》(1906)、《瑶瑟夫人》(1906)、《禽海石》(1906)、《劫余灰》(1907)、《鸳鸯碑》(1908)、《双泪碑》(1908)、《鸳鸯剑》(1910)、《碎琴楼》(1910)、《恨史》(1907)、《红蔷薇》(1908)、《爱苓小传》(1908)、《好因缘》(1907)和《双美缘》(1908)等言情之作问世,小说领域发生了变化。1908 年,徐念慈发现,不同类别的小说销售数量大不相同,以小说林社之书计之,“记侦探者最佳,约十之七八;记艳情者次之,约十之五六;记社会态度,记滑稽事实者又次之,约十之三四;而专写军事、冒险、科学、立志诸书为最下,十仅得一二也。”①姚公鹤也指出:“上海发行之小说,今极盛矣,然按其内容,则十八九为言情之作。”②言情小说赫然登上小说热销榜的前列。进入民国,表现婚姻恋爱题材的言情小说成了文坛主潮,出现了《断鸿零雁记》《玉梨魂》《孽冤镜》《霣玉怨》等腾播人口的作品。在言情小说这一门类下,又分出“哀情小说”“惨情小说”“苦情小说”“悲情小说”“忏情小说”“痴情小说”“奇情小说”“幻情小说”“谐情小说”“趣情小说”“艳情小说”等名目,而其他类型的小说则没有这种“待遇”。据统计,1901—1917 年,仅报刊登载的言情小说就达 1100 种以上。③《小说月报》《小说丛报》《民权素》《礼拜六》



---

① 觉我:《余之小说观》,《小说林》第 9 期,光绪三十四年(1908)。

② 姚公鹤著:《上海闲话》,上海古籍出版社 1989 年版,第 124 页。

③ 见祝云赛:《清末民初报刊言情小说研究——兼论古代言情小说传统的创造性转化》附录《1901—1917 年报刊言情小说简目》,复旦大学 2011 年硕士论文。

《中华小说界》《时报》《申报》等报刊成为大量刊载言情小说的重要媒体。

尽管在文坛上经历了潮起潮落，言情小说却一直不曾离开过学生群体的接受范围，学生群体一直是言情小说最忠实的拥趸。

1. 清末民初言情小说在学生中的风行

清末学生中很多人在进入新式学堂前有过接受传统教育的经历，在入学时年龄普遍偏大。如 19 岁的朱峙三考入湖北武昌师范学堂后发现，他的同学中最年长者已 63 岁，与最年少者相差 44 岁。① 舒新城 1908 年成为县立高等小学学生时已经 15 岁，但在全班 40 人中还算是很年轻的。② 民国之后，适龄学生明显增多，如恽代英 18 岁考入武昌中华大学，周瘦鹃 18 岁从上海民立中学毕业。学生当中很多人在求学生涯中进入青春期，情窦初开的年纪，生理心理的异动，促使他们对爱情题材的小说格外感兴趣。爱情出于人的生理本能，却又与人的自我意识、自由意志密切相关。"小说界革命"后期至民初，学生的文化心理、期待视野发生了变化，他们接受了新思想，渴望个性自由、人生自主，为婚姻恋爱的苦闷、前途的迷茫所困扰，从青睐英雄气转为关注儿女情。

据吴宓日记记载，他 1916 年之前在清华学校期间阅读了 43 种中文小说，其中言情小说有《双泪碑》《仇情记》《双碑记》

---

① 胡香生辑录，严昌洪编：《朱峙三日记》，华中师范大学出版社 2011 年版，第 165 页。

② 舒新城著：《我和教育：三十五年教育生活史（1893—1928）》，知识产权出版社 2016 年版，第 40 页。

《双艳记》《禽海石》《巴黎茶花女遗事》《红礁画桨录》《红泪影》《迦茵小传》《电术奇谭》《鬼士官》《红泪缘》《兰娘哀史》《十年梦》《孽冤镜》15 种。而且他对这类小说情有独钟，阅读之后往往还细加品评。[①] 张静庐回忆自己的学生时代说，“林译的小说虽是各门都有，在那时最配合我脾胃的要算言情或哀情小说了”。[②] 张资平也特别喜爱言情小说，他曾回忆说：“在辛亥革命前后，我对文艺的鉴赏力也进步了一点，鉴赏的对象由石印的《红楼梦》《品花宝鉴》《花月痕》等改变为《茶花女遗事》《迦茵小传》，及《东方杂志》上的《碎琴楼》了。我觉得兴业何诹的《碎琴楼》，实可以和日本德富芦花的《不如归》并称，而且同是用新体文言写成的。”[③]徐枕亚的《玉梨魂》在民初问世，受到上海几十万中学生追捧，甚至远在日本的中国留学生都是其热心读者。[④]



言情小说家也成为学生们追捧的明星。周瘦鹃的小说以曲折哀伤的爱情故事、忧郁痴情的人物形象和轻灵婉转的语言风格建构了一个唯美虚幻的精神空间，于是其“言情小说专家

---

① 见吴宓著，吴学昭整理：《吴宓日记(1910—1915)》，生活·读书·新知三联书店 1998 年版。

② 张静庐著：《在出版界二十年》，上海书店 1984 年版，第 30 页。张静庐(1898—1969)，原名张继良。浙江镇海(今属浙江宁波市)人。近代著名出版家。毕业于龙山演进国民学校。

③ 张资平著：《资平自述》，江苏文艺出版社 2011 年版，第 165 页。

④ 见[美]佩瑞·林克：《论一二十年代传统样式的都市通俗小说》，贾植芳主编：《中国现代文学的主潮》，复旦大学出版社 1990 年版，第 125 页；萨孟武著：《学生时代》，广西师范大学出版社 2005 年版，第 88 页。萨孟武(1897—1984)，名本炎，字孟武。福建福州人。现代政治学家。曾入福州私立法政学校就读，后赴日留学，毕业于京都帝国大学。

之名大振，少年男女，几奉之为爱神，女学生怀中，尤多君之小影”。[①] 末代状元刘春霖之女刘沅颖是新式大学里的学生，因小说《玉梨魂》和百首《悼亡词》而将作家徐枕亚视为偶像、英雄，由崇拜爱慕到主动追求，最终与之缔结了一段“啼笑姻缘”。[②]

按照文学文化学的阐释，人们对文学活动的期待由五个方面组成：一、由人自身的再生产引发的爱情、婚姻与家庭的焦虑和人的社会存在与其本质实现的焦虑；二、重大社会问题的未决所形成的期待；三、重要的历史事件、历史人物所蕴含的精神价值构成的期待；四、人的感知与想象的发展所构成的对艺术创作的期待；五、渴望对域外文学的理解所构成的期待。由人自身的再生产引发的爱情、婚姻与家庭的焦虑和人的社会存在与其本质实现的焦虑，共同构成的人在现实中的基本期待，是人经常要面对的，是人实际生存内容的核心部分，人们特别需要文学活动在这方面为自己提供超越自我现状的意向和状态。基本期待标志着人对自身生存状态的自觉程度，处于诸种期待的核心地位，它决定整个社会审美期待的品位，对文学活动的制约力最强。重大社会问题的未决所形成的期待，往往具有很强的爆发力，常与基本期待有联系，但不会持久地处于核心位置，属于有影响力的期待。[③] “小说界革命”兴起后，对新民救

---

① 王钝根：《本旬刊作者诸大名家小史》，芮和师等编：《鸳鸯蝴蝶派文学资料》（上），福建人民出版社 1984 年版，第 351 页。

② 参见杰克：《状元女婿徐枕亚》，《万象》1975 年第 1 期。

③ 畅广元主编：《文学文化学》，辽宁人民出版社 2000 年版，第 88～89 页。

国的重要期待成为学生群体中小说接受的主流。而到了“小说界革命”后期，他们对小说的期待发生了“位移”，与自身生活密切相关的男女之情作为一种“核心期待”重新成为关注的重点。民国建立，宪法宣称保护公民的自由平等权利，在一定程度上促进了人们自我意识的觉醒，而学生的这种意识尤为突出。与此同时，婚姻不自由是当时普遍存在的社会问题，也是许多学生的切肤之痛。经历过那个时代的范烟桥曾这样介绍：

> 辛亥革命以后，“父母之命、媒妁之言”的传统婚姻制度，渐起动摇，“门当户对”又有了新的概念，新的才子佳人，就有新的要求，有的已有了争取婚姻自主的勇气，但是“形隔势禁”，还不能如愿以偿，两性的恋爱问题，没有解决，青年男女，为此苦闷异常。从这些社会现实和思想要求出发，小说作者就侧重描写哀情，引起共鸣。①

明清才子佳人小说肯定恋爱自由，主张男女双方摒弃门第、天命的偏见，在自由交往中相互了解沟通，选择性情、才貌相当的理想伴侣缔结幸福的婚姻。清末民初言情小说吸收了这些合理因素，并以西方近代观念为依据，明确提出：“晚近世欧风东渐，结婚竞尚自由。此风苟盛行，则爱情之交涉史上，当消灭几多罪案，亦当捐弃几多恨事，行见内无怨女，外无旷夫，自由之美果，不甚圆满乎？”②这便切合了学生们渴望婚恋自由

---

① 范烟桥：《民国旧派小说史略》，魏绍昌、吴承惠编：《鸳鸯蝴蝶派研究资料》（上卷），上海文艺出版社 1984 年版，第 272 页。

② 吴双热：《孽冤镜》，民权出版部 1915 年版，第 22 页。

的心理。作品中的主人公有许多就是新式学校里的学生，其有情人难成眷属的悲剧言情模式也迥异于才子佳人小说的大团圆结局，是对当时现实的真实反映，这对学生自然也是别具亲和力。

2. 清末民初学生接受言情小说的特点

(1)由人生体验出发，情感共振强烈，卷入程度较深

梁启超曾说："凡读小说者，必常若自化其身焉，入于书中，而为其书之主人翁。读《野叟曝言》者必自拟文素臣，读《石头记》者必自拟贾宝玉，读《花月痕》者必自拟韩荷生若韦痴珠，读《梁山泊》者必自拟黑旋风若花和尚。虽读者自辩其无是心焉，吾不信也。"①这种情形在学生接受言情小说时表现得尤为突出。大多数学生只是普通读者，他们往往首先从个人生活体验出发，以一种浅层的、感性的方式接受言情小说。学生读者认为这些作品"虽体裁未脱乎稗官，而纪(记)载实等于信史"②，小说中的人物、情节虽然是虚构的，但传达的情感、展现的人生状况是真实的，一旦与学生自身的人生体验相契合，就会产生强烈的情感共振，接受小说的过程也是他们生命觉醒与成长的过程。



郭沫若回忆学生时代阅读言情小说的经历时说："在当时我已经读过一些新旧小说，旧小说中的风流，新小说中的情爱，

---

① 饮冰：《论小说与群治之关系》，《新小说》第 1 号，光绪二十八年(1902)。

② 沈肝若：《〈孽冤镜〉序》，吴双热：《孽冤镜》，民权出版部 1915 年版。沈肝若(生卒年不详)，名沈翀，字肝若。江苏人。同盟会员。曾任《大中公报》《微言报》主笔。曾留学日本。

那是大有诱惑性的。那样的机会自然是水底月，镜中天，但在自己的心里不能否认总含有万一的希望。”“人是一个善于适应环境的动物。他总会有种种的幻想来安慰自己。在未订婚之前他有他的梦想。梦想的是几时当如米兰的王子在飓风中的荒岛上遇着一位绝世的王姬；又当如撒喀逊劫后的英雄在决斗场中得着花王的眷爱。这样高级的称心的姻缘就算得不到，或当出以偶然，如在山谷中遇着一株幽兰，原野中遇着一株百合，那也可以娱心适意。”①读到林纾翻译的《迦茵小传》，女主人公的人生经历引起了他“深厚的同情”，诱出了他“大量的眼泪”。在谈到自己的阅读感受时，他深情流露：“我很爱怜她，我也很羡慕她的爱人亨利。当我读到亨利上古塔去替她取鸦雏，从古塔的顶上坠下，她张着双手去接受着他的时候，就好像我自己是从凌云山上的古塔顶坠下来了的一样。我想假使有那样爱我的美好的迦茵姑娘，我就从凌云山的塔顶坠下，我就为她而死，也很甘心。”②学生的生活阅历虽然尚不丰富，但处于精力旺盛、感情丰沛的阶段，在内已经拥有敏锐易感的心灵，对外则要面对爱情、婚姻的苦闷，在小说建构的艺术世界里，通过破译或填补作品的“空白”，他们看到自身的生活现状，心中的悲悯、同情被唤醒激活，产生了强烈的代入感。

他们有时甚至会进入审美观照的迷狂状态，沉浸于小说之中不能自拔。在《说小说·〈恨海〉》中，陶祐曾便记述了他阅读《恨海》时产生的这种体验：

---

① 郭沫若著：《沫若自传》（上卷），求真出版社 2010 年版，第 148、150、151 页。

② 郭沫若著：《沫若自传》（上卷），求真出版社 2010 年版，第 65 页。

> 吾读《恨海》，觉其缠绵悱恻，咄咄逼人，而万种之感情，爰荟萃一时，辘轳五内。始而目炯炯注，继而心怦怦动，终而泪潸潸堕。时而废书长叹，时而拍案狂呼，瞬息变迁，有不期然而然者。
>
> ……吾读《恨海》，不觉绞脑回肠，悲棣华之薄命；不觉神怡色喜，欣仲蔼之多情；不觉疾首蹙额，忿伯和之负心；不觉怒发冲冠，骂娟娟之无耻。

他完全化身其间，心情随着情节发展、人物命运而跌宕起伏，几乎达到忘我的程度。他尤其赞美女主人公张棣华有“大爱力、大胆力”，在“血肉横飞、存亡呼吸之秋，能上奉垂暮之慈亲，下护未来之夫婿”。[①]《恨海》肯定了个人情感的价值，唤醒了学生读者潜在的审美期待与人生期待，其心理基础是对美好爱情的向往和对破坏美好爱情的现实的不满。

言情小说提供给学生们的不仅是可以欣赏的文学作品，更重要的是满足了他们的心理诉求。言情小说与学生固有的心理定势融合，使其心灵中的压抑和苦闷得到疏导或宣泄，在审美空间里滋润了他们渴望情感自由、舒展自我的心灵。吴宓称赞《禽海石》“为言情最上之作”，是因为“以《禽海石》情事，比之当前，种种都恰合，特余无镜如与纫芬之夙契耳。……余有

① 报癖：《说小说·〈恨海〉》，《月月小说》第1年第6号，光绪三十三年(1907)。

时夜梦，亦有若曾见纫芬，并作长篇之握谈也者”。[1] 小说与他自身所处的情感困境契合，并为他构建了一个私密的心灵空间，为其提供精神上的抚慰、心理上的补偿。在阅读体验中，学生投入了热烈的情感，将自己的心灵与文本描绘的内容互相融合，幻想自己成为浪漫爱情的主人公，或与作品中的生命进行交流，或大胆追求个人幸福。通过阅读他们更深刻地认识了自我，理解了自身的存在。

有些言情小说记录了作者真实的人生经历或体悟，更具有动人的力量。作家本身就是敏感热忱甚至多愁善感的，而他真正体验过的感情，会在作品中形象化、理想化，直至化为洪流喷涌而出，形成具有强烈感染力的作品。[2] 徐天啸在为《雪鸿泪史》所作的序中称：“言情小说者，情种之写真也”，“其人之亦为情种，斯能设身处地，以己身作影，为他人写照也”。[3]《雪鸿泪史》的作者徐枕亚就是一个多情善感的文人，小说作品是他真实感情的外化，他笔下的人物是他自身个性气质的化身，他细腻又强烈的情感体验，忧郁又挣扎的精神特征，对爱情的向往和现实的压抑都在小说中得到生动的体现。他的生活经历、情感体验直接影响着学生读者对小说的理解接受，学生们投入



① 吴宓著，吴学昭整理：《吴宓日记(1910—1915)》，生活·读书·新知三联书店1998年版，第373页。

② 参见狄其骢、王汶成、凌晨光著：《文艺学新论》，山东教育出版社1996年版，第495页。

③ 徐天啸：《〈雪鸿泪史〉序》，徐枕亚：《雪鸿泪史》，枕霞阁1916年版。徐天啸(1886—1941)，原名风，字天啸，别署秋魂室主、天涯沦落人等。江苏常熟人。近代作家，南社社员。徐枕亚之兄。曾入常熟虞南师范学校、上海法律学校学习。

作者营造的情感世界,仿佛与之一同经历感情生活中的刻骨铭心,也由此跨越了接受中的诸种障碍,较为顺利地实现了视界融合。

言情小说中弥漫着的哀愁伤感,对爱既渴求又畏惧的矛盾心态,也契合这个时代的学生逐渐觉醒的自我意识。婚恋自主实际上包含了对个人自由的承认,而它本身在一切自由中最具普遍性,也是当时的青年男女最为渴盼的一种自由,但自由恋爱与传统礼教又难以调和。正是意识到这一点,小说家们创作了大量以悲剧结局的哀情小说。在这些作品中,实现爱情的阻力不仅来自家庭和社会,更有青年男女发自内心的对礼教的认可与服从。学生读者们自身常常就是这类悲剧的亲历者。在这样的作品中他们读出了自我的内心世界,也感受到爱情的困境、生命的困境与文化的困境,却与小说人物一样无力真正从矛盾中解脱出来。所以,《玉梨魂》等言情小说虽然一再向读者发出"勿沉溺于情"的警告,却"几乎没有在青年读者中唤起任何对浪漫爱情的鉴戒。恰恰相反,它却引起了读者对'情'的更加迷恋"。①

言情小说还成为怀才不遇的作者抒泄胸中块垒的方式,"既不得于世,此情无着处矣,不得已托之美人香草以自遣。其心苦矣,欲言之不哀,不可得也","非文人之笔墨足以感人,实文人之至情足以感人耳"。感到前途渺茫的学生对此颇能感同身受,为小说中人物的不幸洒泪,也是为自己"入世多艰""衷

① ［美］佩里·林克:《鸳鸯蝴蝶派——二十世纪初期的中国城市通俗文学》,转引自刘扬体著:《流变中的流派——"鸳鸯蝴蝶派"新论》,中国文联出版公司1997年版,第101页。

肠积闷”而悲慨。①

(2)基于社会道德视角的肯定与焦虑

当学生们站在社会道德角度去接受言情小说时,他们表现出明显的矛盾心态。一方面,他们强调言情小说的社会价值,肯定其在批判落后婚姻制度、婚姻习俗,呼唤婚姻制度变革方面发挥的功用。这种接受,遵循国家民族的现实需求,核心是带有功利色彩的期待视野。持此类接受视角的学生,往往能够与作品保持着一定的审美距离,既有感性的欣赏,又有理性的反思评判。婚姻自由的思潮在清末就已开始涌动,“1903 年在思想界提倡各种新学说的潮流中,婚姻自由观念开始倡兴,此后直至 1911 年绵延不绝”②。学生中不乏对此观念响应之人,尤其是身陷婚姻困局者,对“父母之命,媒妁之言”常有不满,认为封建婚姻制度“数千年不敢逾越。可慨也已!”③

徐枕亚认为:“吾国婚制不良,多数少年男女宛转屈伏(服)于老人专制权力之下,因心理之反对,演出种种恶剧,而夫妇之道苦”④,“可怜娇弱之小儿女,慑伏(服)于家长权力之下,因以沉沦孽海,失败情场者,比比皆是”⑤。恽铁樵更为深刻地指出婚姻不自由、男女不平等的根源在于封建宗法制:“是故结婚不自由也,重男轻女也,财产世及也,义务教育之不知

① 徐枕亚:《〈孽冤镜〉序》,吴双热:《孽冤镜》,民权出版部 1915 年版。

② 闵杰著:《近代中国社会文化变迁录》第二卷,浙江人民出版社 1998 年版,第 651 页。

③ 胡香生辑录,严昌洪编:《朱峙三日记》,华中师范大学出版社 2011 年版,第 133 页。

④ 徐枕亚:《余之妻》,上海小说丛报社 1917 年版,第 54 页。

⑤ 徐枕亚:《双鬟记》,上海小说丛报社 1916 年版,第 134 页。

也，皆吾国与泰西特异之点。问何以异？宗法为之障也。”[1]宗法制不变，改变这种状态就只能是一种空想。小说家对自由结婚的倡导，呼吁变革旧有的婚姻制度，获得了学生的认可，如陈志群在《〈孽冤镜〉序》中就呼吁：“强国强种首在破除男女界限，改良婚姻制度”，“旧俗不足尚，陈言不足道，‘父母之命、媒妁之言’二语，误尽苍生”，反映婚姻不自主问题的《孽冤镜》“洵足为社会之镜，有功于世道人心”，能够促进人们改变观念，推动婚姻制度变革，即便婚姻自由存在某些负面效应，也不应因噎废食。[2] 吴宓读了爱情悲剧《禽海石》之后，不禁在日记中发出慨叹：“自由结婚诚不可不急提倡者也。”[3]周桂笙在读《恨海》之后“亦悲吾中国风俗之不良耳！”他认为男女主人公的悲剧“皆早婚不良之结果”，“仕宦温厚之家，每喜为弱小子女，早订婚媾之约，而卒乃演此悲惨之剧”，希望读者“毋再蹈此覆辙”。[4]

另一方面，学生们又担心言情小说提倡的婚恋自由会导致社会道德混乱，表现出矛盾、焦虑的心态。清末民初的言情小说不仅数量众多，而且出现了前代作品不曾涉及的“禁区”，如《断鸿零雁记》写了身处佛门禁地的和尚的恋爱，《玉梨魂》出



① 铁樵：《论言情小说撰不如译》，《小说月报》第6卷第7号（1915）。

② 陈志群：《〈孽冤镜〉序》，吴双热：《孽冤镜》，民权出版部1915年版。陈志群（1889—1962），名以益。江苏无锡人。近代著名报人。早年曾入上海高等预备学校求学，后赴日本留学。

③ 吴宓著，吴学昭整理：《吴宓日记（1910—1915）》，生活·读书·新知三联书店1998年版，第126～127页。

④ 新庵：《说小说·〈恨海〉》，《月月小说》第1年第3号，光绪三十二年（1906）。

现了陷入爱河不能自拔的寡妇,以及各种夫妻之爱,如李定夷的《伉俪福》《美人福》,徐卓呆《小学教师之妻》《蚊》等。面对这种情形,梁启超承认“情之为物,固天地间一要素矣”①,却又觉得“言情”本身缺乏独立价值,“惟必须写儿女之情而寓爱国之意者,乃为有益时局”。② 徐念慈发现小说林社在1908年之前刊行的小说中,言情之作所占比重很大,仅次于侦探小说,便深表忧虑:“艳情诸书,又于道德相维系,不执于正,则狭斜结契,有借自由为藉口者矣,荡检踰闲,丧廉失耻,穷其弊,非至婚姻礼废、夫妇道苦不止。”③认为这将导致道德堕落、世风隳败,从而危害中国前途。徐天啸极力褒扬为未夫守节的女子,认为这是女性的分内之事,应当大力倡导这一类小说作品,“为女界之警钟,作道德之保障”,那些将离婚再醮视为正当的女性,都是误解了自由的真义,丧失了中国女子固有的美德。④ 陈景韩批评当时一些言情小说“必写其情如天帝,而阅之者亦必视其情如天帝”,担心这类作品泛滥“则必胥我国人而尽陷于情之涡”,甚至“将尽我所输入之新思想、新学问,而不足以供情之作用也,又奚暇及他事哉”。⑤

恽铁樵通过将本土言情小说与域外同类小说比较,得出



---

① 新小说报社:《中国唯一之文学报〈新小说〉》,《新民丛报》第14号,光绪二十八年(1902)。

② 新小说社:《本社征文启》,《新小说》第1号,光绪二十八年(1902)。

③ 觉我:《余之小说观》,《小说林》第9期,光绪三十四年(1908)。

④ 徐天啸:《〈茜窗泪影〉序》,李定夷:《茜窗泪影》,上海国华书局1914年版。

⑤ 冷:《〈新蝶梦〉弁言》,[意]波仑著,冷译:《新蝶梦》,有正书局光绪三十二年(1906)版。

“言情小说撰不如译”的结论。他甚至认为曹雪芹即便“才大如海”，所作《红楼梦》也不及欧美言情小说“有益于社会”。[①]而清末以来，“欧风东渐，旧制处于劣败地位，于是明目张胆，恣所欲为”，后世学《西厢记》者，“其下焉者变本加厉，从男女遂愿起，至男女遂愿止”。[②] 外国言情小说基于现实中的男女社交生活，是稳定的社会秩序之下的产物，而中国言情小说缺乏这种现实基础，所以无法对维护道德伦理规范有所裨益。

因此，载道意识依然是学生群体期待视野中抹不去的一层底色。在他们看来，言情小说要有益于社会，就要净化爱情描写。小说家应该创作“惊醒痴迷、指导社会”的作品，而非不顾本国国情，只生产“侈口‘自由’，浪称‘吾爱’”的“新流行之小说”。[③] 言情小说也应做到书中“有道”，能使“书生起豪杰之心，词客动英雄之志”。[④] 即使是面对域外言情小说，他们也时常立足于道德立场进行审视，如吴宓读《茶花女遗事》，认为“此书缠绵悱恻，脍炙人口已久。……能力制爱情，自苦身心，以求保所欢男子之名誉，成其飞腾之勋名，和其家庭之爱情，图其财产之领得，并多方设计以暂时秘之谎之而求无害于其心，无沮于其事，或竟伪绝之者，以增其怒而冀其所图之成就，已之

---

① 《答某君书》，《小说月报》第 8 卷第 2 号（1917）。

② 树珏：《再答某君书》，《小说月报》第 7 卷第 3 号（1916）。

③ 徐枕亚：《〈兰娘哀史〉序》，吴双热：《兰娘哀史》，民权出版部 1913 年版。

④ 俞长源：《〈雪鸿泪史〉序》，徐枕亚：《雪鸿泪史》，枕霞阁 1916 年版。俞长源（1899—1975），字牖云，晚字泥庵。江苏扬州人。毕业于江苏省国立第五师范。

利害生命则全置不顾。其人格高矣，其道力伟矣。”[①]在他看来，茶花女的动人之处并不在于真挚纯洁的爱情，而在于勇于自我牺牲的崇高的道德境界。

清末民初正处于传统思想体系已崩坏而新的思想体系尚未建立之时，特别是民国初期，社会上的道德滑坡现象十分严重，精神领域的脱节现象使学生们感到惶惑、焦虑，其外在表现便是既渴望自由，又在自由面前畏手畏脚，犹疑不前，一方面承认西方的婚恋观念确有合理可取之处，另一方面又认为不宜完全照搬，既不符合中国国情、难以从根本上解决问题，又可能加剧社会中的道德滑坡、思想混乱现象。

（3）审美层面的探讨

期待视野既是读者对即将进行的艺术接受活动的预期与憧憬，也是对作家与作品不断突破先前艺术水平的要求。读者期望看到有创新、有突破的作品，这种期待是一种“寻求满足的急切欲望”，会使他们进入一种“朦胧的兴奋情绪”。[②] 清末民初学生对言情小说的接受，也伴随着审美层面的期待与评析。当时的言情小说中出现了许多艺术上的创新，古文、骈文、白话文杂糅共处，第一人称的叙事视角频频登场，书信、日记进入小说，这些新变给学生读者带来了新鲜的阅读感受。

“读者阅读文本的过程基本上就是通过对语言形式的反应来释放知识的过程，而这些形式则是作者在对该作品的深层结

---

① 吴宓著，吴学昭整理：《吴宓日记（1910—1915）》，生活·读书·新知三联书店 1998 年版，第 23 页。

② 叶朗主编：《现代美学体系》，北京大学出版社 1988 年版，第 173 ~ 174 页。

构进行编码时予以部署的。这是一种发现的行为”,“发现”的条件则是“读者所阅读的小说是他自身所隶属的类同符号系统的一部分”。[①] 古文是清末民初学生熟悉的语体,而林纾用古文翻译长篇的言情小说,却是他们从未接触的新颖尝试,二者的奇妙结合令他们心生赞佩:“林琴南先生,今世小说界之泰斗也,问何以崇拜之者众?则以遣词缀句,胎息史汉,其笔墨古朴顽艳,足占文学界一席而无愧色。”[②]类似情形还出现在对用骈文写成的《玉梨魂》等小说的接受中,有学者指出:“那时候小说的作风,不是桐城古文,便是章回体的演义,《玉梨魂》以半骈半散的文体出现,以词华胜,确能一新眼界。虽然文格不高,但在学校课本正盛行《古文评注》《秋水轩尺牍》的时代,《玉梨魂》恰好适合一般浅学青年的脾胃。”[③]学生们在进入新式学堂之前,大多接受过传统古诗文的训练,对古文、骈文并不陌生,甚至可以说,其文学感受力便建立在这种始于幼年的训练之上,对古文、骈文写成的小说怀有一种特殊的亲近感。在他们心中,“惟古文颇循修辞公例”[④],文言精炼高雅,具有真正的审美价值,在艺术感染力上比白话更胜一筹。在接受言情小说的过程中,学生们也将自己的文化修养和审美趣味填充其间,赋予作品以审美意义。在某种程度上,林译小说、《玉梨魂》等小说在学生中的成功是由于符合他们的定向性期待。

---

① 福勒:《语言学与小说》,转引自王先霈、王又平主编:《文学批评术语词典》,上海文艺出版社 1999 年版,第 149 页。

② 觉我:《余之小说观》,《小说林》第 10 期,光绪三十四年(1908)。

③ 杰克:《状元女婿徐枕亚》,《万象》1975 年第 1 期。

④ 铁樵:《论言情小说撰不如译》,《小说月报》第 6 卷第 7 号(1915)。

当然,也并非所有学生都认可小说中的骈文,如恽铁樵就提出:“言情小说,心理学之一部耳。今不言其理,徒讲藻饰,此与搬弄新名词者何异?”“词胜究不如意胜也”。“僻典非小说所宜,雅言不能状琐屑事物”,“就适者生存之公例言之,必归淘汰”。[①] 骈文有限的词汇无法生动细腻地刻画人物的内心世界和外部生活、表现出丰富的内涵与美感,绝非小说发展的康庄大道。姚鹓雏曾论小说“十弊”,认为“典章气太重其病拙”“堆垛之过其病滞”“绮丽之过其病亵”“浅易之过其病率”“妆点之过其病芜”是当时小说语言方面存在的弊端,除了“浅易之过其病率”,其余的也大都与骈文小说有关。[②]

第一人称在言情小说中的运用也引起了学生读者的关注,他们称这种新颖的叙事手法为“书中人述书中事,现身说法”[③]。徐天啸认为第一人称尤其适用于言情小说,“言情小说为情种写真,欲求其于情种之真相,能惟妙惟肖,于情种之特性,能绘声绘影,无假饰,无虚伪,非以情种现身说法自道之不能”[④]。在表现两性间的情感纠葛时,第一人称可以直接抒写个人的内心感受,给人以真实细腻之感,能够拉近叙事者与阅读者的距离,使读者深入人物的内心生活,与之同喜共悲,从而获得情感的满足和审美的愉悦。

---

① 铁樵:《答刘幼新论言情小说书》,《小说月报》第 6 卷第 4 号(1915)。

② 郑逸梅:《小说丛话》,芮和师等编:《鸳鸯蝴蝶派文学资料》(上),福建人民出版社 1984 年版,第 288 页。

③ 陈志群:《〈孽冤镜〉序》,吴双热:《孽冤镜》,民权出版部 1915 年版。

④ 徐天啸:《〈雪鸿泪史〉序》,徐枕亚:《雪鸿泪史》,枕霞阁 1916 年版。

面对清末民初言情小说中主人公或毁灭或离散的悲剧结局，学生们突破了传统美学追求哀而不伤的中和之美的规范，意识到悲剧更具有震撼人心的力量，徐枕亚甚至说："每见作哀情小说者，多于上半篇虚张疑阵，极秾艳绚丽之致，以为由乐入哀之预备。著者殊不喜此。谓情既哀矣，终无良果，离离合合，笔端嘘(虚)幻春光，令人由后溯前，歌哭不能自主。固不如从头至尾一路直哭到底之酣畅淋漓也。"①在徐枕亚看来，一悲到底更能使人产生强烈的接受体验，更能带给人独特的审美愉悦。

对于那些粗制滥造的言情小说，他们也提出了自己的见解，如王钝根曾批评言情小说创作中的浅俗化、模式化现象：



识得几个俗字，看得几本盲词，便贸贸然援笔作小说。文学非所长也，地理非所知也，掌故非所悉也，方言非所习也，年不满二十，足不出百里，目未经名山大川，耳未闻人情世故，仅仅以小儿女之见解，衍为村词俚语，美其名曰："言情小说"。呜呼！其真能言情耶？试一究其内容，则自一痴男一怨女外无他人也，一花园一香闺外无他处也，一年届破瓜一芳龄二八外无他时代也，一携手花前一并肩月下(外)无他节候也。如是者一部不已，必且二部；二部不已，必且三部四部五部以至数十部。作者沾沾自喜，读者津津有味，胥不知小说为何物。或曰茶余酒后之消遣品而已，若夫补救人心，启发知识之巨任，非所责于小说也。

① 徐枕亚：《余之妻》，上海小说丛报社1917年版，第22页。

鸣呼噫嘻！然则世何必有小说，又何必重小说家？①

在王钝根看来，没有丰富的人生经验、社会阅历，缺乏社会责任，仅凭借褊狭的视野、贫乏的想象力，是无法创作出对读者、对社会有益的言情之作的。



① 钝根：《〈小说丛刊〉序》，程善之：《小说丛刊》，江南印刷厂 1914 年版。

# 第六章 影响之维

文学作品会对读者的接受产生影响，读者的接受反过来也会影响制约作品，“某一时代产生的文学不仅仅体现着作家们的创作个性，同时也体现了读者们的需求、趣味和接受能力。因此，这一时期创作的作品或作品集合所显示的不同的特性总是内含了文学接受中的读者或读者群体的某些特性”①。在清末民初小说的接受群体中，学生的思想最活跃，求新求异心理最浓重，改变现实的愿望最迫切，他们不满足于固守传统的审美习惯，特别容易接受题材主旨新鲜、写作角度独特、创作技巧新颖的作品。这种接受心理与阅读行为在一定程度上影响了当时小说的生产、传播与发展演变。可以说，学生读者群是中国小说转型的一股重要推动力。此外，很多学生在接受小说之后也参与到小说的创作、翻译中，从接受主体变身为创作主体、翻译主体，扩大了小说的作者、译者队伍。本章主要围绕这几个方面探讨学生群体的接受对清末民初小说的影响。

---

① ［德］曼弗烈德·纳乌曼：《从历史、社会角度看文学接受》，张廷琛编：《接受理论》，四川文艺出版社1989年版，第71页。

## 一、学生的接受促进了小说的生产与传播

“读者的文学接受在无形中从宏观上调节、控制着作家的创作”①。学生群体在清末民初出现，受到小说作者、译者及出版发行机构的重视，学生成为小说的理想读者和实际读者，发掘、引导学生对小说的接受意愿成为许多小说作者、译者及出版发行机构的“必修课”。特别是一些有过从事教育事业经历的著译者，更是主动将自己作品的目标人群锁定为学生群体。比如林纾就明确表示自己要“广译东西之书，以饷士林”②，即为包括学生在内的知识阶层翻译域外文学作品。他曾在福州苍霞精舍、杭州东城讲舍、五城学堂、京师大学堂、闽学堂、高等实业学堂、正志中学、励志学校、孔教大学等多所学校任教，了解学生的阅读习惯和审美好尚，对学生有亲切感和殷切希望。③ 在《〈爱国二童子传〉达旨》中，他强调学生是自己译作的理想读者，并一再向学生读者发出声泪俱下的呼告：“畏庐林纾译是书竟，焚香于几，盥涤再拜，敬告海内：至宝至贵、亲如骨肉、尊若圣贤之青年有志学生，敬顿首顿首，述吾旨趣以告之曰：呜呼！卫国者恃兵乎？然佳兵者非祥。恃语言，能外交乎？然国力荏弱，虽子产、端木赐之口，无济也。而存名失实之衣冠礼乐，节义文章，其道均不足以强国。强国者何恃？曰恃学，恃学生，恃学生之有志于国，尤恃学生人人之精实业。”在他看来，

① 朱立元著：《接受美学》，上海人民出版社1989年版，第178页。

② 林纾：《〈译林〉序》，《译林》第1期，光绪二十七年(1901)。

③ 曾宪辉：《林纾传》，薛绥之、张俊才编：《林纾研究资料》，福建人民出版社1983年版，第4页。

"学生,基也;国家,墉也。学生先为之基,基已重固,墉何由颠?"学生投身实业,才能确保国家强大稳固。他翻译这部小说,目的就是"以诚告海内至宝至贵、亲如骨肉、尊如圣贤之青年学生,读之以振动爱国之志气","治实业以自振","使海内挚爱之青年学生人人归本于实业,则畏庐赤心为国之志,微微得伸,此或可谓实业耳"。① 林纾将《爱国二童子传》明确设定为一部面向学生群体的译作,认为它富于爱国主义精神,又包含丰富的历史、地理、科学、工业知识,非常适合学生阅读。

学生对小说的接受,扩大了小说的传播范围和社会影响。小说是最受学生欢迎的文学种类,学生又广泛分布于全国各地乃至海外,借助这股力量,小说获得前所未有的传播广度,也引起了上自官方、下至一般读者的更多关注。



## 二、学生的接受影响小说的题材类型及艺术手法

小说的题材与读者接受之间存在密切关系。读者对于表现他们的生活状况、人生意愿和审美趣味的作品往往会报以较大热忱。读者的阅读兴趣和群体化需求也会刺激、调节小说的创作与翻译。众多读者相同或类似的选择便会形成一种强大的社会要求与压力,对小说发展的总趋势产生影响。

清末民初,反映学生生活的小说触目皆是,出现了很多"学生小说""学堂小说""学界小说""学校小说",学生成为许多小说作品的主人公,以"学生"为题名的小说就有:《女学生》(萩

---

① 林纾:《〈爱国二童子传〉达旨》,[法]沛那著,林纾、李世中译:《爱国二童子传》,商务印书馆光绪三十三年(1907)版。

夏著)、《女学生》(泖浦四太郎著)、《女学生》(王理堂著)、《女学生旅行记》、《某留学生》、《学生……妻》、《学生现形记》、《女学生之秘密》、《学生时代之回忆》、《化妆之学生》、《某学生与某教员》、《留学生》、《同川公学之苦学生》、《顽皮学生》、《小学生》、《小学生语》、《学生尚武谭》、《中国苦学生》、《苦学生》、《学生怪现状》等。① 各种学生创办的刊物上的小说更是以学生为目标受众,以学生关心的社会热点或人生问题为主要题材。

“小说中写什么样的人,反映什么样的生活,往往标志着什么样的人在社会中最受关注,什么样的生活最受社会瞩目。”② 不仅如此,这些小说也是对这一类受关注群体自我认知的一种回应。学生成为清末民初社会的新兴群体,小说中自然也会出现大量学生题材的作品。这些小说的出现,既是为了满足一般市民读者窥探学生生活的好奇心,也未尝不可视为针对学生读者阅读口味的及时跟进。如包天笑的短篇小说《一缕麻》写一个有旧学根底又接受了新式教育、崇尚自由恋爱的“某女士”,迫于父母之命嫁给了臃肿痴呆的“某氏子”,婚后染上疫疠、白腐绕喉,众人不敢接近,只有痴郎不避危险,亲自照料,女士病情好转,痴郎却一病不起。女士乃知“郎固不痴,其志诚种子也”,“于是一易向者厌薄之心而为感恩知己之泪”,决心为去

① 见[日]樽本照雄编,贺伟译:《新编增补清末民初小说目录》,齐鲁书社 2002 年版;刘永文编:《晚清小说目录》,上海古籍出版社 2008 年版;刘永文编著:《民国小说目录(1912—1920)》,上海古籍出版社 2011 年版。

② 王言锋著:《社会心理变迁与文学走向》,中国社会科学出版社 2009 年版,第 86 页。

世的痴丈夫守节终生。[1] 小说刊出之后,包天笑任教的女子学校里有许多女学生读了小说之后跑去问他:“果然有此事么?”包天笑意欲以小说“提倡新政制,保守旧道德”,[2]面临且关注婚姻恋爱问题的青年学生必然是他的目标读者群,而这些学生也的确被小说中人物的命运和抉择所吸引,他们的积极回应也必然会成为小说家新的创作动力。

还有一些小说的主旨是从道德品行方面对学生提出劝诫或警示。如李定夷创作的《自由毒》(1915)以打着“家庭革命”“婚姻自由”之名行放荡堕落之实的女学生为反面典型,警告以学生为主的“新少年”:不可抛弃传统道德去追求所谓的自由,“自由毕竟误苍生”,“从来男女相悦,却有两种,一种以情合,一种以欲合。以情合的发于精神上之相爱,由浅入深,久而弥笃;以欲合的仅是形体上之相狎,初时热度极高,久而久之,必然一落千丈”。[3] 程梦生的《麻团!油榨鬼!》则是让主人公自己现身说法,劝诫学生努力求学、自强自立,不要贪图享受、虚度光阴:

> 唉,列位小友,我像你们这么大的时候,也是一个精神活泼的小学生。身上穿的,件件是绸缎;嘴里吃的,餐餐是鱼肉;就是所用的练习簿哩,铅笔哩,天然墨哩,书包哩,没一样不是上等的西洋货。同学之中,没一个比我更阔绰的了。唉,如今是那里说起,每天大清早,就出去贩几十件麻

---

① 笑:《一缕麻》,《小说时报》第2期,宣统元年(1909)。
② 包天笑著:《钏影楼回忆录》,香港大华出版社1971年版,第391页。
③ 李定夷:《定夷丛刊二集》卷二,国华书局1915年版,第10、13页。

团、油榨鬼,在大街小巷喊卖。……却和乞丐结了朋友咧!唉!前尘似梦,后悔也来不及了。原来我从前的衣服用品,不过是做小学生的招牌和装饰品,在父母面前骗点钱,买点东西吃吃罢了。至于教员授课的时候,我心里正在想回去骗钱的法子,那有半个字入我的耳朵。一连进了三年学堂,依旧是一个初等二年级的"高材生"。唉!列位小友,我自从去年死了父母,今年又遭火灾,我又没有本领去谋生计,只好每天在街上叫几声:"麻团!油榨鬼!"①

有一些特定类型的小说也是针对学生而作,如徐念慈创作的科普小说《星期日》、商务印书馆《学生杂志》登载的科学小说。《星期日》的主人公是某学校博物课的教员,有感于国民知识启蒙应从小学生着手,打算"利用这空闲(星期天)的日子,研究些自然界的现象",并记录下相关情况,以备教育学生之用。②《学生杂志》登载科学小说的缘起也与之类似。据茅盾回忆,编辑朱元善说《学生杂志》上没有登过小说,所以"打算登点小说",因为"学生最好看点科学小说",于是茅盾翻译了从涵芬楼图书馆英美旧杂志上发现的《三百年后孵化之卵》,发表在1917年的《学生杂志》正月号上。③ 政治小说、科学小说、侦探小说等原为中国本土所无,学生对这些小说类型的接受,扩大了原作的传播与影响,也为本土小说的创作注入



① 程梦生:《麻团!油榨鬼!》,《礼拜六》第95期(1916)。

② 觉我:《星期日》,《理学杂志》第1期,光绪三十二年(1906)。

③ 茅盾:《商务印书馆编译所生活之二》,《新文学史料》1979年第2期。

了新鲜血液。

学生群体的接受在一定程度上也促进了新型短篇小说数量的增长。在清末,新型短篇小说一度由于偏离了中国读者传统的欣赏习惯而受到冷落,“以为他才开头,却已完了”①。而作为新读者的学生群体在清末崛起,成为促使新型短篇小说兴起的重要力量。② 学生们阅读的翻译小说和外语教科书、外语读本中已经出现了不同于中国古代短篇小说形态的域外短篇小说,为他们接受新型短篇小说做了铺垫。如陈景韩称自己的《侠客谈》是“专为少年而作”,“少年之耐性短,故其稿短;少年之文艺浅,见解浅,故其义、其文浅;少年之通方言者少,故不用俗语;少年之读古书者少,故不用典语”。少年读者中自然也包括学生。《侠客谈·刀余生传》在文体上充分考虑了这类读者的阅读特点,试举开篇部分为例:



> “强盗!强盗!”
>
> 有一旅客,且喊且走。在荒野中,正当天地冥黑,星月全无之夜半。
>
> 后有一人,如飞而来。身体上下,一色全黑,右手执宝刀,左手袖口束细索,未及百步,旅客遂被执。
>
> 旅客既被执,强盗乃取袖口细索缚两手,提钱囊负于背,牵之行,曲折入一山谷。

---

① 鲁迅:《〈域外小说集〉序》,鲁迅、周作人译:《域外小说集》,上海群益书社1921年版。

② 张丽华:《读者群体与〈时报〉中“新体短篇小说”的兴起》,《南京师范大学文学院学报》2008年第2期。

此山谷中，有石穴，入石穴，再曲折行，约半里，忽然开朗，有石室。石室之中，电灯上下，明亮如白昼，有椅、有桌，有各式应用物。有八九人，咸全黑，如彼强盗装束状，宝刀系腰上，左旁裤袋微露手枪柄，或坐或立，均默静无一语。

旅客既牵至，即有三人来，助强盗，解旅客缚，搜旅客身畔，一切银钱贵重物，一人随搜，一人即记录，录毕，问旅客名，旅客不答。①

1906 年，新世界小说社出版两册《短篇小说丛刻》，并刊登广告，称短篇小说"文辞简劲"，"思想锐奇"，"颇为一般学子所喜阅。顾散见各种，检阅不便，且恐久而散失，有负作者苦心，爰广为搜罗，都为一集"。② 可见是学生们对短篇小说的阅读需求促成了这两本小说集的问世。而《时报》的"新体短篇小说"特地安排在每逢学堂放假的星期日刊出，也是为了方便学生读者阅读。

短篇小说在民初的发展同样也离不开学生群体的推动。徐念慈在清末就曾呼吁多为"学生社会"创作短篇小说，"全体不逾万字"③。到了民初，仍有人建议《小说月报》"择简短而有味者，加之评以解其文，为之注以明其义，其获益必胜教科书十

① 冷血：《侠客谈·刀余生传》，《新新小说》第 1 号，光绪三十年(1904)。

② 新世界小说社：《〈短篇小说丛刻〉出版告白》，《新世界小说社报》第 4 期，光绪三十二年(1906)。

③ 觉我：《余之小说观》，《小说林》第 10 期，光绪三十四年(1908)。

倍”,原因是“小说能转移社会,而《月报》之短篇小说,尤能为学校国文之助手。以莘莘学子,每舍正当之教科书弗观,而喜研究小说,又仅识其事,弗究其文,此则徒费精神,获利甚鲜。彼非不欲研究文法也,程度有未至焉耳”。① 以学校、学生群体为主要发行对象的《小说月报》原来一期只刊载一两篇短篇小说,到 1915 年已经达到一期十余篇。可见学生的需求也是一股重要的推动力。

对于新的小说艺术手法,包括新的叙事模式、景物描写与心理描写、悲剧结局等,学生们在理论上进行分析,在实践中予以效仿,不断复制、深化,促进了其在中国小说中的确立与传播,推动了小说在这一时期的转型。这一点在本书第四章第四部分已有论述,此处不再展开。



## 三、学生的接受影响小说语言

“在一个集体内,认识的共同性由表现手段、首先是言语手段的共同性来确定。”②小说要取得某一群体的认可、接受,首先就要从语言层面适应这些受众的接受口味与阅读习惯。

学生成为重要的小说接受群体,他们对语言的接受习惯影响到小说作者、译者对语言的选择。当时,“凡文义稍高之人,

---

① 许与澄:《节录许与澄先生来函》,《小说月报》第 6 卷第 12 号(1915)。

② [法]罗贝尔·埃斯卡皮著,于沛选编:《文学社会学》,浙江人民出版社 1987 年版,第 80 页。

授以纯全白话之书,转不如文话之易阅”①。文言依然占据着文化领域、文学领域的制高点,学生对文言更习惯,也更认可。钱玄同在清末对文言曾推崇备至:“我国文字发生最早,组织最优,效用亦最完备,确足以冠他国而无愧色。”②胡适在1915年时还坚持:“吾国文字本可运用自如。今之后生小子,动辄毁谤祖国文字,以为木强,不能指挥如意(Inflexible),徒见其不通文耳。”③恽铁樵则提出:“……小说不止及于低等社会,实及于青年学子。青年于国文为素丝,而小说之力大于教科,实能染此素丝,而国文之特性,俗语必不可入文字。”④也主张小说的语言不可用“低等社会”习以为常的俗语(白话),而应首先使用高雅的文言。“必能为真正之文言,然后可为白话”,“无古书为之基础,则文法不具;文法不具,不知所谓提挈顿挫,烹炼垫泄,不明语气之扬抑抗(亢)坠,轻重疾徐,则其能感人者几何矣!”⑤在恽铁樵看来,文言高雅含蓄、简练缜密的审美效果是俗语难以企及的,应当通过文言小说向学生读者展现国文的真正特点。

清末学堂也以古文、骈文为文章正宗,国文教科书所选多

① 姚鹏图:《论白话小说》,《新济南报》第143号,光绪三十一年十一月十二日(1905年1月17日)。

② 钱玄同:《刊行〈教育今语杂志〉之缘起》,《钱玄同文集》(第二卷),中国人民大学出版社1999年版,第313页。钱玄同(1887—1939)原名钱夏,字德潜,五四运动前夕改名玄同。浙江吴兴(今属浙江湖州市)人。中国现代思想家、文学家、新文化运动的倡导者。曾留学日本早稻田大学。

③ 曹伯言整理:《胡适日记全编》(2),安徽教育出版社2001年版,第165页。

④ 树珏:《复陈光辉君函》,《小说月报》第7卷第1号(1916)。

⑤ 铁樵:《〈小说家言〉编辑后记》,《小说月报》第6卷第6号(1915)。

为历代古文、骈文。茅盾对民初为《学生杂志》编辑学生来稿的回忆可以让我们对当时学生所处的语言环境有一个具体感性的认知：

> 在校学生的投稿，包括每期大约十一面的英文论说、游记、中英对照的小品。而学生投稿中占绝大多数的，是文言的游记、诗、词。……朱元善当时要我审阅的投稿，就是这些来自全国各地的中学校、初级师范学校或者甲种蚕桑、甲种工业学校（程度和现在的中专相近）的学生们的投稿。我看这些文言的游记，大多用骈体，可见当时全国各地中等学校盛行的，竟是骈体；而诗、词内容，颇多感伤牢骚，老气横秋，疑是教师们修改润色过的。朱元善说，不管它真是学生写的，还是教师改的，只要做得好，我们就录取。①



由于学生习惯了古文、骈文，茅盾在为《学生杂志》翻译国外科学小说时也不得不接受编辑朱元善的建议使用骈文，以方便中学生阅读。文言的林译小说、徐枕亚等人的骈文小说，学生在阅读时不仅容易在情感上引发共鸣，还能够在艺术上获得美感的满足。这些小说在当时能大行其道，与学生群体的接受习惯不无关系。

与此同时，白话小说也获得了学生的关注与支持。徐念慈

---

① 茅盾：《商务印书馆编译所生活之二》，《新文学史料》1979 年第 2 期。

在《余之小说观》中主张要为“学生社会”创作短篇小说，文字要用“浅近之官话”①，恽铁樵也承认“小说之正格为白话”②。清末的白话文运动兴起，学生中就有不少是支持认同并积极参与其中的。留日学生杨度在《〈游学译编〉叙》中说：“凡一国之语言文字歧而为二者，其国家之教育、人民之进化必不能普遍于全国上下。”③中国公学学生在清末创办《竞业旬报》，其《凡例》明确表示：“语言者，所以发表心意之符号也。中国言文之不能一致无论矣。既纯以语言而论，此省则殊于彼省也，甲州县则殊于乙州县也。甚至一州县之方言彼此亦不无差别。语言之不统一，实为文明生一大障碍焉。本报立言既自别于文辞，择音尤难限于乡土。故惟取国语之最纯熟者为之，盖欲使国人得以普通了解也。”④署名“大武”的会员在《论学官话的好处》中呼吁：“要救中国，先要联合中国的人心，要联合中国的人心，先要统一中国的言语。……但现今中国的话音，也不知有多少种，如何叫他们合而为一呢？……除了通用官话，更别无法子了。”⑤学生还创办了《杭州白话报》《童子世界》《鹃声》《新白话报》《白话》等白话刊物。清末影响很大的《中国白话



---

① 觉我：《余之小说观》，《小说林》第10期，光绪三十四年(1908)。

② 铁樵：《〈小说家言〉编辑后记》，《小说月报》第6卷第6号(1915)。

③ 杨度：《〈游学译编〉叙》，《游学译编》第1册，光绪二十八年(1902)。

④ 《〈竞业旬报〉凡例》，《竞业旬报》第1期，光绪三十二年(1906)。

⑤ 大武：《论学官话的好处》，《竞业旬报》第1期，光绪三十二年(1906)。

报》曾自称“近日购阅纷纷,其中尤以学生社会为多数”[①],购阅者主要是学生。

官方教育法规也对白话教学提出了要求,《钦定小学堂章程》规定对学生“教以口语四五句使联属之”,《奏定初等小学堂章程》要求教科书“以俗语解说”。[②] 白话语文教科书的编制和使用在清末也已经开始,这些教科书对于培养学生接受、喜爱白话文有积极的意义。白话的法定地位得到了官方的制度性承认,也在学生群体中为白话小说培养了新的受众。1915年以后,白话小说逐渐增多。这些白话小说的语言,通过对文言成分的融合和对外来语成分的吸收而逐步趋向现代白话。例如下面这一段:



> 我是一向愿你保持这美丽的。你生了龙儿之后,一时头发稀薄了,我很担忧。但是现在仍旧和从前一样的发长委地了。我还记得和你第一次见面之时,同在公园中,正是明媚天气,你穿一件湖色的夹衫,一双漆黑的皮鞋,梳着辫子,顶上还有一个白色的大结。那时的淑珍实是一个娇娃,无论如何,我决不会忘却的。就是现在两人相对之时,我一个人在寺内之时,那公园里的光景,仿佛仍在眼前。其实还不到三年咧。那时你是个小孩子,想不到此刻已做

---

① 《敬告阅报诸君》,《中国白话报》第8期,光绪三十年(1904),见杨早:《京沪白话报:启蒙的两种路向——〈中国白话报〉〈京话日报〉之比较》,《北京社会科学》2003年第3期。

② 陈元晖主编:《中国近代教育史资料汇编·学制演变》,上海教育出版社2007年版,第280、303页。

母亲了，奇怪奇怪。①

这种语言已经褪去了明清白话小说的腔调，而透露出现代气息。操纵着小说语言这种变化的，除了时代变迁、语言本身的发展、小说家的选择，还有受众的接纳。学生是最先通过教育体系制度化保障的方式接受白话和外语的群体，他们认可并支持了这种小说语言上的变化。

## 四、学生的接受促使新的创作翻译队伍生成

通过接受活动，学生们领略了小说的魅力，也获得了可资借鉴的范本，进而燃起了创作、翻译小说的热情。这个时期，众多学生或出于爱好，或意在获利，纷纷参与到小说的生产之中，成为业余作者、业余译者。周桂笙在清末就发现“学堂生徒，不专心肄业，而私译小说者，亦不一而足”。② 叶圣陶说自己“作小说的兴趣可说由中学校时代读华盛顿·欧文的《见闻录》引起的”。③ 胡适求学时“在上海住了六年，几乎没有一天不看《时报》”，有时不免见猎心喜，自己也动手创作小说，向《时报》投稿。④ 欢迎“各校学生惠寄佳篇”、“无论短篇长篇文言白话



---

① 呆：《蚊》，《妇女时报》第 12 期（1914）。

② 新庵：《说小说·〈海底漫游记〉》，《月月小说》第 1 卷第 7 号，光绪三十三年（1907）。

③ 叶圣陶：《过去随谈》，叶圣陶著：《脚步集》，新中国书局 1931 年版，第 76 页。

④ 胡适著：《孤独与大胆：胡适自述》，当代中国出版社 2014 年版，第 143～144 页。

均可”①的《学生杂志》也大量刊载学生的小说习作。学生的小说作品总体上不免青涩浅易，水平逊色于成熟的职业作家，却扩大了小说的稿源和影响，也有助于小说的传播与发展。一些学生作者日后成长为职业作家，进一步壮大了小说生产者的队伍。鲁迅曾谈到自己进行小说创作的缘起与基础：“我的来做小说，也并非自以为有做小说的才能，只因为那时是住在北京的会馆里的，要做论文罢，没有参考书，要翻译罢，没有底本，就只好做一点小说模样的东西塞责，这就是《狂人日记》。大约所仰仗的全在先前看过的百来篇外国作品和一点医学上的知识，此外的准备，一点也没有。”②张恨水 17 岁时，无意中买了一本《小说月报》，看得很有趣，就创作了短篇小说投稿，得到《小说月报》主编恽铁樵赞许，从而燃起小说创作的热情。③ 周瘦鹃、胡寄尘、郑逸梅等人都是在中学时代就成为《小说月报》等杂志的忠实读者，并开始创作小说的尝试，向文学杂志积极投稿。④ 他们踏入小说创作领域的经历颇为相似，都是在学生时代阅读小说的过程中萌发了创作兴趣并找到了作品的发表园地，从而走上创作、翻译之路，从小说接受者变身为专业的小说生产者，而曾经的小说接受体验对他们的创作产生了十分深远的影响。

---

① 《征集文字图片简章》，《学生杂志》第 1 卷第 3 号（1914）。

② 鲁迅：《我怎么做起小说来》，鲁迅：《南腔北调集》，中央编译出版社 2012 年版，第 110 ~ 111 页。

③ 芮和师等编：《鸳鸯蝴蝶派文学资料》（上），福建人民出版社 1984 年版，第 340 页。

④ 参见谢晓霞著：《〈小说月报〉1910—1920：商业、文化与未完成的现代性》，上海三联书店 2006 年版，第 99 ~ 100 页。

# 结　语

任何时代，文学的繁荣发展都离不开读者的接纳与回应。接受美学认为，文学作品的历史生命是由历代读者不断延续的接受活动所赋予的，在作家、作品和读者三者的关系中，读者并不是被动的因素，读者本身便是一种创造历史的力量。① 从这个角度来说，正是读者的接受活动，才使清末民初小说获得了历史生命。特别是形成群体的读者，其相同或类似的选择会形成一股强大的力量，对小说产生影响或制约。在清末民初小说的受众当中，新兴的学生群体便具有这样的力量，他们通过多种途径、以不同方式接受各类小说，形成了丰富多样的接受景观，也参与了清末民初小说面貌的塑造。

在选择小说为接受对象时，学生往往是基于某种社会的需求或者个人的期望，并根据自身的人生经验、社会经验、审美经验作出反应，越能满足其需求或期望的作品越会得到他们的关注。学生接受的新式教育为他们开启了审视小说的某些特定

---

① 参见[德]H. R. 姚斯著，周宁、金元浦译：《文学史作为向文学理论的挑战》，[德]H. R. 姚斯、[美]R. C. 霍拉勃著，周宁、金元浦译：《接受美学与接受理论》，辽宁人民出版社 1987 年版，第 23 ~ 24 页。

视角,促成了他们对作品的视界融合或空白填充。自然科学知识的学习有助于他们对科学小说的理解、接受,接受人权观念、法律教育、逻辑学教育让他们能够体会到侦探小说中的法治精神和逻辑魅力,外国历史、外国地理让他们对异域文明的时空产生了兴趣,修身课培养了他们的国民意识、民主自由平等意识,等等,这些无不影响着他们对小说的接受。政治小说流露的变革思想与学生们挽救民族危亡的期待视野达成契合,因而颇受他们关注。侦探小说对公平正义和法治精神的追求、科学小说中对未来世界的奇思妙想既激发了他们改造现实的勇气,也满足了他们的好奇心和审美娱乐需求。言情小说肯定个人情感的价值,是承载着一代人心灵悸动的诗化记录,在审美空间里滋润了学生渴望人生自由、自我实现的心灵,对他们有着巨大的吸引力。正是在接受小说的过程中,学生群体实现了对作品的重建。



从学生群体对清末民初小说的接受可以看出,时代氛围、社会环境和学生群体自身的知识结构、文化心理在很大程度上影响着他们对小说的解读、评判,而人性的基本需求同样左右着他们对小说的接受。一方面,他们具有精英阶层的接受动机、接受视角,在小说的社会功能与文学本质上的探讨、认知走在时代最前沿,一些学生还以倡导者的姿态表露了他们对小说的见解,他们的观点和诉求在学生群体及其他社会成员中得到认同,这使小说作品在一定程度上成为连接个人、群体、国家乃至世界的纽带。学生们对小说种类、小说内容的关注,常常基于这些小说作品中体现出的、他们所共同认可的价值。政治小说、侦探小说、科学小说往往被他们归于肩负使命的文学种类,能够在扭转国家民族命运的时代需求中扮演重要角色，这与他们对自身的定位也是一致的。通过阅读政治小说、科学小说、侦探小说，学生们共享了某些集体经验，感受到时代的召唤与社会生活的广阔。另一方面，学生们又大多带有普通受众的欣赏习惯，受到小说的趣味元素、情感元素的吸引，并从中达成自我满足。在小说为读者提供的独特时空中，他们得以逃避内外冲突造成的烦恼，感受内在渴求得到的呼应和肯定，获得情绪的宣泄、精神的愉悦。小说的艺术形式之美也为学生读者提供了审美愉悦。这种个人化的接受反应在学生接受群体中也普遍存在。

传统的力量也始终制约着清末民初学生对小说的接受，无论是对小说的功能价值、思想情感的认知体悟还是对其审美形式的欣赏评析皆是如此，这使得他们的接受视角与接受心理与其接受对象一样时常表现出过渡性的一面。翻译小说拓展了他们的人生视野与艺术视野，为他们开启了接触“异域文术新宗”并重新审视本民族文化和自我心灵的路径，但即便如此，这些作品也很难在短期内从根本上改变学生群体原有的文化模式、心理模式，大多数情况下，翻译小说只有与本土文化达成一定程度的契合才有可能被学生群体真正接纳。

文学作品会对读者产生影响，读者反过来也会制约影响文学作品，二者之间存在着多方面的互动。学生的接受，扩大了清末民初小说的传播范围和社会影响。在当时的小说接受群体中，学生的思想最活跃，求新求异心理最浓重，改变现实的愿望最迫切，特别容易接受题材主旨新鲜、写作角度独特、创作技巧新颖的小说，并对其倾注满腔的热情。这种接受心理与阅读行为在一定程度上影响到当时小说的题材主旨、艺术手法乃至语言。一批反映学生生活或以学生为目标受众的小说由此出现,一些新的艺术手法,包括新的叙事模式、景物描写与心理描写、悲剧结局等,由于学生们在理论上的分析、实践中的效仿借鉴而得以确立。学生对语言的接受习惯也影响到小说语言的变化。可以说,学生读者群是中国小说在清末民初转型的重要推动力之一。此外,很多学生在接受小说之后也参与到小说的创作、翻译中,从接受主体变身为创作主体、翻译主体,扩大了小说的生产队伍。

清末民初学生对小说的接受带着鲜明的时代印记,是观察那一时期文坛生态环境、社会文化氛围乃至民族心理发展演化的一个窗口。对这一问题的系统论述,可以丰富清末民初小说研究、文化研究的视角与内容。清末民初学生对小说的接受同时又具有超越时代的普遍性特征,他们接受小说的某些途径与方式,以及接受心态、接受行为与接受对象方面存在的某些特点,在今天的小说受众尤其是学生读者群、青年读者群中依然存在。因此,开展对这一课题的探讨对当今小说的创作、翻译、出版也具有一定借鉴意义。在这一课题当中,还有许多值得深入探究之处,比如清末民初学生群体作为小说接受主体的发展演变,与其他小说受众群体的比较,学生群体对更多接受对象特别是一些重要小说作品进行接受的个案考察等,但限于笔者的学识、能力,只能留待日后再作进一步思考了。

# 主要参考文献

## 论著

鲁迅著:《中国小说史略》,上海古籍出版社 1998 年版。

阿英著:《晚清小说史》,人民文学出版社 1980 年版。

欧阳健著:《晚清小说史》,浙江古籍出版社 1997 年版。

蒋瑞藻编:《小说考证》,商务印书馆 1935 年版。

[法]罗贝尔·埃斯卡皮著,于沛选编:《文学社会学》,浙江人民出版社 1987 年版。

[德]H. R. 姚斯、[美]R. C. 霍拉勃著,周宁、金元浦译:《接受美学与接受理论》,辽宁人民出版社 1987 年版。

朱立元著:《接受美学》,上海人民出版社 1989 年版。

金元浦著:《接受反应文论》,山东教育出版社 1998 年版。

[法]吕西安·戈德曼著,段毅、牛宏宝译:《文学社会学方法论》,工人出版社 1989 年版。

蒋述卓等编著:《文化视野中的文艺存在》,中国社会科学出版社 2003 年版。

[加拿大]阿尔维托·曼谷埃尔著,吴昌杰译:《阅读史》,商务印书馆 2002 年版。

[美]戴维·迈尔斯著,侯玉波等译:《社会心理学》(第8版),人民邮电出版社2006年版。

畅广元主编:《文学文化学》,辽宁人民出版社2000年版。

狄其骢、王汶成、凌晨光著:《文艺学新论》,山东教育出版社1996年版。

叶朗主编:《现代美学体系》,北京大学出版社1988年版。

王先霈、王又平主编:《文学批评术语词典》,上海文艺出版社1999年版。

张廷琛编:《接受理论》,四川文艺出版社1989年版。

王德威著:《想像中国的方法:历史·小说·叙事》,生活·读书·新知三联书店1998年版。

陈大康著:《通俗小说的历史轨迹》,湖南出版社1993年版。

姜荣刚著:《留学生与晚清文学转型》,中国社会科学出版社2015年版。

陈平原著:《中国小说叙事模式的转变》,上海人民出版社1988年版。

袁进著:《近代文学的突围》,上海人民出版社2001年版。

陈平原著:《文学史的形成与建构》,广西教育出版社1999年版。

贾植芳主编:《中国现代文学的主潮》,复旦大学出版社1990年版。

包礼祥著:《近代文学与传播》,江西人民出版社2001年版。

栾梅健著:《二十世纪中国文学发生论》,广西师范大学出版社 2006 年版。

马以鑫著:《中国现代文学接受史》,华东师范大学出版社 1998 年版。

郭延礼著:《中国近代翻译文学概论》,湖北教育出版社 1998 年版。

杨守森主编:《二十世纪中国作家心态史》,中央编译出版社 1998 年版。

潘桂林著:《"文学场"之魂——中国近代新小说读者意识研究》,中国社会科学出版社 2014 年版。

周海波著:《传媒时代的文学》,人民文学出版社 2007 年版。

倪波、荀昌荣主编:《理论图书馆学教程》,南开大学出版社 1981 年版。

王酉梅著:《中国图书馆发展史》,吉林教育出版社 1991 年版。

瞿光熙著:《中国现代文学史札记》,上海文艺出版社 1984 年版。

谭帆著:《中国小说评点研究》,华东师范大学出版社 2001 年版。

李玉莲著:《中国古代白话小说戏曲传播论》,山西教育出版社 2005 年版。

郭延礼著:《近代西学与中国文学》,百花洲文艺出版社 2000 年版。

李九华著:《晚清报刊与小说传播研究》,中国社会科学出版社 2013 年版。

蔡之国著:《晚清谴责小说传播研究》,社会科学文献出版社2012年版。

刘颖慧著:《晚清小说广告研究》,人民出版社2014年版。

宋莉华著:《明清时期的小说传播》,中国社会科学出版社2004年版。

阿英著:《小说闲谈四种》,上海古籍出版社1985年版。

梁瀚文著:《世界侦探小说发展史话·西方卷》,大象出版社2017年版。

阚文文著:《晚清报刊上的翻译小说》,齐鲁书社2013年版。

吴岩主编:《贾宝玉坐潜水艇——中国早期科幻研究精选》,福建少年儿童出版社2006年版。

[加拿大]达科·苏恩文著,丁素萍、李靖民、李静滢译:《科幻小说变形记》,安徽文艺出版社2011年版。

陶东风著:《文体演变及其文化意味》,云南人民出版社1994年版。

吴岩著:《科幻文学论纲》,重庆出版社2011年版。

谢晓霞著:《〈小说月报〉1910—1920:商业、文化与未完成的现代性》,上海三联书店2006年版。

阿英编:《晚清文学丛钞·小说戏曲研究卷》,中华书局1960年版。

吴组缃、端木蕻良、时萌主编:《中国近代文学大系·小说集6》,上海书店1991年版。

[日]樽本照雄编,贺伟译:《新编增补清末民初小说目录》,齐鲁书社2002年版。

刘永文编:《晚清小说目录》,上海古籍出版社2008年版。

刘永文编著:《民国小说目录(1912—1920)》,上海古籍出版社2011年版。

孔另境辑:《中国小说史料》,上海古籍出版社1982年版。

舒芜等编选:《中国近代文论选》(上),人民文学出版社1959年版。

芮和师等编:《鸳鸯蝴蝶派文学资料》(上),福建人民出版社1984年版。

张天星编著:《晚清报载小说戏曲禁毁史料汇编》,北京大学出版社2015年版。

张伯苓教育思想研究会主编:《中国话剧先行者张伯苓、张彭春》,人民出版社2009年版。

《中国话剧运动五十年史料集》编辑委员会编辑:《中国话剧运动五十年史料集》第1辑,中国戏剧出版社1958年版。

郑正秋原著,赵骥校勘:《新剧考证百出》,学苑出版社2016年版。

徐半梅著:《话剧创始期回忆录》,中国戏剧出版社1957年版。

王凤霞著:《文明戏考论》,广东高等教育出版社2011年版。

王卫民编:《中国早期话剧选》,中国戏剧出版社1989年版。

姚公鹤著:《上海闲话》,上海古籍出版社1989年版。

戈公振著:《中国报学史》,生活·读书·新知三联书店2011年版。

湖南图书馆编:《湖南图书馆百年志略》,北京图书馆出版社2004年版。

北京图书馆出版社古籍影印室辑:《明清以来公藏书目汇刊》第23、45、47册,北京图书馆出版社2008年版。

李希泌、张椒华编:《中国古代藏书与近代图书馆史料(春秋至五四前后)》,中华书局1982年版。

北京图书馆业务研究委员会编:《北京图书馆馆史资料汇编(1909—1949)》,书目文献出版社1992年版。

陈翊林著:《最近三十年中国教育史》,上海太平洋书店1930年版。

毛礼锐、沈灌群主编:《中国教育通史》(第三卷),山东教育出版社1987年版。

朱有瓛主编:《中国近代学制史料》(第一辑上册),华东师范大学出版社1983年版。

舒新城编:《中国近代教育史资料》,人民教育出版社1981年版。

陈元晖主编:《中国近代教育史资料汇编·学制演变》,上海教育出版社2007年版。

蒋英豪编:《黄遵宪师友记》,上海书店出版社2002年版。

罗福惠著:《辛亥革命时期的精英文化研究》,华中师范大学出版社2011年版。

桑兵著:《晚清学堂学生与社会变迁》,广西师范大学出版社2007年版。

罗志田著:《权势转移:近代中国的思想、社会与学术》,湖北人民出版社1999年版。

闵杰著:《近代中国社会文化变迁录》第二卷,浙江人民出版社 1998 年版。

上海社会科学院历史研究所编:《史苑英华——上海社会科学院历史研究所论文精选》,上海社会科学院出版社 2008 年版。

包天笑著:《钏影楼回忆录》,香港大华出版社 1971 年版。

茅盾著:《我走过的道路》,人民文学出版社 1981 年版。

郭沫若著:《少年时代》,人民文学出版社 1979 年版。

郭沫若著:《沫若自传》(上卷),求真出版社 2010 年版。

张恨水著:《写作生涯回忆》,江苏文艺出版社 2012 年版。

舒新城著:《我和教育:三十五年教育生活史(1893—1928)》,知识产权出版社 2016 年版。



恽代英著:《恽代英日记》,中共中央党校出版社 1981 年版。

吴宓著,吴学昭整理:《吴宓日记(1910—1915)》,生活·读书·新知三联书店 1998 年版。

胡香生辑录,严昌洪编:《朱峙三日记》,华中师范大学出版社 2011 年版。

刘泱泱整理:《宋教仁日记》,中华书局 2014 年版。

吴虞著:《吴虞日记》,四川人民出版社 1984 年版。

叶圣陶著,乐齐编:《叶圣陶日记》,山西教育出版社 1998 年版。

王智毅编:《周瘦鹃研究资料》,天津人民出版社 1993 年版。

魏绍昌、吴承惠编:《鸳鸯蝴蝶派研究资料》,上海文艺出版社1984年版。

周作人著:《知堂回想录》,河北教育出版社2002年版。

周作人著:《鲁迅的青年时代》,北京十月文艺出版社2013年版。

胡适著:《四十自述》,安徽教育出版社2006年版。

胡适著:《孤独与大胆:胡适自述》,当代中国出版社2014年版。

曹伯言整理:《胡适日记全编》(1)(2),安徽教育出版社2001年版。

张资平著:《资平自述》,江苏文艺出版社2011年版。

陈布雷著:《陈布雷回忆录》,东方出版社2009年版。

赵元任著:《赵元任生活自传》,中国华侨出版公司1989年版。

蒋梦麟著:《蒋梦麟自传:西潮与新潮》,团结出版社2004年版。

马叙伦著:《我在六十岁以前》,生活·读书·新知三联书店1983年版。

张静庐著:《在出版界二十年》,上海书店1984年版。

萨孟武著:《学生时代》,广西师范大学出版社2005年版。

商金林编著:《叶圣陶年谱》,江苏教育出版社1986年版。

叶圣陶著:《脚步集》,新中国书局1931年版。

鲁迅著:《鲁迅全集》第4、11、13卷,人民文学出版社1981年版。

耿云志主编:《胡适遗稿及秘藏书信》,黄山书社1994年版。

钟叔河选编:《周作人文选》(1898 ~ 1929),广州出版社1995年版。

肖凤著:《庐隐传》,北京师范大学出版社1982年版。

王栻主编:《严复集》第2册,中华书局1986年版。

上海市文物保管委员会文献研究部编:《康有为遗稿·万木草堂诗集》,上海人民出版社1996年版。

周锡山编校:《王国维集》第二册,中国社会科学出版社2008年版。

苏曼殊著,柳亚子编:《曼殊全集》第一册,上海北新书局1928年版。

李华兴、吴嘉勋编:《梁启超选集》,上海人民出版社1984年版。

张明高、范桥编:《周作人散文》(第四集),中国广播电视出版社1992年版。

上海图书馆编:《汪康年师友书札》(一),上海古籍出版社1986年版。

薛绥之、张俊才编:《林纾研究资料》,福建人民出版社1983年版。

《中国现代教育家传》编委会编:《中国现代教育家传》(第二卷),湖南教育出版社1986年版。

袁进主编:《中国近代文学编年史——以文学广告为中心(1872—1914)》,北京大学出版社2013年版。

陈平原、夏晓虹编:《二十世纪中国小说理论资料》(第一卷),北京大学出版社1989年版。

邹振环著:《影响中国近代社会的一百种译作》,中国对外翻译出版公司1996年版。

沈云龙主编:《近代中国史料丛刊》第35辑,文海出版社1973年版。

刘扬体著:《流变中的流派——“鸳鸯蝴蝶派”新论》,中国文联出版公司1997年版。

## 论文

袁进:《试论晚清小说读者的变化》,《明清小说研究》2001年第1期。

王姗萍:《西学东渐与晚清小说读者的变化》,《西安外事学院学报》2006年第1期。

徐振燕:《试析〈绣像小说〉的读者定位》,《明清小说研究》2001年第4期。

张丽华:《读者群体与〈时报〉中“新体短篇小说”的兴起》,《南京师范大学文学院学报》2008年第2期。

郝岚:《被道德僭越的爱情——林译言情小说〈巴黎茶花女遗事〉和〈迦茵小传〉的接受》,《天津师范大学学报(社会科学版)》2003年第6期。

李宗刚:《对林译小说风靡一时的再解读》,《东岳论丛》2004年第6期。

程华平:《林译小说的读者意识与古文策略》,《文艺理论研究》2007年第6期。

姚艳波:《从“读者期待视野”角度解读林纾〈黑奴吁天录〉的翻译》,《北京第二外国语学院学报》2008年第8期。

袁进:《近代中国人是怎样接受侦探小说的》,《艺术评论》

2011 年第 6 期。

郭浩帆:《清末民初小说与报刊业之关系探略》,《文史哲》2004 年第 3 期。

沈鹏年:《鲁迅在“五四”以前对文坛逆流的斗争——关于他和通俗教育研究会关系的一段史实》,《学术月刊》1963 年第 6 期。

秋翁:《三十年前之期刊》,《万象》第 4 年第 3 期(1944)。

张天星:《清末查禁〈新小说〉的原因与效果探析》,《宁波大学学报(人文科学版)》2013 年第 6 期。

刘训华:《新式读书人的学习生活与社会交往——以清末浙江学生的回忆为中心》,《浙江社会科学》2011 年第 7 期。

瞿骏:《“没有晚清,何来五四”之再思——以“转型时代”(1895—1925)学生生活史为例》,《学术月刊》2009 年第 7 期。

丁玲:《鲁迅先生于我》,《新文学史料》1981 年第 3 期。

李海萍:《清末民初大学学费政策比较研究》,《湖南师范大学教育科学学报》第 15 卷第 1 期(2016 年 1 月)。

宋徽:《晚清留日学生刊物〈湖北学生界〉的出版发行》,《出版发行研究》2012 年第 6 期。

付建舟:《小说界革命的晚清成就与民初效应》,《中国文哲研究通讯》2018 年第 1 期。

吴驰:《由“文”到“语”——清末民国中小学英语教科书之演变》,《湖南师范大学教育科学学报》2012 年第 3 期。

李华兴、陈祖怀:《留学教育与近代中国》,《史林》1996 年第 3 期。

张心科:《“违慈训少年作远游　遇大风孤舟发虚想”——

〈鲁宾逊漂流记〉在清末民国语文教育中的接受与阐释》,《文汇报》2018 年 6 月 8 日。

[日]中村忠行著,陈凌虹译:《春柳社逸史稿(一)——献给欧阳予倩先生》,《戏剧》2004 年第 3 期。

彭林祥、金宏宇:《作为副文本的新文学序跋》,《江汉论坛》2009 年第 10 期。

程国赋:《明清通俗小说识语研究》,《文艺研究》2009 年第 4 期。

张宜雷:《严复与中国文学的现代化变革》,《理论与现代化》2004 年第 5 期。

贺根民:《小说话:近代小说批评的形式突破与观念更新》,《大连大学学报》2010 年第 3 期。

汤逸佩:《新潮演剧与中国早期话剧的演剧观念》,《戏剧艺术》2018 年第 3 期。

徐锡祥:《文学的文化政治适应性:〈汤姆叔叔的小屋〉在中国的接受》,《解放军外国语学院学报》2008 年第 1 期。

袁进:《试论近代翻译小说对言情小说的影响》,《上海社会科学院学术季刊》1996 年第 3 期。

沈雁冰:《自然主义与中国现代小说》,《小说月报》第 13 卷第 7 号(1922)。

耿传明、于冰轮:《近代"文明论"的兴起与清末小说中关于"文明"的歧见——以〈瓜分惨祸预言记〉和〈新石头记〉为例》,《社会科学研究》2017 年第 4 期。

于润琦:《〈新小说〉与清末的"政治小说"》,《明清小说研究》2004 年第 4 期。

曹亚明:《从〈新中国未来记〉来看梁启超对政治小说的选择与接受》,《中国文学研究》2012 年第 1 期。

鸿年:《二十年来之新剧变迁史》,《戏杂志》尝试号(1922)。

陈一容:《古城贞吉与〈时务报〉"东文报译"论略》,《历史研究》2010 年第 1 期。

杜国平:《清末民初的逻辑教育体系及其启示》,《湖南科技大学学报(社会科学版)》2015 年第 6 期。

李广益:《史料学视野中的中国科幻研究》,《清华大学学报(哲学社会科学版)》2015 年第 4 期。

张玲霞:《论早期清华的文艺社团及其刊物》,《新文学史料》2000 年第 4 期。

[美]安德鲁·琼斯著,王敦、李之华译:《晚清语境下的凡尔纳小说》,《中国社会科学报》总第 353 期(2012 年 9 月 7 日)。

王卫英:《科幻小说与中国传统文化》,《小说评论》2008 年第 4 期。

杰克:《状元女婿徐枕亚》,《万象》1975 年第 1 期。

茅盾:《商务印书馆编译所生活之二》,《新文学史料》1979 年第 2 期。

杨早:《京沪白话报:启蒙的两种路向——〈中国白话报〉〈京话日报〉之比较》,《北京社会科学》2003 年第 3 期。

# 后 记

在泉城的酷暑中完成了书稿,课题形成之初的情形又浮现于眼前,几度春秋,现在终于到了交上答卷的时刻。尽管这份答卷还有些粗略,内中不足也显而易见,但开展课题构思研究、着手写作的过程,对自己仍是一个全面的提升,其中的艰辛与快乐也成为这段人生历程的真实底色。书稿的完成也不应只是一个结尾,我更希望它成为一个开端,一个具有多种可能性的开端,吸引着我在今后的研究中不断将之充实、深化。

要感谢的人很多。感谢诸位师友、家人,正是他们的鼓励、支持,使我不揣鄙陋、蹒跚前行。感谢众多前辈、同行,站在他们的肩头,我得以望见学术领域的广阔天地。在完成课题的过程中,我收获的不只是一本记录学术成长印记的专著,更有满满的情义。

种种不足、缺憾,只能留待来日弥补了。此时,面对即将问世的书稿,惟愿得到方家的批评、指正,那将是对我最有力的鞭策。

黄丽珍

2019 年仲秋于济南

**图书在版编目(CIP)数据**

清末民初小说的学生群体接受研究 / 黄丽珍著. —济南: 齐鲁书社, 2019.10
ISBN 978-7-5333-4210-4

Ⅰ. ①清… Ⅱ. ①黄… Ⅲ. ①古典小说—小说研究—中国—清后期—民国 Ⅳ. ①I207.41

中国版本图书馆 CIP 数据核字(2019)第 210458 号

**清末民初小说的学生群体接受研究**

QINGMO MINCHU XIAOSHUO DE XUESHENG QUNTI JIESHOU YANJIU

黄丽珍 著

**主管单位** 山东出版传媒股份有限公司
**出版发行** 齊魯書社
**社　　址** 济南市英雄山路 189 号
**邮　　编** 250002
**网　　址** www.qlss.com.cn
**电子邮箱** qilupress@126.com
**营销中心** (0531)82098521　82098519
**印　　刷** 山东新华印务有限责任公司
**开　　本** 880mm×1230mm　1/32
**印　　张** 8.5
**插　　页** 3
**字　　数** 200 千
**版　　次** 2019 年 10 月第 1 版
**印　　次** 2019 年 10 月第 1 次印刷
**印　　数** 1—1000
**标准书号** ISBN 978-7-5333-4210-4
**定　　价** 36.00 元